ROMEON
VERLAG

Die letzte Suche des Nicolas Corbyn

1. Auflage, erschienen 8-2022

Umschlaggestaltung: Romeon Verlag
Text: Fine Joseph
Layout: Romeon Verlag

ISBN: 978-3-96229-411-3

www.romeon-verlag.de
Copyright © Romeon Verlag, Jüchen

Das Werk ist einschließlich aller seiner Teile urheberrechtlich geschützt. Jede Verwertung und Vervielfältigung des Werkes ist ohne Zustimmung des Verlages unzulässig und strafbar. Alle Rechte, auch die des auszugsweisen Nachdrucks und der Übersetzung, sind vorbehalten. Ohne ausdrückliche schriftliche Genehmigung des Verlages darf das Werk, auch nicht Teile daraus, weder reproduziert, übertragen noch kopiert werden. Zuwiderhandlung verpflichtet zu Schadenersatz.

Alle im Buch enthaltenen Angaben, Ergebnisse usw. wurden vom Autor nach bestem Gewissen erstellt. Sie erfolgen ohne jegliche Verpflichtung oder Garantie des Verlages. Er übernimmt deshalb keinerlei Verantwortung und Haftung für etwa vorhandene Unrichtigkeiten.

Bibliografische Information der Deutschen Nationalbibliothek:
Die Deutsche Nationalbibliothek verzeichnet diese Publikation in der Deutschen Nationalbibliografie; detaillierte bibliografische Daten sind im Internet über *http://dnb.dnb.de* abrufbar.

Fine Joseph

DIE LETZTE SUCHE

DES NICOLAS CORBYN

THRILLER

*Mein Dank gilt Konsti, Patrick
und natürlich meinen Eltern,
ohne die ich nicht so motiviert bleiben würde*

Fine Joseph *wurde am 18.01.2001 in Langenhagen unter dem Namen Josefine geboren und ist in der Nähe von Hannover aufgewachsen. Schon als kleines Mädchen lag ihre größte Leidenschaft im Lesen und Schreiben.*

Von 2017 bis 2019 absolvierte sie eine Ausbildung zur Gestaltungstechnischen Assistentin, bevor sie ein eineinhalbjähriges Studium im Schwerpunkt »Kreatives Schreiben« abschloss.

»Ich wollte es ihr sagen.

Wollte ihr sagen, dass es für eine Entschuldigung bereits zu spät war.

Doch mir fehlte die Kraft, körperlich und mental.

Es war vorbei.

Es gab keine Entschuldigung.

Nicht dafür.«

Kapitel 1

Der Wind blies mir die salzig frische Luft in mein Gesicht, als ich meinen Blick über das Wasser schweifen ließ. Das Rudern hatte mich geschwächt, meine Arme taten weh und ich hatte fürchterliches Seitenstechen, doch der Anblick, der sich mir nun bot, machte all das auf seine ganz eigene Art und Weise wieder gut.

Die Sonne spiegelte sich glitzernd auf der Wasseroberfläche wieder und das kleine, hölzerne Boot, mit dem ich soeben das Wasser überquert hatte, schipperte leicht von links nach rechts. In der Ferne waren die fahlen Umrisse von Bergspitzen zu erkennen. Irgendwo dort lag Vallington, die Kleinstadt, von der aus ich meine Reise begonnen hatte.

Meine Güte, für so viel Bewegung bin ich einfach zu alt, schoss es mir durch den Kopf.

Schweiß stand auf meiner Stirn und da die Sonne inzwischen gnadenlos herab schien, schälte ich mich aus meiner braunen Fliegerjacke. In Gedanken versunken strichen meine Finger immer wieder über den erwärmten Stoff.

Die Jacke war ein Geschenk von ihr. Evelyn Corbyn.

Meiner Evelyn.

Beim Gedanken an Evelyn verknoteten sich meine Eingeweide und ohne es wirklich zu bemerken, ballten sich meine Hände zu Fäusten.

»Hab keine Angst, mein Engel. Bald seid ihr nicht mehr alleine«, murmelte ich, den Blick noch immer auf das weite Gewässer vor mir gerichtet.

Natürlich hatte ich mir im Vorhinein Bilder von Pernan, der nordischen Insel, auf die mich meine Reise geführt hatte, im Internet angesehen, doch nicht eines von ihnen kam auch nur im Entferntesten an dieses prachtvolle Farbenspiel heran. Die Blätter der hohen Bäume leuchteten im Sonnenschein golden und rötlich, das Wasser war so rein, dass ich die Steine am Grund sah und das Zwitschern der Vögel begleitete das Rauschen der Wellen und des Windes.

So langsam verstand ich, weshalb Evelyn mit Elijah hier Urlaub machen wollte. Es war ein herrlicher Ort und ich war mir absolut sicher, dass es unserem Elijah mindestens genauso sehr gefiel wie mir. Er hatte sich schon immer für herausragende Landschaften begeistern können.

Ich gab mir selbst einige Minuten, um die Aussicht zu bewundern, bevor ich mich abwandte, ein letztes Mal überprüfte, ob ich den Knoten am Ruderboot auch wirklich befestigt hatte und dann den schmalen Weg einschlug, der einen Hügel hinaufführte.

Der Anstieg war nicht allzu steil und so konnte ich in aller Ruhe die wunderschöne Eigenart Pernans genießen. Der Wind wog in den Bäumen und schien sein ganz eigenes Lied zu pfeifen. Kaum eine Wolke war am strahlend blauen Himmel zu sehen.

Wäre ich aus einem anderen Grund nach Pernan gekommen, wäre ich sicher jede Minute stehengeblieben und hätte jede noch so winzige Pflanze genaustens untersucht.

Vielleicht, wenn du wieder heim gehst, dachte ich. Ja, ganz bestimmt. Wenn ich Evelyns Hand in meiner halte und Elijah schon mal zum Boot vorläuft, dann habe ich genug Zeit.

Der Weg führte mich an einem stattlichen Herrenhaus vorbei, in dessen Vorgarten mindestens drei weitere gepasst hätten. Selbst die weiße Farbe, mit der das Holz bestrichen war, schien im Tageslicht zu leuchten. Die Dachgiebel bildeten mit ihrer marineblauen Farbe einen wunderbaren Kontrast. Ein Wetterhahn auf dem Dach drehte sich quietschend im Wind.

Vor meinem geistigen Auge sah ich Evelyn hier stehen. Sie musste, ebenso wie ich nun, an diesem Haus vorbeigekommen sein. Zusammen mit Elijah. Sicher waren sie stehengeblieben und hatten dieses herrliche Haus bewundert. Evelyn zog es schon immer in die nordischen Regionen. Wochenlang, ach was, monatelang hatte sie von Pernan geschwärmt, bis ich schließlich zugesagt hatte. Ein weiches Lächeln breitete sich auf meinen Lippen aus, als ich mich an das Strahlen auf ihrem Gesicht bei meinen Worten erinnerte.

»Es klappt, wir können fahren, wir können nach Pernan, es wird wirklich klappen!«

Sie hatte am Küchentisch gesessen und Elijah bei seinen Mathehausaufgaben geholfen. Sie war schon immer besser in Mathe gewesen als ich.

Als ich so plötzlich durch unsere Haustür gelaufen kam, sprang sie auf und schlug sich vor Unglaube die Hände vor den Mund. Elijah begriff sofort, was ich meinte. Seine Augen wurden riesig, als er seinen Bleistift fallenließ.

»Es … es klappt? Wir können wirklich nach Pernan?«, stieß er atemlos aus.

Ich lachte, kam zu ihnen herüber und fuhr ihm liebevoll durchs Haar, sodass er kicherte. Ich sah auf und mein Blick kreuzte Evelyns. Gott, sie war so wunderschön mit ihren langen braunen Haaren und den strahlend blauen Augen.

»Du hast frei bekommen?«, flüsterte sie.

Ich lachte und nickte. Ja, das hatte ich tatsächlich. Nach langem Hin und Her mit meinem Chef hatte er endlich nachgegeben und meine vielen abgearbeiteten Überstunden endlich anerkannt.

Im nächsten Moment stieß Evelyn einen spitzen Schrei aus und fiel mir um den Hals. Ich schloss meine Arme um sie, hob sie hoch, wirbelte sie einmal im Kreis und setzte sie dann wieder ab.

»Ich gehe und packe schon mal meine Sachen!«, hörte ich Elijah begeistert rufen, doch das nahm ich nur noch am Rande wahr.

Evelyns Duft nach Pfefferminz, Kakao und süßlichem Honig trat in meine Nase und mein Herzschlag beruhigte sich allmählich wieder. Ich schloss meine Augen und festigte den Griff um sie, während ich mein Gesicht an ihrem

Hals vergrub. Sie gluckste; ich wusste, dass sie dort sehr kitzelig war.

»Wie viele Jahre ist es her, dass wir gemeinsam wegfahren konnten? Vier? Fünf?«, hörte ich sie dicht an meinem Ohr wispern.

Diesmal war es ihr Atem, der mich beim Sprechen an der Wange kitzelte. Ich nickte, wollte nicht reden. Wollte nicht daran denken, wie schwer es gewesen war in den letzten Jahren.

Langsam löste sie sich von mir, doch nur so weit, sodass wir uns in die Augen sehen konnten. Ich schluckte. Fast zwanzig Jahre war Evelyn schon an meiner Seite und doch schlug mein Herz jedes Mal schneller, wenn ich in diese warmen, so unglaublich warmen Augen blickte.

»Das letzte Mal war Elijah noch ein kleiner Junge«, sagte sie.

Ich schnaubte und legte eine Hand an ihre Wange, nachdem ich ihr ein paar störende Strähnen zurück gestrichen hatte. Ihr Lächeln fuhr mir direkt in die Brust und ließ mein Herz nur noch schneller schlagen.

»Das ist er doch immer noch«, sagte ich.

Sie lachte und drehte uns so, dass wir freien Blick auf den Kühlschrank hatten. Das hässliche cremefarbige Muster war kaum mehr zu erkennen, da sich über die Jahre viele Fotos, Kassenzettel und selbstgemalte Bilder unseres Sohnes dort angesammelt hatten. Eines dieser Fotos zeigte Evelyn, Elijah und mich an einem weiten Sandstrand. Elijah saß auf meinem Arm, klammerte sich mit einer Hand an meinen Hals und winkte mit der anderen fröhlich in die Kamera.

Das Foto war vor knapp fünf Jahren bei einem Besuch am Strand entstanden. Damals war Elijah drei Jahre alt gewesen, nun würde er in zwei Monaten schon neun werden.

Langsam verblasste mein Lächeln und auf einmal erschien mir die weiße Farbe des Herrenhauses nicht mehr so strahlend zu leuchten. Meine Finger schlüpften in meine Jackentasche und zogen das leicht zerknitterte Foto heraus, das stets an unserem Kühlschrank in Vallington gehangen hatte. Mein Herz zog sich schmerzvoll zusammen, als ich die glücklichen Gesichter der beiden betrachtete.

»Ich werde euch finden. Das verspreche ich«, flüsterte ich.

Wie von selbst biss ich mir auf die Lippe, als mein Blick an Evelyns Gesicht hängen blieb. So schön. So jung. Meine Evelyn.

Zu meinem Schmerz mischte sich Wut. Hätte mein Chef mich nicht einen Tag vor unserer geplanten Abreise angerufen und ins Büro geordert, hätte ich den Urlaub zusammen mit Evelyn und Elijah antreten können. Doch so waren sie alleine gefahren. Alleine nach Pernan, weil ich – mal wieder – nicht gegen Mr. Hardy, meinem engstirnigen und egozentrischen Chef, hatte ankommen können.

Eine Woche wollten wir den schönsten Familienurlaub auf Pernan verbringen. Eine Woche nur wir drei. Doch diese Woche verbrachten Evelyn und Elijah alleine. Ohne mich. Ich erinnerte mich an die Sehnsucht, die mich jeden Abend gepackt hatte, als ich alleine am Küchentisch saß und mein Abendessen aß, während ich mir ausmalte, wie meine beiden Liebsten die frische, nordische Luft genossen. Ich erinnerte mich auch an die Vorfreude und die Aufregung an dem Tag, an dem die beiden zurückkehren sollten.

Ich wartete. Ich hatte sogar Elijahs Lieblingskuchen aus dem Supermarkt geholt, um ihn zu überraschen. Also stellte ich ihn auf den Tisch und wartete. Lange. Sehr lange. Irgendwann musste ich den Kuchen wieder verpacken, damit er nicht austrocknete und hart wurde.

An diesem Abend kehrten sie nicht mehr zurück. Und auch am Folgenden nicht. Ich versuchte, Evelyn auf ihrem Handy zu erreichen, doch jedes Mal meldete sich die Mailbox.

Drei Tage vergingen und ich erhielt nicht ein Lebenszeichen meiner Familie. Drei Tage, die sich als die schlimmsten und qualvollsten Tage herausstellten. Voller Ungewissheit dazusitzen und nicht zu wissen, wieso sich Evelyn nicht bei mir meldete. Wieso sie nicht zurückkam. Sie war pflichtbewusst und mehr als zuverlässig. Hätte sich ihre Abreise von Pernan verzögert, hätte sie es mich sofort wissen lassen.

Es gab nur einen Grund, weshalb sie sich nicht bei mir meldete, geschweige denn zurück nach Hause kam.

Evelyn und Elijah musste etwas zugestoßen sein.

*

Geistesabwesend wanderten meine Finger über das Foto in meinen Händen, das nun leicht bebte. Noch immer hatte ich

Elijahs enttäuschte Stimme im Ohr, als er erfuhr, dass ich ihn und seine Mutter nicht mit auf die Insel begleiten konnte.

»Papa … du hast es versprochen.«

Das Foto in meinen Händen zitterte stärker. Wenn ihm oder Evelyn irgendetwas passiert war, würde ich es mir nie verzeihen. Nie.

Tief durchatmend verstaute ich das Foto wieder in meiner Jackentasche, bevor ich mich dem hübschen Herrenhaus näherte. Am Gartenzaun prangten mehrere Schilder, die alle dieselbe Aufschrift trugen. Stirnrunzelnd trat ich näher.

Betreten strengstens untersagt!

Ich hob skeptisch eine Augenbraue und schnaubte. Pernan war nicht allzu groß. Und aus meiner Recherche wusste ich, dass nur knapp ein Viertel der Insel bewohnt war, der Rest bestand aus Bäumen, Wiesen, tiefen Wäldern und Bächen, die alle im großen See mündeten. Die Bewohner dieses Hauses mussten wohl nicht allzu gut mit den anderen Dorfbewohnern auskommen. Zögernd ließ ich meinen Blick über das Grundstück wandern. Es wirkte geradezu penibel gepflegt, als hätte jemand jeden Zweig jedes Strauches gezählt und dann den übrigen mit einer feinen Nagelschere angepasst. Nein, hier hatte Evelyn ganz sicher nicht Halt gemacht.

Ich trat vom Zaun zurück und setzte meinen Weg fort. Der Wind wurde stärker und leicht fröstelnd warf ich mir meine Jacke über. Durch die dichten Baumkronen wurde der Großteil der Sonne verdeckt und im Schatten wirkte Pernan kälter und düsterer als unten an der Anlegestelle.

Nach einer Weile, in der ich schon länger nicht mehr auf ein Haus gestoßen war, gabelte sich der Weg vor mir. Der rechte Pfad führte geradewegs auf ein gemütliches Geschäft zu, über dessen türkis gestrichener Tür ein Schild mit der Aufschrift »*Pernan's Mitte*« hing. Eine große Glasfront befand sich an der zu mir gerichteten Wand des Hauses. Dahinter konnte ich mehrere Regale voller Dosen, Säcke, Tüten und anderem allerlei ausmachen.

Pernan's Mitte war wohl der Lebensmittelladen der Insel.

Ich war bereits dabei den Weg zum Laden einzuschlagen, als nicht weit über mir ein helles Geräusch ertönte. Es klang wie ein Glockenschlag. Kurz darauf ertönte das Geräusch noch einmal und diesmal war ich mir sicher – irgendwo über mir läutete eine Glocke. Ich straffte meine Schultern und beeilte mich den linken Weg hinaufzulaufen, der nun doch deutlicher steiler anstieg als zuvor. Blind folgte ich den Glockenschlägen, die mich an mehreren von Moos gesäumten Bäumen vorbeiführten.

Das Vogelgezwitscher war verstummt, als ich außer Atem und mit stechenden Rippen am Gipfel des Hügels ankam. Ich stemmte eine Hand in die Seite, um meine brennende Lunge wieder zu beruhigen. Meine Seite zwickte.

Gottverdammte Berge.

Die Glocken läuteten schrill und laut und als ich meinen Blick hob, entdeckte ich den hohen Kirchturm, der nur wenige Meter vor mir in die Höhe ragte.

Doch es war nicht der Turm oder die Kirche, die beinahe wie ein bedrohliches Mahnmal auf dem Berg thronten, die meine Aufmerksamkeit auf sich zogen. Nein. Es war die kleine Menschenansammlung, die nicht weit von der Kirche entfernt stand; sie alle hielten die Hände vor den Körpern verschränkt und die Köpfe geneigt.

Mir fuhr es eiskalt in die Glieder und plötzlich breitete sich eine Gänsehaut auf meinen Armen aus, die nichts mit dem kalten Wind zu tun hatte.

Ich war geradewegs in eine Beerdigung gelaufen.

Kapitel 2

Ein letzter Glockenschlag hallte über den Berg, bevor sich eine gespenstische Stille über den Friedhof neben der Kirche legte. Der Wind hielt den Atem an, kein Vogel wagte es zu singen und für einen Moment glaubte ich, die Menschen wären erstarrt.

Dann vernahm ich das leise Schluchzen einer Frau und sah, wie sie in ihre Manteltasche griff und sich geräuschvoll die Nase putzte. Ihre strähnig blonden Haare waren zu einem lockeren Knoten nach hinten gebunden und einige Strähnen fielen ihr wirr in die Stirn, was ihr einen merkwürdig verlorenen Eindruck verlieh. Der Mann, der neben ihr stand, die Hände mittlerweile tief in den Jackentaschen vergraben, warf ihr einen spitzen, gar vorwurfsvollen Blick zu. Selbst von hier konnte ich sein unrasiertes Kinn und die hohe Stirn erkennen.

Ich zögerte.

Dies hier schien weder der passende Ort, noch der passende Zeitpunkt zu sein, um mit Pernans Bewohnern über meine vermisste Familie zu sprechen. Doch es ging um meine Frau und meinen Sohn und dies war auch der einzige Grund, weshalb ich mich dem Friedhof langsamen Schrittes näherte. Ich konnte ein Mädchen sehen, das sich an die Hand eines großen, kräftigen Mannes mit wettergegerbtem Gesicht und buschigem, grauem Bart klammerte. Stumme Tränen flossen ihr über die Wangen, während der Mann nicht eine Miene verzog. Mit versteinertem Gesicht sah er auf den frischen Erdhügel.

Mein Herz setzte aus, als sich ein Junge aus der Menge löste und dem weinenden Mädchen vorsichtig über den Rücken strich.

Elijah?!

Dann drehte er sich um und die Sonne fiel auf sein Gesicht. Ich entließ die unbewusst angehaltene Luft. Dieser Junge hatte weder Elijahs niedliche Stupsnase, noch seine Sommersprossen. Auch wenn er in Elijahs Alter zu sein schien, war er durchaus größer und hatte schlankere Schultern.

Der bärtige Mann warf dem Jungen einen zornigen Blick zu, worauf der Junge zusammenzuckte, das Mädchen beinahe entschuldigend ansah und seine Hand von ihrem Rücken nahm. Er schlurfte zu der sich die Nase putzenden Frau hinüber, die ihm beide Hände an die Schultern legte und mit zitternden Lippen auf den Erdhügel starrte.

Ich trat noch einen Schritt näher und konnte endlich einen Blick auf den Grabstein erhaschen, der von einigen Kerzen und wunderschönen Blumenkränzen gesäumt war.

Irma Svensson

09.02.1946 – 21.09.2019

Möge das Licht dir den Weg aus der Dunkelheit leuchten,

das du uns jederzeit selbst gegeben hast

Ich fühlte ein seltsames Kratzen im Hals und schluckte, doch statt einer Besserung schien sich nun ein Kloß in meinem Hals festzusetzen. Rasch räusperte ich mich.

Die Köpfe der anderen flogen zu mir herum und mit einem Anflug von Unbehagen stellte ich fest, dass alle Blicke nun auf mich gerichtet waren. Ich sah das Stirnrunzeln, das skeptische Beäugen meinerseits und vernahm das leise Tuscheln. Zögernd trat ich einen weiteren Schritt näher. Plötzlich bereute ich es, nicht doch eine Blume von Wegesrand gepflückt zu haben, um sie ans Grab legen zu können.

»Was wollen Sie hier?«

Ich bekam keine Gelegenheit, mich vorzustellen. Der Mann, der das schluchzende Mädchen an der Hand hielt, war einen Schritt vorgetreten. Auf seiner Stirn bildete sich eine tiefe Furche, als er mich von oben bis unten musterte. Ich fühlte mich unwohl unter seinen bohrenden Blicken, ließ es mir jedoch nicht anmerken.

Ich hatte bereits den Mund geöffnet für eine recht freundliche Antwort, als er mir erneut zuvor kam.

»Verschwinden Sie!«

Überrascht blinzelte ich und ließ die Hand, die ich eben noch für einen Gruß hatte ausstrecken wollen, wieder sinken.

»Christopher, bitte.«

Diesmal sprach eine junge Frau. Ihre Augen waren ebenfalls gerötet, doch sie schien den Tränen bei weitem nicht so nahe wie die schluchzende Frau. Ihr dunkles Haar fiel ihr großen

Wellen über die Schultern und sie warf dem Mann, den sie mit Christopher angesprochen hatte, einen halb resignierten, halb bittenden Blick zu. Er hingegen tat eine unwirsche Handbewegung in ihre Richtung, ohne die Augen von mir zu wenden.

»Ich sage es Ihnen ein letztes Mal … hauen Sie ab oder ich vergesse mich!«

»Ganz ruhig«, sagte ich und hob abwehrend beide Hände, »ich wollte keinesfalls stören oder den Eindruck vermitteln, ungebeten hier zu erscheinen.«

»Nun, das sind Sie aber!«, polterte Christopher.

»Opa«, flüsterte das kleine Mädchen an seiner Seite.

Es hatte seine Hand losgelassen und war ganz blass im Gesicht, doch nun flossen ihr keine Tränen mehr über die Wangen.

»Christopher, lass gut sein. Der Mann sieht doch wirklich nicht wie ein Unruhestifter aus, oder?«, sagte die junge Frau und schenkte mir ein flüchtiges Lächeln.

Erleichtert erwiderte ich es.

Sie wird mir bestimmt helfen, redete ich mir selbst Mut zu. Sie schien die einzig hilfsbereite Person zu sein, an die ich mich wenden konnte.

»Nein. Nein, das bin ich auf keinen Fall. Ich verstehe, dass das kein guter Zeitpunkt ist, doch ich hätte ein paar Fragen. Wichtige Fragen, die sobald wie möglich beantwortet werden müssen.«

Noch immer betrachtete mich Christopher mit misstrauischem Blick, doch die nächsten Worte kamen nicht von ihm, sondern von dem Mann, der neben dem Jungen und der weinenden Frau stand. Er hatte die Arme vor der Brust verschränkt und wirkte nicht minder skeptisch als Christopher.

»Fragen? Sind Sie etwa von der Polizei?«

Ich schüttelte den Kopf.

»Nein.«

»Irma ist eines natürlichen Todes gestorben! Jeder weiß das, jeder hier kann das bezeugen!«, donnerte Christopher ungehalten.

»Das wissen wir, Christopher. Beruhige dich endlich, meine Güte«, zischte die junge Frau augenrollend.

Sie wandte sich mir zu und streckte mir die Hand entgegen. Dankbar ergriff ich sie.

»Ich bin Astrid Wright und mir gehört *Pernan's Mitte*, der Lebensmittelladen unten am Fuße des Berges. Wir sind schon lange keine richtige Gemeinde mehr, deswegen gibt es so etwas wie einen Bürgermeister oder eine Bürgermeisterin hier nicht. Wenn Sie jedoch Fragen bezüglich des Todes von Irma Svensson haben, dann denke ich, dass ich -«

Hastig schüttelte ich den Kopf.

»Oh nein, nein! Deswegen bin ich nicht her gekommen!«

»Nicht?«, wiederholte Astrid verwundert.

»Nein. Tut mir leid, aber ich kenne Irma Svensson nicht einmal.«

»Sie ist meine ... war meine Omi«, meldete sich das Mädchen mit piepsender Stimme zu Wort.

Ich schenkte ihr ein trauriges Lächeln und nickte.

»Es tut weh, seine Omi zu verlieren, nicht wahr?«, sagte ich.

Sie nickte und biss sich auf die Lippe.

»Ja. Schrecklich doll tut es weh«, hauchte sie.

»Ich weiß. Aber sie lässt dich niemals ganz alleine. Sie ist immer bei dir, solange du sie in deinem Herzen trägst«, versicherte ich ihr.

»Dann haben Sie auch Ihre Omi verloren?«, fragte das Mädchen.

Ich nickte. Wieder spürte ich das seltsame Kratzen im Hals und ein ziehender Schmerz schoss mir durch den Kopf, den ich rasch verdrängte.

»Leider ja. Viel zu früh, so wie du.«

»Das reicht jetzt!«, stieß Christopher aus, nahm das Mädchen wieder an die Hand und funkelte mich aus zornigen Augen an.

»Sie haben hier nichts verloren.«

»Wie wär's, wenn Sie mich zu meinem Laden begleiten? Ich denke, dass wir dort ungestört reden können, Mr ... ?«, schlug Astrid mit erhobener Stimme vor.

»Corbyn. Nicolas Corbyn.«

»Freut mich sehr, Mr. Corbyn. Kommen Sie, ich bringe Sie zu meinem Laden.«

Hoffnung breitete sich in mir aus. Vielleicht würde Astrid Wright mir sagen können, wo Evelyn und Elijah waren. Vielleicht hatte sie sie gesehen. Oder sogar mit ihnen gesprochen. Mit wild pochendem Herzen folgte ich ihr den Weg von der Kirche zurück zu *Pernan's Mitte*. Wir hatten den Friedhofsplatz schon beinahe hinter uns gelassen, als Christophers Stimme noch einmal zu uns herunter wehte.

»Sie sind hier nicht willkommen, Mr. Corbyn! Nicht willkommen!«

Neben mir seufzte Astrid.

»Beachten Sie ihn am besten gar nicht. Er war schon immer ein … nun ja, sagen wir Miesepeter, aber seit seine Frau vor einigen Tagen verstorben ist … tja.«

»Irma Svensson war seine Frau?«

Sie nickte.

»Und das kleine Mädchen ist also … ?«

»Ja. Elenor Svensson, seine Enkelin. Armes Ding. Ihre Eltern sind auf einer Geschäftsreise bei einem Autounfall ums Leben gekommen und seitdem wohnt sie bei ihren Großeltern. Irma war eine tolle, großzügige Frau. Christopher hingegen … «

Erneut brach Astrid ab. Für einen Augenblick schien sie mit den Gedanken weit weg, bevor sie den Kopf schüttelte und mir ein Lächeln zuwarf.

»Das, was sie Elenor gesagt haben, war richtig berührend. Sie haben wohl ein Händchen für Kinder, was?«

Ich schluckte, konnte bei den Worten einen Stich in meinem Herzen spüren, als ich unweigerlich an Elijah denken musste.

»Ja, denke schon«, erwiderte ich ausweichend.

»Zu schade, dass Sie Pernan nicht mehr zu seiner Blütezeit erleben können. Früher gab es hier sogar noch eine richtige Schule und die Kinder spielten den ganzen Tag in den Wäldern verstecken.«

Abermals seufzte Astrid und ließ den Blick in Gedanken verloren in die Ferne wandern. In diesem Moment erinnerte sie mich ein wenig an meine Evelyn. Auch sie bekam diesen verträumten Glanz in den Augen, wenn sie sich an Dinge aus ihrem Leben zurückerinnerte. An die schönen. Und die schlechten. Hastig schüttelte ich den Kopf und beeilte mich, wieder zu Astrid aufzuschließen.

»Wo sind die anderen Kinder jetzt?«, fragte ich.

Astrid antwortete nicht sofort. Ihr Blick wirkte verklärt, als würde sie gar nicht mehr hier neben mir den Pfad zu ihrem Laden entlang gehen. Nein. Für einen Moment hatte ich das Gefühl, dass sie weit entfernt an einem anderen Ort weilte. Verhalten räusperte ich mich und Astrid blinzelte verwirrt.

Ihr Blick fiel auf mich und beinahe etwas zerstreut fuhr sie sich durchs Haar.

Noch eine Geste, die mich an meine Frau erinnerte.

»Entschuldigen Sie, was haben Sie gesagt?«

»Sie meinten, damals hätten die Kinder in den Wäldern gespielt. Tun sie das jetzt nicht mehr?«

Astrids Lächeln verrutschte etwas.

»Nun, die, die noch übrig geblieben sind, tun es natürlich.«

Ich hob eine Augenbraue.

»Die noch übrig geblieben sind?«

»Elenor und Mika. Sie haben die beiden gerade bei der Beerdigung gesehen.«

Ich nickte. Elenor Svensson war die kleine Enkelin Christophers, der mir bereits jetzt nach der ersten Begegnung mehr als unsympathisch war. Mika musste der Junge sein, der versucht hatte, Elenor zu trösten.

»Mr. Svensson schien den Jungen nicht wirklich zu mögen. Oder mich«, sagte ich.

Astrid lachte, auch, wenn es in meinen Ohren ein wenig zu schrill klang.

»Machen Sie sich deswegen keine Gedanken. Christopher ist ein alter Sturkopf, ein sturer Esel, wie er im Buche steht. Zeig mir einen Menschen, der sich mit Christopher versteht. Außerdem beschützt er Elenor wie seinen Augapfel. Er sieht es nicht gerne, wenn sie mit dem Sohn der Holmgrens Zeit verbringt.«

»Die Holmgrens?«, wiederholte ich, auch wenn ich mir bereits zusammenreimen konnte, wer sie waren.

»Ja. Die beiden waren auch an der Kirche. Arne und Grace Holmgren und ihr Sohn Mika.«

Ich nickte. Grace musste die weinende Frau gewesen sein, während Arne ihr Ehemann war. Ich runzelte die Stirn. Er schien sich nicht gerade darum bemüht zu haben, seiner Frau Trost zu spenden. Viel mehr hatte er genervt gewirkt, fast schon peinlich berührt wegen ihr.

»Sie sagten vorhin, *die, die noch übrig geblieben sind*. Das klingt fast so, als wären alle anderen … «

Ich wagte es nicht, das Wort in den Mund zu nehmen. Nicht, nachdem wir vor wenigen Minuten noch einer Beerdigung beigewohnt hatten. Astrid zögerte. Ihre Augen huschten auf einmal nervös über die Landschaft und als sie diesmal lachte, klang es hohl und zittrig.

»Da irren Sie sich. Ich muss mich wohl falsch ausgedrückt haben.«

Ich musste kein Detektiv sein, um herauszufinden, dass sie am liebsten das Thema gewechselt hätte. Doch das konnte ich nicht zulassen. Ich musste alles über diese Insel und ihre Einwohner wissen, um meine Familie wiederzufinden.

»Wo sind die anderen? Im Internet habe ich gelesen, dass ein ganzes Viertel Pernans bewohnt wird. Oben an der Kirche habe ich nur wenige-«

Sie schnitt mir das Wort ab, schroff und ungewohnt kalt.

»Ich dachte, Sie sind nicht von der Polizei. Dafür, dass Sie nur ein gewöhnlicher Bürger sein sollen, stellen Sie eine Menge Fragen, Mr. Corbyn.«

Ich runzelte die Stirn und musterte Astrid von der Seite. Die Nervosität stand ihr mitten ins Gesicht geschrieben und auch, wenn es mir unter den Nägeln brannte, mehr über das mysteriöse Verschwinden der anderen Einwohner zu erfahren, musste das wohl warten.

Evelyn und Elijah hatten Vorrang.

Ich wollte es mir auf keinen Fall mit Astrid verscherzen; immerhin schien sie die Einzige, die bereit war, mir zu helfen und meine Fragen zu beantworten.

»Es tut mir leid, Ms. Wright. Ich war bloß neugierig«, sagte ich höflich.

Sie warf mir einen prüfenden Seitenblick zu, lange und musternd. Dann entspannten sich ihre Züge deutlich und ihr Lächeln wirkte wieder weitaus einladender.

»Nennen Sie mich Astrid.«

Der Weg fiel nun ein wenig nach links ab und ich konnte bereits die Spitze des Daches von *Pernan's Mitte* erkennen. Hier unten, abseits der Kirche und des Friedhofes pfiff der Wind wieder fröhliche Lieder und die Vögel stimmten lautstark mit ein. Dennoch begann ich im Schatten der hohen Bäume zu frösteln und ich stellte den Kragen meiner Jacke fast schon unbewusst gegen den Wind auf. Astrid fischte neben mir aus ihrer Manteltasche einen Schlüssel und hielt ihn triumphierend in die Höhe. Als sie jetzt sprach, schwang eindeutig Stolz in ihrer Stimme mit.

»Den Laden habe ich von meiner Tante übernommen. Damit ist er jetzt schon seit über zehn Generationen im Besitz der Wrights. Also, hereinspaziert, hereinspaziert, Mr. Corbyn.«

Sie steckte den Schlüssel ins Türloch und drehte ihn ein paar Mal um, bevor die Tür mit einem Klicken aufschwang. Astrid trat über die Schwelle und verschwand im Inneren, doch ich zögerte.

In meinem Nacken kitzelte es und ich konnte förmlich spüren, wie sich meine Nackenhaare aufstellten. Ich wusste es, noch bevor ich mich umdrehte.

Jemand beobachtete mich.

Kapitel 3

Meine Finger kribbelten und alles in mir sträubte sich dagegen, sich umzudrehen. Ich wusste nicht, ob es menschlicher Instinkt oder schlicht und einfach Neugierde war, doch ich tat es. Ich drehte mich um und spähte den Berg hinauf, von dem Astrid und ich gerade gekommen waren.

Weit entfernt konnte ich die Umrisse des hohen Kirchturms ausmachen. Die Bäume wiegten sanft im Wind, zwei Eichhörnchen tollten durch ihre Baumkronen und wenige Schritte von mir entfernt suchte eine Amsel nach Zweigen für ihr Nest.

Ich verengte die Augen zu Schlitzen, um besser sehen zu können, doch weder oben am Berg, noch unten an der Weggabelung konnte ich jemanden entdecken.

»Mr. Corbyn? Stimmt etwas nicht?«

Astrids Stimme hinter mir ließ mich zusammenfahren. Langsam schüttelte ich den Kopf, konnte den Blick immer noch nicht von der Bergspitze lösen.

»Nein, ich … es war wahrscheinlich nur Einbildung«, murmelte ich abwesend.

»Einbildung?«, wiederholte Astrid amüsiert.

Ich leckte mir über die Lippen und schüttelte über mich selbst den Kopf. Litt ich tatsächlich schon unter Verfolgungswahn?

»Nicht so wichtig.«

Ich wandte mich ab, folgte Astrid in das Ladeninnere und schloss die Tür hinter mir. Sofort verschwand das störende Kribbeln in meinem Nacken und erleichtert atmete ich aus. Während Astrid durch den Laden auf die Theke zusteuerte, sah ich mich im Geschäft um.

Die Regale an den Wänden waren vollbeladen mit Dosenobst, Tütchen mit Nudelsuppe, Teebeuteln, Mehlsäckchen, Taschentuchpackungen und Schokoladentafeln. Eine wirkliche Struktur konnte ich nicht erkennen; der Tee stand direkt neben den Toilettenpapierrollen und daneben stapelten sich Packungen voller Cornflakes. Vor der großen Glasfront, die ich bereits bei meiner Ankunft erspäht hatte, war eine kleine Kaffeenische eingerichtet worden, bestehend aus einem hohen, runden Tisch und zwei schlichten Barhockern. Ein einsamer Zuckerstreuer zierte den Tisch.

»Möchten Sie einen Kaffee?«, fragte Astrid fröhlich, die soeben den Ladenschlüssel unter der Theke verstaute.

Ich schüttelte dankend den Kopf und schlenderte zu ihr herüber. In meiner Jackentasche schlossen sich meine Finger fest um das Foto meiner Familie.

»Ich danke Ihnen, dass Sie sich Zeit für mich nehmen, Ms. Wright«, begann ich.

Astrid sah auf, rollte mit den Augen und lächelte mich gar tadelnd an.

»Habe ich Ihnen nicht gesagt, Sie sollen mich Astrid nennen?«

»Verzeihung. Astrid. Ich danke Ihnen.«

»Gerne, Mr. Corbyn. Um ehrlich zu sein, bin ich selber ganz neugierig, mehr über Sie zu erfahren.«

»Über mich?«, sagte ich perplex.

Sie nickte und fuhr sich einmal durch die langen Haare, sodass es ihr wieder in großen Wellen über die Schultern fiel. Auch wenn Evelyns Haar um einiges heller war als das Astrids, konnte sie mit der Länge deutlich mithalten.

»Es kommt nicht alle Tage vor, dass sich Leute von außerhalb nach Pernan verirren. Wir sind nicht gerade bekannt für *die* Touristeninsel, wissen Sie?«, erklärte Astrid.

»Nicht? Ich habe schon viel über Pernan gelesen. Und die Bilder im Internet können noch lange nicht mit der wahren Natur mithalten. Meine Frau hat darauf bestanden, hierher zu kommen, um Urlaub zu machen.«

Astrid hielt inne und hob den Kopf.

»Ihre Frau?«

Für den Bruchteil einer Sekunde bildete ich mir ein, einen merkwürdigen Schleier, einen kurzen Schatten in ihren Augen sehen zu können. Doch dann drehte sie den Kopf ein wenig und der Moment war vorüber.

Einbildung, redete ich mir ein. Ebenso wie das Gefühl, beobachtete zu werden.

»Ja«, sagte ich, »meine Frau und mein Sohn sind ebenfalls hier.«

Astrid zog die Stirn in Falten und stützte sich mit beiden Händen auf der Theke auf.

»Wirklich?«, sagte sie, den zweifelnden Unterton nicht ganz verbergen könnend.

»Ja. Sie sind vor mir hier angekommen. Eigentlich hatten wir den Urlaub gemeinsam antreten wollen, doch mir ist kurzfristig etwas dazwischen gekommen. Beruflich. Ich konnte sie nicht begleiten.«

Astrid musterte mich mit einem stechenden Blick, dem ich tapfer, aber unbehaglich standhielt.

»Wie schade«, sagte sie schließlich mit spitzer Stimme.

»Haben Sie sie vielleicht gesehen? Meine Frau und mein Sohn sind seit fast zwei Wochen hier, sie müssen sicher in Ihrem Laden vorbeigeschaut haben«, sagte ich hoffnungsvoll.

»Ich glaube, da muss ich Sie enttäuschen, Mr. Corbyn.«

Ich spürte, wie mein Herz sank. Verzweiflung breitete sich in mir aus und hastig, mit zitternden Händen, langte ich in meine Tasche, um das Foto herauszuziehen. Ich reichte es Astrid, die mich kurz ansah, bevor sie einen Blick darauf warf.

»Das sind sie. Evelyn, meine Frau, und mein Sohn, Elijah. Leider ist das Foto schon etwas älter, er ist inzwischen fast neun, aber meine Frau hat sich seitdem kaum verändert«, fügte ich rasch hinzu.

Astrid starrte das Bild an. Lange. Zu lange, um einfach nur darüber nachzudenken, ob sie die beiden gesehen hatte oder nicht. Schließlich gab sie mir das Foto zurück.

»Niedlich, der Kleine. Und sie ist wirklich hübsch. Arbeitet sie als Model?«

Ich schüttelte den Kopf, doch ein warmes Lächeln bildete sich auf meinen Lippen. Liebevoll betrachtete ich das Foto, auch wenn ich spürte, dass mich Astrid genau beobachtete.

»Nein. Aber sie könnte, wenn sie nur wollte. Sie wäre die beste, das weiß ich.«

Mit einem tiefen Atemzug riss ich mich vom Anblick des Fotos los und steckte es zurück in meine Tasche.

»Und, haben Sie sie gesehen?«, sagte ich geradezu flehend.

Astrid seufzte und drehte mir den Rücken zu. Sie bückte sich, um nach mehreren schweren Säcken voller Kaffeebohnen zu greifen.

»Nein.«

Mein Herz schien einen Riss zu bekommen. Meine Schultern sackten in sich zusammen.

»Sind Sie sicher, Astrid? Sie haben die beiden nicht gesehen? Sie müssen sie doch gesehen haben, Pernan ist klein, das haben Sie selbst gesagt«, sagte ich drängend.

Ächzend versuchte Astrid den Sack aufzuheben, doch er war zu schwer, sodass er ihr aus den Händen glitt und mit einem dumpfen Geräusch auf dem Boden landete.

»Es tut mir leid, Mr. Corbyn«, sagte sie mit Nachdruck, »ich kenne Ihre Frau und Ihren Sohn nicht.«

Ich öffnete den Mund, wollte etwas sagen, doch kein Ton kam über meine Lippen. Schließlich klappte ich ihn wieder zu. Astrid war meine einzige Hoffnung gewesen, seit ich Pernan betreten hatte. Sie leitete den einzigen Lebensmittelladen auf der ganzen Insel. Wenn sie meine Familie nicht gesehen hatte, wer dann?

Ich schreckte aus meinen Gedanken, als sie mich mit einer Hand an der Schulter berührte. Ihre Finger waren schmal und grazil, ebenso wie Evelyns und in ihren Augen lag ein entschuldigender Schimmer.

»Es tut mir wirklich leid«, sagte sie leise.

Jegliche Schroffheit war aus ihrer Stimme gewichen. Langsam nickte ich. Ich wusste, nein, ich spürte, dass es ihr aufrichtig leid tat. Sie log nicht. Sie hatte die beiden wirklich nicht gesehen.

»Danke trotzdem, dass Sie mich angehört haben.«

»Natürlich.«

Ich zögerte, dann nickte ich mit dem Kinn auf die schweren Kaffeesäcke hinüber.

»Soll ich Ihnen vielleicht damit helfen?«, bot ich an.

Überrascht sah sie mich an, bevor sich ein erleichtertes Lächeln zeigte.

»Das wäre großartig, ich danke Ihnen. Stellen Sie sie einfach hinten im Lager bei den anderen Säcken ab, ja?«

Astrid hatte nicht übertrieben. Die Säcke waren schwer, doch da ich früher als Mechaniker in einer Autowerkstatt ausgeholfen hatte, war es für mich kein Problem, schwere Dinge zu schleppen. Ich hievte den Sack in meine Arme und durchquerte die schmale Tür, durch die Astrid gezeigt hatte.

Im Lager war es dunkel, es roch nach altem Tee, salzigem Wasser und seltsam rauchig. Nur ein fahler Lichtschein aus dem Ladenraum fiel ins Lager, sodass ich mich immerhin ein wenig orientieren konnte.

Ich lief an den Regalen mit eingemachten Heringen vorbei, stieg über ein Fass voller bunter Bonbons und ließ den schweren Sack vorsichtig zu Boden gleiten. Mein Rücken knackte, als ich mich wieder aufrichtete. Sofort hatte ich Evelyns Stimme im Ohr.

»Und du bist sicher, dass du mich nicht mal zum Yoga begleiten möchtest? Es würde dir gut tun.«

Wie immer hätte ich den Kopf geschüttelte, sie angelächelt und einen Daumen in die Höhe gereckt.

»Mir geht es gut. Mach dir keine Sorgen, mein Engel.«

»Nici. Ich mache mir immer Sorgen.«

Die Erinnerung verblasste und langsam kehrte ich zurück in den dunklen Lagerraum. *Nici.* Nur sie nannte mich so. Ihre Stimme klang dabei jedes Mal so zärtlich und sie sah mich an, als wäre ich das Kostbarste auf der Welt. Auch, wenn ich ihre Stimme das letzte Mal vor knapp zwei Wochen gehört hatte, vermisste ich sie, als wären Jahre vergangen. Ich zog mein Handy aus meiner Tasche und wollte bereits in den Kontakten nach ihrer Nummer suchen, als mir das Netz-Symbol auf dem Display in die Augen stach.

Nicht ein Balken leuchtete.

»Verflucht. Kein Empfang«, brummte ich.

Meinen Blick aufs Handy gerichtet, drehte ich mich um. Im nächsten Augenblick stieß mein Fuß gegen etwas Hartes und ein lautes Scheppern und Klappern hallte durch den dunklen Raum. Ich zuckte zusammen.

Viele, kleine Bonbons, in allen erdenklichen Farben, rollten über den Holzfußboden.

»Ah, Mist«, knurrte ich.

Resigniert stopfte ich mein Handy zurück in die Tasche, bückte mich und begann, die lästigen Kugeln wieder einzusammeln. Wieso um alles in der Welt bewahrte man Bonbons auch in einem einfachen Fass auf?, dachte ich genervt.

»Mr. Corbyn, ist alles in Ordnung?«, vernahm ich Astrids Stimme vom Verkaufszimmer.

»Ja, ich bin nur … «

Meine Stimme verlor sich. Mein Herz setzte aus. Die Hand, die ich gerade noch nach einem blauen Bonbon hatte ausstrecken wollen, erstarrte mitten in der Luft. Nein. Nein, das konnte nicht sein.

»Mr. Corbyn?«

Ich antwortete nicht. War nicht fähig zu antworten. Meine Gedanken drehten sich im Kreis.

Endlich riss ich mich aus meiner Starre und hob das blaue Bonbon auf, das sich erst im fahlen Licht der Sonne, das durch den Türspalt fiel, als etwas ganz anderes entpuppte.

»Evelyn«, hauchte ich, während ich mit bebenden Fingern die Konturen des Rings nachfuhr.

Ihr Ring. *Unser Ehering.*

Kapitel 4

Zu sagen, ich wäre nervös, wäre wohl untertrieben gewesen.

Am liebsten hätte ich mich vor Aufregung hinter die nächste Buchsbaumhecke übergeben, doch dann hätte Evelyn sicher Verdacht geschöpft und das wollte ich um jeden Preis vermeiden. Heute sah sie noch schöner aus als sonst. Leider steigerte das meine Aufregung um ein vielfaches.

Als meine Finger in meine Jackentasche glitten, streiften sie die dunkelblaue Samtschatulle, die ich mitsamt dem Verlobungsring vor zwei Monaten gekauft hatte. Eigentlich hatte ich Evelyn sofort fragen wollen. Doch der Mut hatte mich verlassen, jedes Mal, wenn ich auch nur an die Frage gedacht hatte.

Evelyn war ein Model, eine Königin, ein Engel. Sie verdiente mehr als mich, mehr als dieses Leben, das ich ihr bieten konnte. Und doch stand ich jetzt hier, wenige Meter hinter ihr, während sie mit begeistertem Gesichtsausdruck das Sonnenblumenfeld betrachtete, das sich vor uns erstreckte.

»Nici! Wieso hast du nicht gesagt, dass wir hierher gehen? Ich hätte Sandwiches machen können oder Muffins. Ein Picknick im Sonnenblumenfeld, wie romantisch wäre das?«, rief sie strahlend und drehte sich zu mir um.

Mir verschlug es den Atem. Ihre blauen Augen leuchteten vor Glück, ihre braunen Haare waren zu einem perfekten Pferdeschwanz zurückgebunden und in ihrer geblümten Bluse wirkte sie tatsächlich wie ein Engel.

Mittlerweile zitterten nicht nur meine Hände, sondern auch meine Beine. Ich hatte mir Worte zurechtgelegt. Fast jeden Abend vor dem Einschlafen hatte ich mir Gedanken darüber gemacht. Beim Abendessen. Beim Duschen. Ich wollte es nicht einfach so tun. Vor allem nicht, wenn Evelyn wieder einen ihrer Tage hatte. Manche davon waren besonders schlimm.

Sie war weder ansprechbar, noch reagierte sie auf irgendetwas, das ich sagte oder tat. Es schien dann jedes Mal so, als wäre sie gefangen in einer anderen Realität. Doch ich wusste es besser. Wenn sie auf unserem Sofa saß, die Knie bis zur Brust gezogen und den Blick in die Ferne gerichtet, wusste ich, dass sie nicht in einer anderen Realität gefangen war, sondern in einem einzigen Moment.

Einen Moment, den ich jedes Mal zu verdrängen versuchte. Während es mir meist gelang, nahm er Evelyn gefangen. Lange Zeit hatte ich nach Möglichkeiten gesucht, ihr die schrecklichen Erinnerungen zu nehmen.

Ich hatte Therapie vorgeschlagen. Hatte mir zum Einschlafen mit ihr Hypnose-Videos angesehen. Hatte darüber reden wollen. Oder mit anderen Paaren reden wollen, die dieselbe Situation durchlitten hatten wie wir. Doch sie blockte ab. Zog sich zurück. Schloss mich aus.

Sie hatte diese Tage.

Und dann hatte sie Tage wie heute, an denen sie vor Glück und Begeisterung durch die Wiesen lief und sich für jeden Schmetterling und jede Sonnenblume faszinieren konnte.

Ich spürte, dass ich es heute machen musste. Meine letzte Möglichkeit. Der letzte Strohhalm, an den ich mich klammerte, um meiner Evelyn ihre Fröhlichkeit zurückzugeben.

»Evelyn«, sagte ich.

Meine Stimme zitterte und war nicht lauter als ein Flüstern. Natürlich hörte sie mich nicht. Ich wischte den Schweiß meiner Hände an meinen Jeans ab und räusperte mich.

»Evelyn, ich ... ich muss dir etwas sagen.«

Diesmal hörte sie mich. Sie hielt inne und drehte sich verwundert zu mir um. Sofort schwand die Fröhlichkeit aus ihrem Gesicht und ein besorgter Schatten nahm ihre Züge ein. Mit drei schnellen Schritten stand sie vor mir.

»Mein Gott, Nicolas. Du bist ja ganz blass! Ist dir schwindelig?«, stieß sie entsetzt aus.

Sie streckte die Hände aus und rahmte mit ihnen mein Gesicht. Ich schluckte, lachte heiser und nervös und schüttelte den Kopf.

»Nein, ich ... mir geht es gut, ehrlich. Ich wollte nur ... «

Ich brach ab. Die Worte lagen auf meiner Zunge und doch fühlte sie sich ausgerechnet jetzt rau und schwer wie Blei an. Evelyn musterte mein Gesicht besorgt und befühlte nun meine Stirn.

»Bist du dir sicher, dass du dich nicht setzen willst? Du siehst aus, als würdest du gleich umkippen«, sagte sie.

Ich schüttelte den Kopf und schluckte, um die aufkeimende Übelkeit zu unterdrücken. Nicht jetzt, dachte ich verzweifelt, nicht jetzt!

»Ich wollte dich etwas fragen, Eve.«

Überrascht blinzelte sie mich an, die Hände noch immer an meinen Wangen. Fragend legte sie den Kopf schief. Ich atmete tief durch. Meine Hände zitterten, als ich jetzt in meine Jackentasche langte und die Schatulle herauszog.

Geh auf die Knie, schrie mich mein Kopf an, doch meine Beine wollten mir nicht gehorchen. Es war eh zu spät. Evelyn hatte die Schatulle bereits entdeckt. Ich spürte, wie sich ihre Finger an meinem Gesicht verkrampften. Sah, wie sich ihre Augen weiteten und sie nun ebenso blass wurde wie ich.

»Eigentlich habe ich mir eine Rede zurecht gelegt. Also, was heißt Rede, einfach ein paar Worte, als nette Geste und ich habe lange daran gefeilt und mir gedacht, dass du bestimmt … «

Ich brach ab, räusperte mich und öffnete langsam die Schatulle. Meine Finger bebten, also brauchte ich zwei Anläufe. Evelyn hielt hörbar die Luft an, als sie den silbernen, schmalen Ring entdeckte, der von einem kleinen, bläulichen Edelstein geziert wurde.

»Was ich damit sagen möchte … willst du meine Frau werden, Evelyn?«

Die letzten Worte sprudelten nur so aus mir heraus und ich war mir sicher, dass sie mich nicht verstanden hatte. Doch dann hob sie den Kopf und unsere Blicke kreuzten sich. Da wusste ich es. Ich sah es in ihren Augen, die sich mit Tränen füllten. Ich sah es in ihrer zitternden Unterlippe. Ich sah es in der Röte, die so plötzlich zurück in ihre Wangen schoss.

Sie hatte mich verstanden. So, wie sie es immer tat.

*

Fassungslos starrte ich den Ring in meiner Hand an. Er sah genauso aus wie an dem Tag, an dem ich ihn Evelyn gegeben hatte. Keine Schlieren, keine Kratzer, funkelnd und glänzend. Evelyn hatte ihn jeden Abend vor dem Schlafengehen poliert, niemals hätte sie sich freiwillig davon getrennt.

Vorsichtig fuhr ich den bläulichen Stein nach, während sich Astrid mit schnellen Schritten näherte. Ich drehte mich nicht um, doch konnte hören, wie sie im Türrahmen zum Lager stehenblieb.

»Oh, meine Güte!«, stieß sie aus, als sie mich am Boden kniend entdeckte, »haben Sie sich verletzt? Verflucht, dieses Fass wollte ich schon vor Ewigkeiten umstellen.«

Sie kam zu mir herüber und kniete sich neben mich. Dabei fiel ihr Blick auf den Ring in meiner Hand. Langsam wandte ich den Kopf und sah sie an. Verwunderung, Sorge, Nervosität und noch etwas anderes spiegelte sich in ihren Augen wieder, das ich nicht recht zu deuten wusste.

»Wo haben Sie den denn gefunden?«, sagte sie schließlich, nachdem sie ihre Sprache wiedergefunden zu haben schien.

»Ich … «

Ich brach ab, weil meine Stimme zu kratzig klang. Hastig räusperte ich mich und deutete vage auf die verstreuten Bonbons.

»Er war hier.«

»Hier? Wo, in dem Fass mit den Bonbons?«, fragte sie skeptisch.

»Ja. Nein, ich weiß es nicht. Vielleicht lag er auch schon vorher auf dem Boden und ich habe ihn bloß zuerst übersehen«, antwortete ich zerstreut.

Mein Herz hämmerte kräftig gegen meine Brust.

»Nun, dann bin ich wirklich sehr froh, dass Sie ihn gefunden haben. Ich suche ihn schon seit Wochen«, sagte Astrid.

Sie streckte die Hand nach dem Ring aus, doch ich starrte sie nur wortlos an. Menschen waren gut darin zu lügen. Nicht immer konnte ich erahnen, was in ihnen vorging oder woran sie wirklich dachten. Doch hier und jetzt war ich mir sicher, es konnte keine andere Erklärung geben. Sie log.

Langsam schüttelte ich den Kopf, während sich meine Finger fester um den Ring schlossen. Astrid runzelte die Stirn.

»Der Ring gehört meiner Frau«, hörte ich mich selber sagen, seltsam tonlos und hohl.

In Astrids Augen blitzte Überraschung auf und ich wusste, dass sie es mittlerweile wahrscheinlich bereute, mich mit zu ihrem Geschäft genommen zu haben. Als sie lachte, klang es ein wenig verdreht.

»Das ist unmöglich. Ihre Frau ist nie hier gewesen.«

»Es muss so sein. Wie soll ihr Ring sonst hierher gekommen sein?«, erwiderte ich störrisch.

»Ich weiß nicht, was Sie sich da einreden, Mr. Corbyn, aber das ist nicht der Ring Ihrer Frau. Dieser Ring gehört mir, meine Tante hat ihn mir geschenkt an dem Tag, an dem ich *Pernan's Mitte* übernommen habe.«

Ich schüttelte entschieden den Kopf und presste den Ring an meine Brust, als wollte ich ihn um jeden Preis vor Astrids gierigen Augen abschirmen. Sie seufzte und erhob sich wieder.

»Es muss sich um eine Verwechslung handeln, Mr. Corbyn. Vielleicht hat Ihre Frau einen ähnlichen Ring.«

»Nein. Er ist es, ich weiß es. Es ist dieselbe Musterung, derselbe Edelstein. Das hier ist Evelyns Ehering«, sagte ich.

Astrids Lippen bildeten nur noch einen schmalen, geradezu missbilligenden Strich. Sie muss mich für verrückt halten, schoss es mir durch den Kopf. Oder sie wusste ganz genau, wovon ich sprach.

»Hören Sie, Mr. Corbyn. Wenn Ihre Frau und Ihr Sohn wirklich hier auf der Insel sind, dann werden Sie alleine nicht weit kommen mit der Suche. Es gibt verwinkelte Höhlen und Wälder, aus denen sie niemals wieder herausfinden würden. Reden Sie mit Haldor Larsson, er ist unser Hafenmeister. Wenn Ihre Familie wirklich hier jemals angekommen ist, dann muss er ihre Ankunft bemerkt und in seinem Block notiert haben«, sagte sie.

Ich zögerte.

»Sie sind hier angekommen«, sagte ich.

»Wissen Sie das genau? Haben Sie mit ihr telefoniert, während sie hier war?«, fragte Astrid.

Wieder zögerte ich. Nein. Ich hatte das letzte Mal Kontakt zu Evelyn gehabt, als sie und Elijah zum Bahnhof Vallingtons aufgebrochen waren, um von dort aus den Zug zum nächstgelegenen Hafen zu nehmen. Jeden Abend war ich darauf so spät nach Hause gekommen, dass es weit nach Elijah's Bettzeit gewesen war. Ich hatte nicht angerufen, um ihn nicht zu wecken. Außerdem schien Evelyn wirklich sauer auf mich gewesen zu sein, da ich sie und Elijah nicht nach Pernan begleiten konnte.

Ich kannte sie gut. In solchen Situationen ließ ich ihr in der Regel ein paar Tage ihren Freiraum, bis sie von alleine auf mich zukam. Nur, dass sie sich diesmal nicht gemeldet hatte.

»So lange Sie Ihre Frau nicht gefunden haben, würde ich es vorziehen, Sie übergeben mir den Ring. *Meinen* Ring«, sagte Astrid und anhand ihres Tonfalls erkannte ich, dass sie diesmal keine Widerrede zulassen würde.

Es fühlte sich falsch an, ihr den Ring zu geben. Ihn an der Hand einer anderen Frau zu sehen. Ich wusste, dass es nicht ihrer war. In dem Augenblick, in dem Astrid Wright den Ring anzog, spürte ich, dass es falsch war und dass es Evelyn sein sollte, die diesen Ring nun tragen müsste.

»Den Hafenmeister, wo finde ich ihn?«, fragte ich langsam, ohne den Blick von Astrids Hand zu wenden.

»Sie müssten bei Ihrer Ankunft an einer kleinen Fischerhütte vorbeigekommen sein. Meistens hält er sich dort auf, auch, wenn es wohl kaum irgendwelche Boote gibt, deren Abreise und Ankunft er in seinem Block festhalten kann.«

Ich nickte und erhob mich endlich aus meiner knienden Position. Den Staub an meiner Hose klopfte ich einfach ab. Astrid begleitete mich noch bis zur Tür.

»Ich hoffe, dass Sie ihre Familie wiederfinden, Mr. Corbyn. Das hoffe ich wirklich«, sagte sie zum Abschied.

»Ja, ich auch«, murmelte ich, mit den Gedanken noch immer bei Evelyns Ring.

Bevor ich ging, wandte ich mich noch einmal um.

»Astrid?«

»Ja?«

»Vielen Dank, dass Sie sich Zeit genommen haben. Und wegen der Sache mit dem Ring, es tut mir leid. Es muss … es muss wirklich eine Verwechslung gewesen sein«, sagte ich.

Nun breitete sich wieder ein strahlendes Lächeln auf ihrem Gesicht aus und geradezu anmutig warf sie ihr langes Haar über die Schultern.

»Schon vergessen, Mr. Corbyn.«

Als ich mich umdrehte und nur noch das Geräusch der Ladentür vernahm, die sich hinter mir schloss, hatte ich erneut das Gefühl beobachtet zu werden. Ich hob meinen Blick und ließ ihn über die umliegenden Hügel und Bäume schweifen.

Für einen flüchtigen Moment bildete ich mir ein, eine dunkle Silhouette in der Ferne zu erkennen, die von einem Berg auf mich herabsah. Ich rieb mir übers Gesicht, blinzelte und der dunkle Schatten war verschwunden.

*

Bei meiner Ankunft in Pernan war ich so auf die faszinierende Umgebung und die Sorge um meine Familie fixiert gewesen, dass ich das kleine Holzhüttchen abgelegen des einzigen Anlegestegs völlig übersehen hatte.

Selbst das Wort Hütte kam noch nicht annähernd an den Zustand dieses Gebäudes heran. Es ähnelte eher einem alten Schuppen, dessen Farbe bereits abblätterte.

Der Weg, der einst zum Eingang geführt hatte, war mit dichtem Moos und einigen Wurzeln bewachsen und ich blieb mehrmals in einer niedrigen Ranke hängen, bevor ich die Tür erreichte.

Große, schwarze Augen begrüßten mich.

»Na, wen haben wir denn hier?«, sagte ich schmunzelnd und ging vor dem zotteligen Hund, der direkt vor der Tür lag, in die Hocke.

Aus treuen Augen spähte er zu mir herauf, die Knopfaugen beinahe gänzlich unter seinem dichten braun-grauen Fell versteckt. Vorsichtig streckte ich die Hand aus und ließ den Hund an ihr schnuppern. Dann bellte er einmal, als wäre er mit mir höchst zufrieden und neigte den Kopf, um sich streicheln zu lassen. Sein Fell war warm und weich.

»Du bist aber ein liebes Kerlchen. Wo ist denn dein Besitzer?«, sagte ich und fing an, den Hund hinter den Ohren zu kraulen.

Dieser drehte den Kopf nun genüsslich von einer Seite zur anderen. Lächelnd erhob ich mich und klopfte gegen die Tür. Keine Antwort. Ich versuchte es noch einmal, doch weder hörte ich eine Stimme auf der anderen Seite, noch sich nähernde Schritte.

Verwundert runzelte ich die Stirn.

War das hier nicht die Hütte, von der Astrid gesprochen hatte? Und wenn doch, wieso ließ der Hafenmeister seinen Hund ganz alleine hier zurück?

Als hätte dieser meine Gedanken vernommen, richtete er sich auf einmal auf und lief schwanzwedelnd den Weg voran, den ich soeben noch gekommen war. Dabei stieg er so leichtfüßig über jede Wurzel, dass ich annahm, er würde diesen Weg mehrmals am Tag laufen.

Als er schon mehrere Meter von mir entfernt war, blieb er stehen und sah sich nach mir um. Meine Augen weiteten sich überrascht.

»Du willst, dass ich dir folge, mein Kleiner?«, rief ich leise lachend.

Jetzt begann ich auch schon, mit Tieren zu reden. Doch wieder überraschte mich der zottelige Vierbeiner. Er wedelte weiter aufgeregt mit dem Schwanz, bevor er sich umdrehte und einen schmalen Pfad hinaufkletterte, den ich ohne ihn übersehen hätte.

So schnell es die Zustände des Bodens zuließen, folgte ich ihm. Der Wind hatte deutlich zugenommen und pfiff mir um die Ohren, je höher ich stieg. Ich stellte den Jackenkragen gegen den Wind auf und wischte mir eine Strähne aus dem Gesicht, die jedoch sofort wieder zurück gepustet wurde.

»Meine Güte, diese Anstiege bringen mich noch um«, klagte ich, als der Weg einen noch steileren Hügel hinaufführte.

Der Hund vor mir schien nicht ein bisschen müde zu werden. Munter lief er weiter, bis er urplötzlich vom Pfad abwich und durchs hohe Gras sprang.

»Warte!«, rief ich reflexartig.

Meine Seite stach und schmerzte und ich war zweimal mit dem Fuß umgeknickt. Wenn er mich nur zu einem alten, vergrabenen Knochen geführt hatte, würde dieser Hund noch sein blaues Wunder erleben, dessen schwor ich mir.

Kaum hatte ich diesen Gedanken beendet, blieb der Hund neben einem einzigen Stuhl stehen, der gefährlich nahe am Rande einer hohen Klippe stand. Ich sah nur das gräuliche Haar des Mannes, der in einen langen, schwarzen Mantel gekleidet auf dem Stuhl saß, doch mir war sofort klar, dass dieser Mann der Hafenmeister Pernans sein musste.

Kapitel 5

Ob er mich bereits bemerkt hatte oder einfach nur so tat, als würde er mich ignorieren, war schwer zu sagen. Mit weiten Schritten kämpfte ich mir einen Weg durch das hohe Gras, das mir an einigen Stellen sogar bis zu den Knien reichte.

Der zottelige Hund, der mich hierher geführt hatte, saß nun brav neben dem Mann auf dem Stuhl und beobachtete meinen Kampf mit der verwilderten Wiese.

»Sind Sie … sind Sie Haldor Larsson?«, keuchte ich, als ich knapp hinter ihm zum Stehen kam.

Von hier aus konnte ich die feinen Rauchschwaden erkennen, die der Grauhaarige in gleichmäßigen Zügen aus einer Pfeife in die Luft blies. Noch immer regte er sich nicht. Ich rieb meine frierenden Hände aneinander und trat von einem Fuß auf den anderen. Der Wind war stärker geworden.

»Sind Sie Mr. Larsson?«, wiederholte ich meine Frage, diesmal lauter.

Vielleicht war er ja schwerhörig und durch den pfeifenden Wind wäre es schwierig genug, mich deutlich zu verstehen.

Er paffte friedlich weiter seine Pfeife, ohne auch nur im Geringsten zu erkennen zu geben, dass er mich registrierte. Ich seufzte und umrundete den Stuhl, um ihm ins Gesicht sehen zu können.

Ein grauer, durchaus gepflegter Bart nahm den Großteil seines Gesichts ein. Seine Augen waren klein und schimmerten bläulich und viele Falten hatten sich wohl im Laufe der Jahre auf seiner Stirn und um seine Augenpartie gebildet.

»Mr. Larsson?«, sagte ich und beugte mich ein Stück zu ihm herunter.

Sein Blick war starr auf die See weit unter uns gerichtet. Durch den aufkommenden Sturm war sie unruhig und warf inzwischen einige Wellen. Mein kleines Ruderboot, das ich unten am Steg festgemacht hatte, wippte nun wild von einer Seite zur anderen. Ich hoffte, den Knoten fest genug gebunden zu haben.

»Man hat mir gesagt, dass ich Sie unten an der Fischerhütte finden würde«, begann ich erneut, auch, wenn meine Hoffnung, eine Antwort zu erhalten, zunehmend schwand.

Wieder wurde ich ein anderes belehrt.

»Wer hat Ihnen das gesagt?«

Seine Stimme war tief und rau, doch hatte gleichzeitig etwas Beruhigendes an sich. Er nahm einen weiteren Zug von seiner Pfeife und lehnte sich in seinem Stuhl zurück. Der beißende Wind schien ihm und seinem Hund nichts auszumachen.

»Astrid Wright«, erwiderte ich.

Der Mann hielt inne, als würde er nachdenken, dann steckte er sich die Pfeife wieder zwischen die Zähne. Seit ich die Klippe hinter seinem Hund erklommen hatte, hatte er mich nicht eines Blickes gewürdigt.

»Mhm. Eine tüchtige Frau. Tüchtig, aber gerissen.«

Ich wusste nicht, was ich darauf antworten sollte. Ich kannte Astrid nicht gut genug, um voreilige Schlüsse zu ziehen. Außerdem war ich nicht hier, um über die Einwohner Pernans zu urteilen. Hier ging es um weitaus mehr.

»Sie hat mich zu Ihnen geschickt, da Sie der Meinung ist, Sie können mir helfen«, sagte ich mit fester Stimme.

Zum ersten Mal sah er auf. Seine Augen streiften mein Gesicht, wanderten tiefer und mich beschlich das ungute Gefühl, er würde mich geradezu scannen. Zurück an meinem Gesicht angekommen, bohrten sich seine Augen in meine. Sie erinnerten mich seltsamerweise an die See unter uns. Aufgewühlt und ruhig zugleich.

»Sie sitzen hier fest«, sagte er schließlich.

Verwundert runzelte ich die Stirn.

»Wie bitte?«

Er nickte mit dem Kinn zu den pechschwarzen Wolken hinüber, die in einem erschreckenden Tempo auf die Insel zurasten.

»Diesen Sturm wird kein Boot da draußen überleben. Schon gar nicht ein Boot wie Ihres.«

»Sie haben mich gesehen?«, fragte ich überrascht.

Er nahm einen Zug von seiner Pfeife. Der aufkommende Sturm schien ihn in keinster Weise zu beunruhigen.

»Wenn ein Boot in Pernan anlegt, bin ich der Erste, der dies erfährt. Und manchmal auch der Einzige.«

Wieder wusste ich nicht, was ich darauf antworten sollte. Ich versuchte vergeblich mir die Haare aus der Stirn zu streichen, doch der Wind peitschte sie mir immer wieder zurück.

»Dann waren Sie es auch, der mich am Laden von Astrid beobachtet hat? Sie waren der Mann auf dem Berg?«

Er sah mich lange und prüfend an, bevor er den Kopf schüttelte.

»Seit den frühen Morgenstunden sitze ich hier. *Pernan's Mitte* liegt außerhalb meines Sichtfeldes. Ich sah Sie anlegen und das Boot festbinden, danach habe ich Sie aus den Augen verloren.«

»Sie waren nicht bei der Beerdigung«, stellte ich fest.

Er wandte den Blick ab.

»Nein. War ich nicht«, sagte er kurz angebunden.

»Ich suche meine Frau. Sie und mein Sohn sind vor fast zwei Wochen hier angekommen. Seitdem sind sie verschwunden«, schrie ich gegen den Sturm an.

»Sie sollten besser auf Ihre Familie aufpassen«, erwiderte er.

Ich biss mir auf die Lippe, um meinen Zorn zu bändigen.

»Ich muss sie finden! Bitte«, fügte ich hinzu.

Er antwortete nicht, starrte nur geradeaus auf das Wasser und die stürmischen Wellen. In der Ferne zuckte ein Blitz über den dunklen Horizont. Ich konnte salzige Tropfen spüren, die gegen mein Gesicht peitschten. Unwirsch fuhr ich mir mit dem Jackenärmel darüber.

»Bitte«, flehte ich so leise, dass meine Worte im tosenden Wind untergingen.

Erneut jagte ein Blitz über den Himmel. In diesem Moment erhob sich der zottelige Hund, kam zu mir herüber und schmiegte sich an meine Beine. Sein Fell wärmte mich und beinahe reflexartig streckte ich eine Hand aus, um meine Hand darin zu vergraben. Als ich den Blick wieder hob, kreuzte er sich mit dem des Hafenmeisters.

»Jesper scheint sie zu mögen. Er ist nicht besonders anhänglich«, sagte er gelassen, als würde die Welt hinter ihm nicht gerade in Blitzen und schwarzen Wellen untergehen.

»Ein Bearded Collie, wissen Sie? Hat schon einige Jahre auf dem Buckel, aber hält sich dennoch tapfer. So ein Unwetter macht ihm nichts aus.«

Ich ließ Jesper vorsichtig an meiner Hand lecken. Wahrscheinlich schmeckte er das Salz von der Gischt, die bis zu uns hinauf getragen wurde. Ein Knarzen, das beinahe im Wind unterging, ließ mich aufsehen. Haldor Larsson war vom Stuhl aufgestanden und sah mich an, während er seine leer gerauchte Pfeife in seiner Manteltasche verstaute.

»Sie kommen nicht von hier«, stellte er nüchtern fest.

Ich schüttelte den Kopf.

»Dann werden Sie es nicht ohne eine Erkältung überstehen, wenn Sie noch länger hier draußen bleiben.«

Bei dem Gedanken an Elijah und Evelyn, die vermutlich irgendwo da draußen alleine waren, kroch mir eine Gänsehaut über den Rücken.

»Ich kann hier nicht weg. Ich muss zuerst meine Familie finden«, beteuerte ich.

»Bei dem Wetter werden Sie rein gar nichts finden, Bursche«, erwiderte Haldor Larsson und zog sich seine Kapuze über den Kopf, sodass sein Gesicht beinahe gänzlich darunter verschwand.

Als der nächste Blitz die Umgebung erleuchtete, fielen die ersten schweren Regentropfen auf uns herab. Meine Hände zitterten und ich war mir sicher, dass meine Lippen mittlerweile blau angelaufen waren.

»Kommen Sie«, sagte Haldor schließlich und schritt vor mir durchs hohe Gras.

Jesper folgte ihm sofort.

»Wohin gehen wir?«, rief ich ihm hinterher.

»Sie sind ein äußerst ungeduldiger Mensch, nicht wahr? Vielleicht haben Sie deshalb Ihre Familie verloren.«

Wut jagte durch meine Venen und hastig schloss ich zu ihm auf.

»Ich habe meine Familie nicht verloren. Evelyn und Elijah sind alles, was ich habe und ich werde nicht aufhören sie zu suchen. Niemals.«

Haldor stockte und warf mir einen kurzen Seitenblick zu. Zu meiner Überraschung schlugen er und sein treuer Vierbeiner nicht den Weg zurück zur Fischerhütte ein, sondern einen, der weiter hinauf ins Gebirge Pernans führte.

»Sagten Sie Evelyn?«

Ich nickte, während ich verzweifelt versuchte, nicht auf dem nassen Geröll auszurutschen. Weder Haldor, noch Jesper schienen damit große Probleme zu haben.

»Ja, meine Frau Evelyn. Kennen Sie sie? Haben Sie sie gesehen?«, drängte ich.

Eine lange Zeit schwieg Haldor, bis er mir eine Antwort gab. Eine vage Antwort, die mich stutzen ließ.

»Kennen, nein. Aber ich habe von ihr gelesen.«

»Gelesen?«, wiederholte ich, nicht sicher, ob ich mich vielleicht verhört hatte.

Doch Haldor nickte bekräftigend.

»Vor einigen Tagen legte ein kleines Ruderboot, ähnlich dem Ihren, in Pernan an. Es war verwaist. Verwaist, bis auf eine Notiz, einen Brief. Er war unterzeichnet mit dem Namen Ihrer Frau«, erzählte Haldor.

Mein Herz setzte einen Schlag aus, nur um dann doppelt so schnell weiterzuschlagen.

»Evelyn«, wisperte ich und Haldor nickte.

Wir steuerten nun geradewegs auf ein großes Haus zu, das an der Spitze eines Berges thronte. Links und rechts wurde es von hohen Bäumen gesäumt, die sich nun im Sturm bogen und beugten. Jesper bellte erfreut, als der Zaun endlich in Sicht kam. Kurz vor der Eingangspforte, die zum Hof des Hauses führte, blieb Haldor stehen.

Er drehte sich zu mir um, eine Hand bereits auf der Zaunpforte. Seine schmalen Augen musterten mich prüfend und fast schon fragend legte er den Kopf schief.

»Der Brief war adressiert an einen Nici.«

Meine Augen weiteten sich und ein flüchtiges, erleichtertes Lächeln huschte über meine Lippen. Evelyn. Sie war hier, sie war wirklich hier. Astrid hatte recht gehabt, dieser Mann hier war vielleicht die Antwort auf meine Fragen.

»Evelyn hat mir diesen Spitznamen gegeben. Wo ist dieser Brief?«, rief ich und schirmte mein Gesicht mit den Händen vor dem Regen ab.

Haldor nickte mit dem Kinn zu dem Haus hinüber und öffnete die Pforte. Jesper schoss hindurch und jagte über den Hof, um vor der überdachten Eingangstür zu warten.

Als wir näher kamen, las ich den Namen auf dem Klingelschild neben der Tür.

Familie Larsson.

»Das hier ist Ihr Haus?«, sagte ich überrascht.

Haldor schloss die Tür auf und bedachte mich mit erhobener Augenbraue. Hastig ruderte ich zurück.

»Ich dachte nur, die Fischerhütte unten am Ufer ... «

Ohne ein weiteres Wort zu verlieren öffnete Haldor die Tür und ließ zuerst Jesper und mich eintreten, bevor er uns folgte. Sobald die Tür hinter ihm ins Schloss fiel, ebbte der tosende Lärm des Unwetters zu einem gleichmäßigen, dumpfen Rauschen ab.

Im Inneren des Hauses war es warm und gemütlich. Der Flur, der mit dunklen Holzdielen ausgelegt war, führte geradewegs auf eine Treppe zu. An den Wänden links und rechts hingen Gemälde der unterschiedlichsten Fischerboote und beeindruckenden Schiffen. Ihre Segel waren riesig und auch, wenn es bloß Abbildungen waren, konnte ich das Meerwasser beinahe riechen.

Ein türloser Übergang führte nach links ins große, offene Wohnzimmer mitsamt Küche. Jesper schlenderte ohne zögern in den Raum und als ich Haldor einen fragenden Blick zuwarf, nickt er. Langsam folgte ich Jesper ins Wohnzimmer. Auch hier waren die gleichen Holzdielen ausgelegt wie im Flur; in der hinteren Ecke ragte ein eindrucksvoller Kamin in die Höhe. Jesper machte es sich bereits davor auf einem flauschigen, cremefarbigen Teppich gemütlich.

Hinter mir drängte sich Haldor ins Zimmer und schritt schnaufend auf die Küchenzeile zu. Ich erkannte einen alten Gasherd, auf den Haldor nun einen Topf voller Wasser stellte. Meine Großeltern hatten einen ähnlichen Herd besessen.

»Tee? Kaffee?«, brummte er.

Ich überlegte nicht lange.

»Kaffee wäre gut, danke.«

Leise vor sich hin murrend bereitete Haldor den Kaffee vor, während er nebenbei eine stark nach Karotten und Lauch riechende Suppe zum Kochen brachte. Auch im Wohnzimmer hingen Bilder und Gemälde von Kuttern, Booten und Schiffen aller Art. Ich runzelte die Stirn, als ich einen freien Platz über einer schmuckvollen Kommode entdeckte. Der quadratische Fleck an der Wand war eindeutig heller als das übrige Holz, als hätte jahrelang dort ein Gemälde gehangen und wäre schließlich radikal entfernt worden.

Ich erinnerte mich an den Schriftzug auf der Klingel.

Familie Larsson.

Auch, wenn das Haus eindrucksvoll und groß war, erweckte es bis jetzt nicht den Eindruck, als würden außer Haldor und seinem vierbeinigen Gefährten noch andere hier wohnen.

Ich ließ diese Tatsache jedoch unerwähnt und ging weiter zum nächsten Gemälde, das die ruhige See zeigte. Mit dem Rauschen und Prasseln des Regens draußen vor den Fenstern vermittelte das Bild tatsächlich einen beruhigenden Eindruck auf mich. Ich verstand, wieso Haldor es direkt neben der Sitzecke im Wohnzimmer aufgehangen hatte.

»Wie kommt es, dass Ihre Frau ganz alleine auf einer Ihr unbekannten Insel herumläuft?«

Haldors Stimme riss mich aus den Gedanken. Er hockte neben Jesper vor dem Kamin und stopfte abwechselnd altes Zeitungspapier und Holzscheite in die Öffnung. Rasch durchquerte ich den Raum und kniete mich neben ihn, um ihm zu helfen. Überraschung blitzte in seinen Augen auf, als ich ihm die Holzscheite vorsichtig abnahm und nacheinander in den Kamin legte.

»Wir hatten geplant, zusammen hierher zu kommen. Es sollte unser erster Familienurlaub seit Jahren werden«, begann ich.

Ein schwacher Funken sprang vor uns über das Zeitungspapier, bis daraus eine kleine Flamme wurde. Jesper hob kurz den Kopf, schielte neugierig zu uns herüber und legte ihn dann doch wieder auf seinen Pfoten ab.

»Erst kurz vor unserer Abreise rief mich mein Chef an, um mir zu sagen, dass ich momentan nicht entbehrlich für die Abteilung wäre.«

Ich spürte Haldors Blick auf mir, doch starrte weiter in das nun schwach flackernde Feuer. Vor meinem geistigen Auge tauchte immer und immer wieder Elijahs enttäuschter Gesichtsausdruck auf.

»Und Sie haben sich gefügt?«, fragte Haldor.

»Ich kann nicht riskieren, meine Stelle dort zu verlieren. Es ist zur Zeit eh schon schwer genug, selbst mit einem recht gut bezahlten Arbeitsplatz«, entgegnete ich.

Für eine Weile erfüllte nur das sanfte Prasseln des Kaminfeuers und das dumpfe Rauschen des Regens das Zimmer. Haldor erhob sich und als er wiederkam, hielt er in den Händen zwei dampfende Tassen mit brühheißem Kaffee.

Dankend nahm ich eine Tasse entgegen und lehnte mich mit dem Rücken gegen das Sofa, um dicht neben Jesper sitzen zu bleiben. Während ich den ersten Schluck tat, vergrub ich meine Hand erneut in seinem weichen Fell. Der Kaffee lief angenehm warm meine Kehle hinunter und binnen Sekunden breitete sich ein wohliges Gefühl in mir aus.

Ich sah zu Haldor auf, der auf dem Sofa saß, beide Hände um seine eigene Kaffeetasse geklammert. Sein Blick war ins Feuer gerichtet, das seine Falten nur noch einmal mehr betonte.

Hier, im Schein des Kaminfeuers, umgeben von den vielen Gemälden der See und dem schlummernden Hund, wirkte Haldor Larsson gar nicht mehr so schroff und abweisend.

Eher nachdenklich, beinahe verletzbar.

»Danke«, durchbrach ich das angenehme Schweigen, das sich zwischen uns ausgebreitet hatte.

Haldor wandte den Kopf und sah mich an. Sein Blick flackerte kurz zu Jesper, der sich friedlich schlafend an meine Knie geschmiegt hatte und wieder zurück zu meinem Gesicht.

»Sie haben gesagt, Sie haben einen Sohn?«

Ich nickte, konnte nicht verhindern, dass ein flüchtiges, sanftes Lächeln über meine Züge huschte.

»Ja. Sein Name ist Elijah, er wird in zwei Monaten neun.«

»Wie ist er?«

Verwundert sah ich Haldor an. Ehrliches Interesse lag in seinen Augen, in denen ich bis jetzt nur Kälte gesehen hatte.

»Er ist neugierig und aufgeweckt. Am liebsten setzt er sich auf die Wiese hinter unserem Haus und malt. Stundenlang. Manchmal ruft Eve ihn zum Essen und er hört sie gar nicht, so vertieft ist er dabei. Nur, wenn es um seine Mathehausaufgaben geht, ist er ungeduldig. Oder ums Suchen. Letztes Ostern hat er fast einen Schreikrampf bekommen, weil er die Eier nicht schnell genug finden konnte«, schmunzelte ich in Gedanken verloren.

»Das hat er wohl von seinem Vater geerbt«, sagte Haldor.

Als ich ihn diesmal ansah, entdeckte ich das schmale Lächeln auf seinen Lippen. Zögernd erwiderte ich es.

»In der Regel bin ich ein sehr geduldiger Mensch. Hier geht es allerdings nicht ums Ostereiersuchen«, sagte ich.

»Nun, manchmal braucht es eben etwas Zeit, bis man herausfindet, was man wirklich sucht.«

Ich runzelte die Stirn und stieß ein ungläubiges Lachen aus.

»Ich weiß, wonach ich suche.«

Wieder breitete sich ein Schweigen zwischen uns aus und ich nutzte die Zeit, um an meinem Kaffee zu nippen. Als mir gerade der Gedanke kam, Haldor das Foto der beiden zu zeigen, stand er auf und ging hinüber zur Kommode.

Er zog die Schublade auf und als ich einige Dokumente und Briefumschläge darin erkannte, wandte ich rasch den Kopf und blickte still ins Feuer. Haldor sollte nicht denken, ich würde seine privaten Besitztümer durchschnüffeln wollen.

Er kam zurück zum Sofa, ließ sich mit einem leisen Ächzen darauf nieder und reichte mir ein zerknittertes Papier. Vorsichtig nahm ich es entgegen und sog sogleich scharf die Luft ein.

Ich musste gar nicht erst fragen. Ich erkannte sie sofort. Würde sie immer und überall erkennen.

Evelyns Handschrift.

Kapitel 6

Mein lieber Nici,

Ich wünschte, du könntest das sehen. Diese Berge, diese Wälder, diese Aussicht und dann erst diese herrliche Luft … du würdest es lieben. Elijah ist wie ausgewechselt. Er strahlt und lacht so viel wie schon seit Wochen nicht mehr.

Du fehlst uns.

Es war eine gute, ich wage sogar zu behaupten, die richtige Entscheidung, nach Pernan zu kommen, aber ohne dich fehlt uns ein Teil. Wir haben hier eine niedliche Waldhütte gefunden, inmitten dieser wunderschönen Bäume.

Ach Nici, es ist einfach perfekt. Fast schon zu perfekt. Wie gesagt, ich wünschte, du könntest hier bei uns, bei mir sein und all das sehen.

Wir vermissen dich, mein Liebling.

In Liebe,

Evelyn

Ich las mir die Zeilen so oft durch, bis ich sie auswendig in meinen Kopf wiederholen konnte. Mein Herz klopfte wie verrückt. Evelyn war mir nicht böse. Sie vermisste mich.

»Ich dich auch, mein Engel. Ich dich auch«, murmelte ich vor mich hin, während ich mit dem Finger vorsichtig die Falten aus dem Papier zu streichen versuchte.

Das hier war der offizielle Beweis, ein weiteres Puzzlestück, das sich zusammenfügte. Evelyn und Elijah waren hier. Ich las mir den Brief erneut durch, bevor ich mich an Haldor Larsson wandte, der an seiner Lauch-Suppe nippte.

»Sie schreibt hier etwas von einer Hütte mitten in einem Wald. Pernan ist nicht allzu groß, also dürfte es nicht schwierig werden sie ausfindig zu machen, richtig?«

Haldor bedachte mich mit einem nachdenklichen Blick.

»Pernan mag nicht groß sein, aber dafür ziemlich tückisch. Ein falscher Schritt und Sie sehen sich dem sicheren Tod einer zwanzig Meter hohen Klippe gegenüber.«

»Aber Sie kennen die Wälder Pernans, oder nicht?«, beharrte ich.

Haldor schwieg, löffelte bloß weiterhin seine Suppe. Ich rutschte dichter an das Sofa heran, um ihm besser ins Gesicht sehen zu können.

»Mr. Larsson, ich bitte Sie. Wenn ich meine Familie nicht finde … «

Ich ließ den Satz unbeendet. Allein der Gedanke bereitete mir Magenschmerzen. Jesper jaulte leise und vergrub seinen Kopf an meinem Schoß. Dankbar streichelte ich ihm den Kopf; seine Nähe schenkte mir Ruhe. Für eine Weile war nur das regelmäßige Ticken der Standuhr am Eingang des Wohnzimmers zu hören.

»Es sind nicht nur die Abgründe und Höhen dieser Insel, die mir Sorge bereiten.«

Verblüfft sah ich auf. Haldor hatte seinen Löffel beiseite gelegt und starrte geistesabwesend auf eines der Gemälde.

»Pernan ist nicht mehr der Ort, der er einst war. Er hat sich verändert, mehr, als die meisten Menschen jemals verstehen werden.«

Ich runzelte die Stirn. Meine Hand war wie von selbst dazu übergegangen, durch Jespers Fell zu streichen. Haldor schien mit seinen Gedanken weit weg, doch als er ruckartig den Kopf drehte und mir in die Augen sah, wirkte er überraschend klar.

»Stolzieren Sie nachts niemals alleine hier herum. Wenn Ihre Frau hier wäre, würde ich ihr dasselbe raten, und so hoffe ich, dass sie ihrer Intuition folgen wird und nicht bei Mondschein durchs Dorf spaziert.«

»Wieso?«, fragte ich.

»Pernan hat sich verändert«, wiederholte Haldor, »seine Berge sind steiler geworden, sein Gewässer wilder und seine Bewohner … sie sind es, vor denen Sie sich fürchten sollten, Mr … ?«

Er sah mich fragend an.

»Nicolas Corbyn. Erklären Sie mir das«, bat ich drängend.

»Was soll's da groß zu erklären geben, Bürschchen?«, erwiderte Haldor achselzuckend.

Entrüstet schnaubte ich und vergrub meine Finger kurz etwas zu fest in Jespers Fell. Strafend blickte er mich an, während ich ihm entschuldigend die Ohren kraulte.

»Meine Frau ist verschwunden und Sie warnen mich vor den Einwohnern der Insel, auf der sie alleine mit unserem Sohn herumläuft. Vielleicht gibt es ja doch einen triftigen Grund, weshalb sie mir nicht antwortet, wenn ich versuche, sie zu erreichen.«

»Astrid Wright.«

»Was?«

»Astrid Wright mag auf den ersten Blick eine zuverlässige, junge Frau voller Zuversicht und Charme sein. Aber hinter dieser Fassade steckt mehr, viel mehr, als Sie sich vorstellen können, Mr. Corbyn.«

Unweigerlich musste ich an den Zwischenfall in ihrem Laden denken. Hatte Astrid doch gelogen, was den Ring betraf?

»Arne Holmgren.«

»Holmgren?«, wiederholte ich.

Ich wusste, dass mir der Name etwas sagen sollte, so hatte ich ihn heute schon einmal gehört. Haldor nickte und fuhr fort.

»Arne Holmgren wohnt schon mehrere Jahrzehnte mit seiner Frau Grace und seinem einzigen Sohn Mika auf Pernan. Grace kann einem nur leid tun. Ich weiß nicht, wie oft er sie schon mit irgendwelchen Touristen betrogen und belogen hat, aber es ist schon lange kein Geheimnis mehr.«

»Und sie lässt sich das einfach so gefallen?«, hakte ich ungläubig nach.

Haldor stieß ein rasselndes Lachen aus.

»Sie sind leichtgläubig. Leichtgläubig und naiv. Denken Sie wirklich, eine Frau wie Grace würde sich freiwillig gegen einen Hornochsen wie Arne Holmgren aufbringen? In seinen Jahren hier hat er nicht nur ein blaues Auge verteilt, so viel steht fest.«

»Er schlägt seine Frau?!«, stieß ich entsetzt aus.

Langsam fügte sich ein weiteres Puzzleteil an die fehlende Stelle. Grace hatte auf der Beerdigung zerstreut und traurig gewirkt. Arne, ihr eigener Ehemann, hatte hingegen nicht einmal die Anstalt gemacht, sich um sie zu kümmern. Nun wurde mir auch klar, weshalb.

Meine Gedanken wanderten weiter.

»Was ist mit dem Mann der Verstorbenen?«

»Sie sprechen von Christopher? Christopher Svensson?«

Ich nickte.

»Ja. Er hat es nicht gut aufgenommen, mich hier zu sehen.«

Haldor lachte trocken und nahm einen Schluck des inzwischen kalten Kaffees.

»Ja, das dachte ich mir. Ein Zeuge mehr macht das Leben schwer«, murmelte er in die Tasse.

Ich horchte auf.

»Zeuge?«

Haldor setzte die Tasse wieder ab und beugte sich dicht über den Tisch, um mir ins Gesicht zu sehen. Ich konnte das Flackern der Flammen in seinen Augen tanzen sehen.

»Wenn ich Ihnen einen Rat geben darf, Bursche. Ich weiß, dass Sie verzweifelt sind und nichts lieber wollen, als Ihre Frau und Ihren Sohn wiederzusehen. Aber egal, wie aussichtslos Ihre Situation auch erscheint, wenden Sie sich niemals an Christopher Svensson.«

Es waren nicht die Worte selbst, die mir einen Schauer über den Rücken jagten. Es war die Art, auf die er sie aussprach.

»Wer ist Christopher Svensson?«, sagte ich vorsichtig.

»Ein Taugenichts. Ein Halunke. Ein Mörder. Man spekuliert viel, weil man viel hört auf einer kleinen Insel wie Pernan.«

»Mörder?«, sagte ich entsetzt.

Abermals jaulte Jesper. Seine Ohren zuckten, während der Sturm nur noch stärker an den Fensterläden rüttelte.

»Irma Svenssons Tod kam überraschend, für uns alle. Gewiss war sie nicht mehr jung, doch im Kopf war sie vermutlich die Jüngste von uns allen. Hat mir oft Gesellschaft oben an den Klippen geleistet, um Vögel zu beobachten oder einfach nur dem Rauschen der Wellen zuzuhören. Sie war alt, aber nicht krank.«

Ich schluckte.

»Wollen Sie damit sagen, dass … ?«

Stockend brach ich ab. Meine Gedanken, sowie mein Herz rasten.

»Ich habe keine Beweise. Niemand hat das. Doch dass Irma und Christopher sich schon lange auseinandergelebt haben, ist ebenso ein offenes Geheimnis auf Pernan.«

»Aber das ist doch noch lange kein Grund, seinen Partner umzubringen?!«, rief ich schockiert.

»Als Christopher damals mit Irma hierher zog, um sich um seine Enkeltochter zu kümmern, kannte niemand seine Vorgeschichte. Er hielt sich verdeckt, erlaubte der kleinen Elenor nicht einmal mehr, mit den anderen Kindern zu spielen. Doch es gibt noch einen anderen Grund, weshalb er nach dem Tod der Eltern der Kleinen hierher kam.«

Ich hob die Augenbrauen.

»Flucht. Es heißt, er sei auf der Flucht gewesen, vor der Polizei, vor dem Gesetz, vor der Gerechtigkeit. Ich weiß nicht, wofür er verurteilt worden wäre, doch kann mir kaum vorstellen, wegen eines einfachen Diebstahls sein Leben auf dem Festland aufzugeben und an einen trostlosen Ort wie diesen hier zu flüchten. Nein, da steckt mehr dahinter.«

»Wieso erzählen Sie mir all diese Sachen?«

»Um Sie zu warnen.«

»Ich denke, ich kann mich ganz gut alleine schützen, danke.«

»Davor warne ich Sie nicht, Bürschchen.«

»Ach nein?«

Haldor erhob sich und ein halb grimmiges, halb trauriges Lächeln verformte seine Lippen.

»Ich warne Sie davor, was Sie zu sehen bekommen, sollten Sie Ihre Familie wirklich wiederfinden.«

*

»Schatz?«

»Ja?«

Ich zappte mit der Fernbedienung in der Hand weiter, während ich hörte, wie Evelyn hinter mir in der Küche herumlief und ab und an etwas von dem Cayennepfeffer in die Pfanne streute. An der Sportshow blieb ich hängen, doch als ich realisierte, dass es nur um einen langweiligen Bericht über Snooker ging, schaltete ich den Fernseher ganz ab.

»Kannst du Elijah Bescheid sagen, dass das Essen gleich fertig ist?«, rief Evelyn aus der Küche.

»Natürlich.«

Ich legte die Fernbedienung beiseite und lief hinüber zur Treppe, die zum Kinderzimmer im ersten Stock führte. Als ich die oberste Stufe erreichte, konnte ich bereits das vertraute Summen meines Sohnes wahrnehmen. Ich lächelte ganz automatisch. Für ein paar Sekunden erlaubte ich es mir, vor seiner angelehnten Zimmertür stehen zu bleiben und seinem kindlichen Gesumme zu lauschen. Meine Augen fielen zu und ich erinnerte mich an den Tag, an dem ich Elijah zum ersten Mal in die Arme geschlossen hatte.

Wie stolz ich gewesen war. Glücklich. Dankbar. Und vor allem erleichtert. Nach allem, was ich und Evelyn, Gott, gerade meine Evelyn durchmachen mussten, erschien es mir noch heute wie ein Wunder, dass wir tatsächlich einen gesunden Sohn geschenkt bekommen hatten.

Vorsichtig klopfte ich gegen das Holz und betrat Elijahs Zimmer. Er lag bäuchlings auf dem Boden, vor sich mehrere Zeichnungen verstreut, während er mit einem roten Buntstift einen Dinosaurier auf sein Blatt Papier malte.

Mein Lächeln wurde breiter.

»Hey, mein Großer.«

Elijah hörte auf zu summen und blickte über die Schulter zu mir herüber. Ich lachte, als ich die viele Farbe an seinen Wangen und seiner Stirn entdeckte. Langsam kniete ich mich neben ihn und betrachtete seine neuste Zeichnung.

»Hallo, Papa«, sagte er vergnügt und fügte dem roten Dino ein weiteres Horn auf den Rücken hinzu.

»Der sieht furchteinflößend aus«, sagte ich gespielt ängstlich mit einem Blick auf seine Zeichnung.

Doch Elijah runzelte die Stirn und schüttelte dann entschieden den Kopf.

»Nein, nein, Papa! Er ist doch nicht fucht ... pfucht ... «

»Furchteinflößend«, half ich ihm.

Er nickte.

»Ach nein? Ist er nicht? Aber er hat doch so große, scharfe Zähne«, meinte ich.

»Die benutzt er aber nur, um sich zu verteidigen, Papa«, erwiderte Elijah, als hätte ich gerade etwas ziemlich Dummes gesagt.

Ich lachte leise.

»Oh, natürlich. Wie konnte ich das vergessen?«

»Nein, der Dino ist nicht pfucht ... fluchteinfosend.«

»Furchteinflößend«, korrigierte ich ihn erneut.

Mein Lächeln war breiter geworden und ich konnte die Wärme in meiner Brust deutlich spüren. Eine Wärme, die mit einem weiteren Satz sogleich zerschlagen wurde.

»Der Dino ist traurig. Er weint.«

Langsam verblasste mein Lächeln. Mein Blick wanderte von der Zeichnung zu Elijah, dessen Augen starr auf das Blatt Papier gerichtet waren.

»Wieso weint er denn?«, flüsterte ich.

»Ich weiß es nicht. Aber ich kann es in der Nacht hören. Gestern war es wieder da«, murmelte Elijah.

Ich schluckte, während sich ein schwerer Kloß in meinem Hals bildete.

»Wann hast du das Weinen gehört, Elijah?«

»Gestern Abend. Ich konnte nicht schlafen und dann habe ich es gehört. Ich glaube, es kam aus dem Badezimmer.«

Hier ging es nicht mehr um irgendeine Kinderzeichnung. Oder um einen traurigen, roten Dinosaurier. Elijah wandte den Blick ab, um mich direkt anzusehen. Seine Augen waren fragend; fragend und verwirrt und traurig. Es schnitt mir in mein Herz.

»Ich möchte nicht, dass Mama traurig ist, Papa«, hauchte er.

Als ich sah, wie seine Unterlippe leicht bebte, schlang ich rasch einen Arm um ihn und drückte seinen Kopf gegen meine Brust.

»Keine Sorge, mein Großer. Sie ist nicht traurig«, versicherte ich ihm, auch, wenn seine Worte mir noch immer die Luft abschnürten.

Ich dachte, es war vorüber. Schon so lange war es nicht mehr passiert. Oder hatte ich es einfach nicht mitbekommen?

»Aber wieso weint sie dann? Sie muss traurig sein, nur traurige Menschen weinen doch.«

»Weinen kann durchaus auch etwas Gutes sein. Es kann … es kann einem zum Beispiel helfen«, sagte ich langsam.

»Helfen? Wobei denn?«

Elijah hob den Kopf und sah mich an. Ich strich ihm eine verirrte Strähne aus der Stirn.

»Es kann einem helfen, seine Gefühle besser auszudrücken. Oder einfach mal abzuschalten. Weinen kann manchmal wirklich gut tun, weißt du? Es kann einen befreien.«

»Ist Mama denn nicht frei?«

Ich schluckte. Ich kannte die Antwort. Gott, ich kannte sie nur zu gut. Und es brach mir das Herz, meinem eigenen Sohn ins Gesicht zu lügen.

»Doch, mein Großer. Mama ist frei.«

*

Ein dumpfes Rumsen ließ mich hochfahren.

Kalter Schweiß klebte an meinen Händen und die längeren Härchen in meinem Nacken hafteten an mir wie eine zweite Haut. Stöhnend vergrub ich mein Gesicht in den Händen und zog die noch immer leicht zitternden Knie an die Brust. Meine Zehen verwoben sich in der dünnen Stoffdecke, die Haldor Larsson mir gegeben hatte.

Das Zittern wollte einfach nicht vergehen. Die Augen zu schließen stellte sich als ein großer Fehler heraus. Ich hatte Elijahs Gesicht vor mir, seine feuchten Augen und diese kindlich schmerzvolle Verwirrung in all seinen Zügen. Natürlich begriff er nicht, wieso seine Mutter weinte. Wieso sie mitten in der Nacht aufstand, sich aus unserem Schlafzimmer stahl und im Badezimmer einschloss.

Ich hatte angenommen, diese Ausbrüche wären weniger geworden, seitdem Elijah in unserem Leben war. Hatte geglaubt, sie wären komplett zurückgegangen. Stöhnend massierte ich mir die Schläfen, als ein erneutes Knallen durch das Zimmer fegte.

Ich hob den Kopf und sah mich in Haldors Gästezimmer, das er mir freundlicherweise überlassen hatte, um. Es war ziemlich klein und recht heruntergekommen. Anscheinend bekam Haldor nicht so oft Besuch von außerhalb.

Das Bett knarzte bei jeder Bewegung und mein Rücken schmerzte, an den Wänden hingen noch mehr Gemälde von Booten und Kuttern und auf der kleinen Kommode neben der Tür stand eine Vase, in der etwas schwamm, das wohl einst eine schöne Rose gewesen sein musste.

Der Sturm wütete noch immer vor den Fenstern. So gewaltig, dass er wohl meinen Fensterladen aufgeweht hatte, der nun immer wieder lauthals gegen die Wand schlug. Grummelnd schälte ich mich aus meiner Decke und stolperte zum Fenster hinüber.

Ich erschauderte, als ich die kalte, feuchte Luft an meinen nackten Füßen spüren konnte. Selbst, wenn ich keine Schuhe trug, knarzten und quietschten die Holzdielen wie wütende Geister.

Die hohen, knorrigen Bäume vor meinem Fenster wogen bedrohlich hin und her und selbst durch den tosenden Regen konnte ich das rauschende Meer in der Ferne hören. Nebel lag in der Luft und ich konnte nicht weiter als bis zum Zauntor des Hofes blicken, doch war mir sicher, dass man unter anderen Wetterbedingungen einen fantastischen Ausblick haben musste. Ich roch das Salz und den Seetang und noch etwas anderes.

Etwas Rauchiges.

Ich rümpfte die Nase, doch der Geruch war verschwunden. Vermutlich hatte ich ihn mir nur eingebildet. Leise lachend schüttelte ich den Kopf und langte nach dem Fenstergriff.

»Du bildest dir viel ein, seit du auf der Insel bist«, murmelte ich zu mir selbst.

Und dann sah ich sie. Beinahe verschluckt vom Nebel, dunkel wie die Nacht und kaum zu erkennen.

Doch ich sah die schwarze Silhouette, die unten am Zauntor stand und zu meinem Zimmerfenster hinauf spähte.

Wie erstarrt stand ich da, den Fenstergriff noch immer in der Hand und starrte wie paralysiert zurück. Ich blinzelte, doch die Gestalt stand immer noch da.

Unbeweglich, als würde ihr der Sturm nichts ausmachen. Mein Herzschlag verdoppelte sich. Obwohl das Gesicht der fremden Person im Schatten lag, wusste ich, dass sie mich beobachtete. Langsam schloss ich das Fenster und Regentropfen trommelten nun unnachgiebig gegen das Glas. Sie liefen daran herunter und mein Blick wurde verschwommen, doch die Silhouette blieb, wo sie war.

Hastig wirbelte ich herum, griff nach meinem Mantel und warf ihn mir über. So schnell mich meine Beine trugen, stolperte ich aus dem Zimmer und die knarzenden Treppenstufen herunter. Dass ich Jesper und Haldor wecken könnte, war mir egal. Ich verschwendete keinen Gedanken an sie. Ich hatte es mir eben nicht eingebildet, an *Pernan's Mitte* beobachten zu werden. Als ich die Haustür aufriss, begrüßten mich Wind und kalter Regen. Für den Bruchteil einer Sekunde verschlug mir die Gewalt des Unwetters den Atem.

Meine nackten Füße rutschten beinahe auf dem nassen Holz der Veranda aus und hilfesuchend klammerte ich mich am Geländer fest, als ich die Stufen hinunterstieg. Mit dem Ärmel wischte ich mir grob über die Augen, während ich vorwärts stolperte.

Der Nebel war trotz des starken Regens dichter geworden; ich konnte kaum meine eigene Hand vor Augen erkennen.

Endlich kam das Zauntor in Sicht. Ich rieb meine frierenden Hände aneinander, die sich allmählich blau färbten.

»Hallo?«, schrie ich gegen den Sturm an.

Der Wind war meine einzige Antwort. Wenige Schritte vor dem Zaun blieb ich stehen. Die dunkle Gestalt war weg. Verzweifelt beugte ich mich über den Zaun, spähte nach links und rechts den Hügel entlang, doch der Nebel machte es mir schier unmöglich überhaupt etwas zu erkennen. Selbst, wenn der oder die Fremde noch hier war, würde ich ihn oder sie kaum zu Gesicht bekommen können.

»Hey, können Sie mich hören?!«, schrie ich, während ich mich mit beiden Händen ans Zauntor klammerte.

Es war keine Einbildung. Es war keine Einbildung.

Wie ein Mantra wiederholten sich diese Worte in meinem Kopf. Es konnte nicht sein. Ich hatte die Silhouette schon einmal gesehen, oben am höchsten Berggipfel von Pernan. Und nun wieder. Jemand beobachtete mich, da war ich mir sicher.

In diesem Moment landete eine schwere Hand auf meiner Schulter. Ich hatte die Schritte nicht kommen hören und fuhr deswegen erschrocken zusammen. Als ich mich umdrehte, funkelten mich die schmalen Augen Haldor Larrsons zornig an.

»Was um alles in der Welt treiben Sie hier draußen, Bursche?!«, brüllte er.

»Ich … ich habe ihn wieder gesehen«, stotterte ich.

»Was?!«

»Dieser Mann … ich bin mir sicher, dass es ein Mann ist«, erwiderte ich zerstreut.

Ich sah die Verwirrung und den Zweifel in Haldors Gesicht, doch ignorierte es. Ich wusste, was ich gesehen hatte.

»Hier stand er. Genau hier«, rief ich, packte Haldor am Arm und deutete auf sein Zauntor.

»Sie sind übermüdet, Bursche! Übermüdet und verzweifelt!«, gab er zurück.

Entschlossen schüttelte ich den Kopf.

»Er war hier«, beteuerte ich.

Haldor blickte mich an, lange und prüfend, während von seiner Kapuze schwere Regentropfen fielen. Dann wanderte sein Blick zu meinen nackten Füßen. Erst jetzt wurde mir bewusst, wie kalt mir wirklich war und wie auf Kommando begannen meine Zähne zu klappern. War ich tatsächlich ohne Schuhe aus dem Haus gelaufen?

»Sie werden sich hier noch den Tod holen, mein Junge«, sagte Haldor, packte nun seinerseits mich am Arm und führte mich bestimmt zurück zum Haus.

Ich warf einen Blick über die Schulter, doch der Hof war leer. Der Fremde war verschwunden.

*

»Sie sind verrückt. Wirklich verrückt. Aber was konnte ich auch anderes erwarten? Die Leute vom Festland haben eben einfach eine Schraube locker. Aber Sie ... «

Haldor brach ab, drehte sich zu mir um und legte mir die Wolldecke um die Schultern, bevor er fortfuhr.

»Sie haben ganz sicher mehr als eine Schraube locker, Bürschchen.«

Ich schwieg, zog die Decke nur etwas fester um mich, während ich meine Füße, die mittlerweile wieder in Socken steckten, am prasselnden Kaminfeuer wärmte. Jesper schlief daneben, doch schielte ab und an mit einem Auge zu mir herüber, bevor er munter weiter schlummerte. Haldor ließ sich ächzend neben mir auf die Sofaecke fallen und schob mir über den Tisch einen dampfenden Becher Tee zu.

»Hier. Trinken. Und zwar ganz«, sagte er mit einem Tonfall, der keine Wiederworte zuließ.

Ich nahm einen Schluck und konnte gerade noch so verhindern, ihn sofort zurück in die Tasse zu spucken. Angewidert starrte ich den Becher an, während sich Haldor nun doch ein winziges Schmunzeln nicht verkneifen konnte.

»Sie sind wohl verwöhnt von Ihrem Supermarkt-Gebräu, hm? Das, mein Junge, das ist richtiger Tee aus richtigen Kräutern.«

»Haben Sie den selbst zusammengemischt?«, fragte ich, während ich versuchte, den pelzigen Geschmack von meiner Zunge zu kriegen.

»Natürlich. Und selbst gepflückt. Manche von den Biestern wachsen an Orten, die würden Sie nicht mal in Ihren kühnsten Träumen besteigen.«

Ich nickte und auch, wenn ich mich nicht ganz wohl dabei fühlte, weiter zu trinken, nahm ich höflicherweise noch einen Schluck. Und tatsächlich konnte ich bereits nach wenigen Sekunden die Wärme in mir spüren. Ich lauschte dem prasselnden Feuer und dem Regen, der nun schwächer wurde. Das Unwetter zog weiter.

»Ich dachte, Sie wollen Ihre Familie finden und sich nicht selbst … nun ja, Sie wissen schon«, durchbrach Haldor schließlich die Stille.

Überrascht sah ich ihn an.

»Natürlich will ich das!«

»Was machen Sie dann mitten in der Nacht bei solch einem Wetter draußen? Und dann auch noch barfuß?«, grummelte Haldor.

»Das habe ich Ihnen doch schon erklärt«, seufzte ich und malte mit dem Finger unsichtbare Kreise auf die Tischplatte.

»Wenn Sie mich fragen, hört sich das ganz danach an, als würden Sie mittlerweile unter Wahnvorstellungen leiden, Bursche.«

»Nein. Nein, ich habe ihn gesehen, zweimal«, murmelte ich.

»Ihn? Ich dachte, Sie hätten das Gesicht der Person nie richtig sehen können«, meinte Haldor.

»Es war keine Frau. Die Silhouette war definitiv männlich. Breite Schultern, leicht gebückte Haltung, groß.«

»Es gibt auch große Frauen, mein Junge«, schmunzelte Haldor.

Doch ich hörte ihm gar nicht mehr richtig zu. Ein anderer Gedanke hatte sich in mir festgesetzt. Es war ein Gefühl, das schleichend kam und mich nun nicht mehr losließ. Ich wollte es nicht aussprechen, doch mein Mund war schneller.

»Ich glaube, ich kenne ihn.«

Haldor neben mir bewegte sich, doch ich sah ihn nicht an. Vor meinem geistigen Auge spielte sich die Szene in meinem Zimmer noch einmal ab. Die Art und Weise, wie der Fremde am Zauntor gestanden und zu mir herauf gesehen hatte. Es kam mir bekannt vor.

»Es klingt vielleicht verrückt, aber ich habe das Gefühl, diesen Mann schon einmal gesehen zu haben. Und nicht nur gesehen, ich ... «

Langsam brach ich ab. Haldor beobachtete mich, doch gab mir die Zeit, die ich brauchte, um mich zu sammeln und dafür war ich ihm dankbar. Meine Finger umklammerten den Teebecher fester, als ich den Kopf wandte und Haldor ansah.

»Es fühlt sich an, als wäre er ein alter Bekannter.«

»Ein alter Bekannter, hm?«, brummte Haldor und strich sich in Gedanken verloren über den grauen Bart.

Ich nickte, auch, wenn mir meine Worte nun, da ich sie einmal ausgesprochen hatte, lasch und fast ein wenig überdreht erschienen.

»Sie sind sich sicher, noch nie hier gewesen zu sein?«, riss mich Haldor aus den Gedanken.

»Ja, absolut sicher.«

»Und Ihre Frau? Vielleicht war sie schon einmal hier und hat Ihnen von diesem Mann erzählt.«

Langsam schüttelte ich den Kopf.

»Nein, das ist es nicht. Selbst, wenn sie schon einmal hier gewesen wäre, es fühlt sich anders an.«

»Anders?«, hakte Haldor nach.

»Ich kenne ihn. Nicht Evelyn oder Elijah. Wissen Sie, es fühlt sich an, als wäre ich diesem Mann vor langer Zeit schon einmal begegnet. Als hätten wir uns jahrelang aus den Augen verloren und treffen jetzt wieder aufeinander.«

Kaum hatte ich den Satz beendet, schüttelte ich schnaubend den Kopf. Ich nahm einen kräftigen Schluck des Kräutertees.

»Tut mir leid. Sie müssen denken, einen Wahnsinnigen zu beherbergen«, lachte ich nervös.

Doch Haldor blieb ernst. Er blickte an mir vorbei in die Flammen des Kamins.

»Es ist nicht leicht, den Verlust nahestehender Menschen zu verarbeiten. Der menschliche Verstand spielt einem dabei nicht in die Karten. Etwas, das sich niemals ändern wird. Er spielt einem Dinge vor, die einem real erscheinen und einen doch gleichzeitig an dem zweifeln lässt, was wirklich real ist«, sagte er.

Ein trauriger Schatten lag auf Haldors Gesicht. Er wirkte plötzlich mindestens zehn Jahre älter. Erschöpft, müde und am Ende seiner Kräfte. Ich schob ihm die Teetasse zu, aus der er schließlich einen dankbaren Schluck nahm. Mein Blick wanderte zu dem kahlen Fleck an der Wand, während ich mich an das Klingelschild vorne an der Eingangstür erinnerte.

Ich begann zu verstehen, weshalb Haldor Larsson sich zurückgezogen hatte. Weshalb er alleine mit seinem treuen Hund auf dem einsamen Berg Pernans lebte. Er hatte keine andere Wahl. Und ich begann zu verstehen, wieso er nicht an Irmas Beerdigung teilgenommen hatte.

»Es gibt einen Grund, weshalb Sie gestern nicht an der Kirche waren. Hab ich recht?«, sagte ich mit gesenkter Stimme.

Haldors Kiefer zuckte. Seine Hand schloss sich fester um die Tasse, sodass seine Fingerknöchel weiß hervortraten.

»Sie waren nicht auf der Beerdigung, weil Sie selbst einst einer beigewohnt haben. Einer Beerdigung von einem Menschen, der Ihnen nahestand.«

»Der Tod ist unumgänglich, Bursche. Für jeden einzelnen von uns. Und manche von uns haben das Glück, früh gehen zu können«, brummte er schroff.

»Glück? Wie kann man dabei von Glück reden?«, sagte ich entsetzt.

»Früh zu sterben bedeutet weniger Sorgen. Weniger Probleme. Weniger Einsamkeit«, sagte Haldor.

»Es bedeutet weniger Erinnerungen mit denen, die man liebt und die einen selbst lieben«, erwiderte ich.

Haldor schnaubte, während er den Rand der Tasse mit dem Zeigefinger nachfuhr.

»Ihr Optimismus beeindruckt mich. Doch bin ich mir nicht sicher, ob es wirklich Optimismus ist oder einfach nur Naivität.«

Ich wurde sauer.

»Sie behandeln mich wie einen Schuljungen, seitdem ich hier bin. Ich habe Ihnen nichts getan und doch sagen Sie -«

Haldor unterbrach mich, indem er die Hände beschwichtigend hob.

»Regen Sie sich nicht so auf, Nicolas. Ich habe es nicht so gemeint.«

»Wie viele Leute leben auf Pernan?«, schoss ich zurück.

Haldor blinzelte überrascht ob des plötzlichen Themenwechsels.

»Nicht mehr viele, seit … «

»Seit was?«

»Nicht so wichtig.«

»Also? Wie viele?«, hakte ich nach.

Haldor seufzte und lehnte sich zurück, verschränkte die Arme vor der Brust.

»Die Holmgrens mit ihrem Sohn Mika. Astrid Wright. Christopher Svensson und seine reizende Enkeltochter. Und dann natürlich noch Jesper, der zähe Bursche.«

Ich runzelte die Stirn.

»Das war's? Das sind alle Bewohner?«

»Ja, wieso?«, entgegnete Haldor.

»Sind Sie sich absolut sicher, Haldor?«

»Ja, bin ich. Nicolas, was ist eigentlich los?«, sagte er ungeduldig.

Doch ich gab ihm schon keine Antwort mehr. Es konnte nicht sein. Wenn dies alle Einwohner Pernans waren, wer war dann der mysteriöse Mann, den ich nun schon zweimal gesehen hatte?

Es gab keine andere Erklärung. Es musste einen weiteren Bewohner auf dieser Insel geben, der selbst den anderen verborgen blieb.

Kapitel 7

Die restliche Nacht schlief ich nicht besonders gut. Der Regen und auch der Sturm zogen zwar vorüber, doch meine Gedanken drehten sich im Kreis und hörten einfach nicht auf mich zu quälen.

Gegen sieben Uhr beschloss ich dem Ganzen ein Ende zu setzen. Ich schwang meine Beine aus dem Bett, schlüpfte in Schuhe und Jacke und zog die Vorhänge zurück. Gleißender Sonnenschein fiel in mein Zimmer und für einen Augenblick musste ich geblendet die Augen schließen. Als ich sie wieder öffnete, hielt ich perplex inne.

Letzte Nacht hatten mich meine Gedanken nicht betrogen. Der Ausblick von hier oben war atemberaubend. Das Gras auf dem Berg, auf dem Haldors Haus stand, glitzerte in der Morgensonne taufrisch, während der Himmel überseht war von schneeweißen Wolken. Immer wieder blitzte die Sonne zwischen ihnen hindurch und tauchte die Landschaft Pernans in märchenhaftes Licht. Weit unter mir tat sich das Meer auf. Im Gegensatz zu gestern plätscherten nur noch vereinzelte Wellen ans Ufer, während sich die Sonne glitzernd und schimmern auf der Oberfläche brach.

Zum ersten Mal seit meiner Ankunft stahl sich so etwas wie Hoffnung in mein Herz. Ein Funken Frieden, ein Funken Glück. Mit einem Mal wusste ich, dass ich Evelyn und Elijah wiedersehen würde. Ich würde sie finden, ganz sicher. Mein plötzlicher Wille schenkte mir Kraft und mit einem schiefen Lächeln auf den Lippen wandte ich mich ab und verließ das Zimmer.

Das Haus lag still und leise da. Ich fragte mich, ob Haldor Larsson ein Frühaufsteher war oder gerne länger im Bett liegen blieb. Nach allem, was ich bis jetzt über ihn erfahren hatte, würde ich auf Ersteres tippen. Ich betrat das Wohnzimmer mitsamt offener Küche und klopfte verhalten gegen den Türrahmen.

Doch sowohl die Wohnecke, als auch die Küche waren verwaist. Weder Haldor, noch Jesper schienen hier zu sein. Mein Blick fiel auf die leere Kaffeetasse neben der Spüle. Haldor war wohl schon auf den Beinen. Ich wandte mich bereits zum Gehen, als mir der kleine Notizblock ins Auge stach, der auf dem Tisch lag. In krakeliger Schrift war mit Bleistift eine Botschaft auf den obersten Zettel geschrieben worden.

Sie fragten nach der Hütte im Wald, von der Ihre Frau geschrieben hat. Treffen Sie mich gegen 10 Uhr an der Wegkreuzung vor Pernan's Mitte. Machen Sie sich keine allzu großen Hoffnungen, Bursche, ich kann nichts versprechen.

Kaffee und Brot sind im unteren, linken Regal. Und Hände weg vom Bourbon, es ist mein letzter!

Gegen meinen Willen musste ich grinsen. Haldor mochte grob und schroff erscheinen, doch ich sah den weichen Kern unter seiner harten Schale. Während ich mir ein Brot mit Butter und Honig bestrich, dachte ich über die Ereignisse der vergangenen Nacht nach.

Ich hatte nicht nur den mysteriösen Mann wiedergesehen, der mich bereits bei meiner Ankunft an Astrids Laden beobachtet hatte, ich hatte auch erfahren, dass Haldor nicht ohne Grund zurückgezogen lebte. Er hegte einen grundsätzlichen Misstrauen gegenüber all den anderen Einwohnern Pernans. Und er mied Beerdigungen, da sie ihn an ein Erlebnis erinnerten, die in seiner Vergangenheit geschehen waren. Er schien jemanden verloren zu haben, der ihm sehr nahe stand. Jemand, der zu früh gestorben war.

Haldor mag betont zu haben, dass es Glück war, früh zu sterben, doch ich wusste es besser. Ich wusste, dass Haldor durch diese kühlen Worte nur seinen Kummer zu verdrängen versuchte.

Haldor Larsson hatte eine Familie gehabt, das Klingelschild vorne an der Haustür war der eindeutige Beweis. Doch was war mit ihr geschehen? Wo war seine Frau? Hatte er Kinder gehabt? Und wenn ja, waren sie bereits ausgezogen? Waren sie der Grund, weshalb er sich zurückgezogen hatte?

Irgendetwas auf dieser Insel war geschehen. Ich konnte es spüren. Eine dunkle Präsenz schien in jedem Ast, in jedem Stein zu lauern. Meine Intuition sagte mir, dass Haldor gestern Nacht kurz davor gewesen war, es mir zu erzählen. Hätte er seinen Satz doch bloß ausgesprochen. Vielleicht würde ich dann auch endlich meiner Familie ein Stück näher kommen.

Jähe Zuneigung durchflutete mich bei dem Gedanken an die Botschaft, die Haldor mir hinterlassen hatte. Er war bereit mir zu helfen. Er würde mich zu meiner Familie führen. Mein Herz wurde schwer, als ich an Evelyn dachte. Würde ich sie heute endlich wiedersehen? Sie endlich wieder in meine Arme schließen? Ich wünschte es mir so sehr, so sehr, dass es mir die Luft zum Atmen nahm. Keuchend legte ich das angebissene Brot zurück auf den Teller. Mein Appetit war vergangen.

»Mein Engel, ich komme«, flüsterte ich.

Um Haldor für seine Gastfreundschaft wenigstens ein Stückchen entgegen zu kommen, wusch ich seine Kaffeetasse mit ab, bevor ich das Haus verließ. Die restlichen Wolken hatten sich verzogen und nun strahlte die Sonne am klaren Himmel. Der Wind hatte sich in eine angenehme, leichte Brise verwandelt, sodass ich nicht anders konnte als die Augen zu schließen und mein Gesicht den Sonnenstrahlen entgegen zu recken. Sie kitzelten mich an der Nase. Eine Ruhe ergriff von mir Besitz, die ich lange nicht mehr verspürt hatte.

Ob es Evelyn genauso ging? Ob sie jetzt auch irgendwo hier auf Pernan stand und die herrliche Sonne genoss?

Das ferne Kreischen der Möwen riss mich zurück aus meinen Träumen und ich schlug die Augen wieder auf. Haldor Larsson wollte mich gegen zehn Uhr an der Kreuzung unten an Astrids Lebensmittelgeschäft treffen. Bis dahin blieb mir genügend Zeit, mich auf eigene Faust auf der Insel umzusehen.

Ich stieg den Hang zur Dorfmitte hinunter, der mir nun gar nicht mehr so steil vorkam. Die Vögel zwitscherten wieder und abgesehen von ein paar Zweigen und Blättern, die auf den Wegen verstreut lagen, war vom vergangenen Unwetter nichts mehr zu spüren. Wie schon am gestrigen Tag kam ich nicht darum herum festzustellen, wie wunderschön Pernan doch war.

Sträucher mit Blättern im prachtvollsten Rostrot wuchsen am Wegesrand, der Farn wog im Wind leicht hin und her und es war mir unmöglich, all die verschiedenen Baumarten aufzuzählen, die ich auf meinem Weg entdeckte. Birke, Kastanie, Tanne, Kiefer, Buche, Eiche.

Ich gelangte an die Klippen, an der noch immer Haldors klappriger Stuhl stand. Es war mir ein Rätsel, wie er den Sturm unbeschadet überlebt hatte. Auch hier war der Ausblick aufs Meer faszinierend. Tief in mir verborgen verspürte ich den Wunsch, fast schon Drang, einfach stehenzubleiben und den Tag zu genießen. Wie lange war es her, dass ich fernab der Arbeit, fernab von der Kleinstadt Vallington Ruhe gefunden hatte? Viel zu lange. Ich hatte mir eine Pause verdient. Und doch war sie mir nicht gegönnt. Wie sollte ich jemals zur Ruhe kommen, ohne Evelyn? Ohne meine Frau und meinen Sohn? Meine Hände verkrampften sich.

Das Kreischen der Möwen war nicht länger beruhigend. Es war lästig, schien mich zu verfolgen. Als wären sie an all dem Schlamassel schuld, warf ich ihnen einen zornigen Blick zu, bevor ich mich abwandte und mit schnellen Schritten die Klippen hinter mir ließ.

Blind lief ich den Weg entlang, der zunehmend wilder wurde. Ranken und Wurzeln bahnten sich ihren ganz eigenen Weg über den holprigen Pfad. Der Wald wurde dichter und bald schon wurde die Sonne gänzlich von den hohen Baumkronen verdeckt. Ich fröstelte, schlang die Jacke dichter um mich und straffte die Schultern.

War dies der Wald, von dem Evelyn geschrieben hatte? War ich vielleicht jetzt, in diesem Augenblick, nur wenige Meter von ihr entfernt? Ich wollte rufen, ihren Namen, den Namen unseres Sohnes, doch meine Zunge fühlte sich merkwürdig taub an.

Die Stille in diesem Wald war so ohrenbetäubend, dass sich das Knacken hinter mir wie ein Kanonenschuss anhörte. Erschrocken wirbelte ich herum. Die Büsche bewegten sich und für den Bruchteil einer Sekunde versuchte ich mich verzweifelt daran zu erinnern, ob Haldor etwas von wilden Tieren erwähnt hatte. Dann teilten sich die Blätter und ich erhaschte einen flüchtigen Blick auf braunes Haar, das vom Wind ganz zerzaust war.

Mein Herz setzte aus und als ich einen Schritt vor tat, drohten meine Knie einfach wegzuknicken.

»Elijah?«, hauchte ich mit kratziger Stimme.

Er entfernte sich von mir, lief durch den Wald in die entgegengesetzte Richtung. Er war schnell, zu schnell, um sein Gesicht erkennen zu können.

»Elijah?!«, wiederholte ich lauter, doch der Junge rannte weiter.

Meine Beine reagierten automatisch. Ich verließ den Pfad und folgte ihm. Konnte es sein? War es möglich, dass ich einfach so in meinen Sohn gestolpert war? Meine Schritte beschleunigten sich.

»Elijah, warte! Ich bin's, Papa!«, rief ich, während ich tiefhängenden Ästen und Ranken auswich.

Ich musste mich zwischen zwei Eichen hindurch quetschen, um ihm zu folgen. Mein Fuß blieb in einem Kaninchenbau stecken und als ich ihn unter Ächzen und Schmerzen wieder befreite, war der Junge verschwunden.

»Nein, nein«, murmelte ich in aufkommender Panik.

Ich konnte ihn nicht verloren haben. Nicht jetzt, nicht so kurz vor meinem Ziel. Vielleicht war Evelyn auch in der Nähe. Ja, es musste so ein, niemals würde sie Elijah auf einer fremden Insel alleine spielen lassen. Ich formte meine Hände zu einem Trichter und hielt sie an den Mund.

»Evelyn! Evelyn, ich bin hier!«

Meine Stimme hallte an den Bäumen wider, das Echo klang verzehrt und hohl.

»Sie dürfen eigentlich gar nicht hier sein.«

Erschrocken zuckte ich zusammen. Es war weder Evelyns Stimme, noch Elijahs und doch schien sie aus dem Nichts zu kommen. Ich drehte mich in alle Richtungen, doch konnte außer Steinen und Bäumen niemanden entdecken.

»Wer ist Evelyn?«

Ich hob den Kopf und musste ein paar Schritte zurücktreten, um das Baumhaus in seiner vollen Größe betrachten zu können. Es ragte mindestens sechs Meter über dem Waldboden vor mir auf, verbunden durch eine knorrige, alter Leiter, der bereits eine Sprosse fehlte.

Auf der Plattform hockte ein Mädchen, dessen geflochtenen Zöpfe weit über ihre Schultern baumelten. In ihren Augen lag Neugierde und so etwas wie Trotz. Auch, wenn ich sie bereits gestern am Friedhof gesehen hatte, wirkte sie hier wie ein anderer Mensch. Vor ihrer Verletzlichkeit war nichts mehr zu erkennen.

»Du ... du bist Elenor, richtig? Die Enkelin von Mr. Svensson«, rief ich ihr außer Atem zu.

Meine Rippen brannten. Sie gab mir keine Antwort, legte nur fragend den Kopf schief. In ihren Augen spiegelte sich Misstrauen.

»Wieso rufen Sie ständig Evelyn?«, fragte sie.

»Weil ich sie suche. Sie ist hier irgendwo auf Pernan, aber ich kann sie nicht finden«, erklärte ich ungeduldig.

Es war nicht mein Ziel gewesen, meine kostbare Zeit des Suchens mit Kindern zu vergeuden.

»Ich kenne keine Evelyn. Und ich kenne jeden auf Pernan«, erwiderte Elenor trotzig.

»Sie ist auch nicht von hier. Sie ist meine Frau und wir kommen vom Festland«, sagte ich, während ich mit den Augen die Umgebung nach Elijah absuchte.

Ich war so kurz davor gewesen. So kurz davor.

»Und wieso nennen Sie Mika Elijah?«

Ich runzelte die Stirn und blickte zurück zu Elenor. Neben ihr lugte nun ein Jungenkopf aus der schmalen Öffnung, die ins Innere des Baumhauses führte. Im Gegensatz zu Elenor wirkte er schüchtern und nervös. Die braunen Haare. Ich erkannte sie sofort wieder und meine Schultern sackten in sich zusammen. Es war nicht Elijah gewesen. Mika. Nicht Elijah.

»Ich ... ich habe ihn mit jemandem verwechselt«, stotterte ich und fuhr mir resigniert mit der Hand übers Gesicht.

»Sie sind seltsam«, stellte Elenor fest und brachte mich damit tatsächlich für einen Moment zum Schmunzeln.

Ich sah zu ihr herauf.

»Du sagtest, du würden jeden hier auf der Insel kennen?«, sagte ich.

Sie nickte, ein stolzer Schimmer in den Augen.

»Kennst du den Mann, der auf dem höchsten Berggipfel Pernans wohnt?«

»Auf dem höchsten Berggipfel? Niemand wohnt dort oben. Haldor, der Hafenmeister mit seinem süßen Hund ist der Einzige, der so weit oben lebt«, antwortete sie.

»Ich meine nicht Haldor. Der Berg, der in diese Richtung liegt«, sagte ich und deutete vage nach Norden.

Sie folgte meinem Blick und schüttelte dann bestimmt den Kopf, sodass ihre Zöpfe wild umher schlackerten.

»Da wohnt niemand«, sagte sie.

Ein anderer Gedanke kam mir.

»Und dein Großvater? Geht er manchmal nach Norden auf den Berg?«

Sie musterte mich, während das Misstrauen in ihren Augen größer wurde.

»Nein. Das würde er gar nicht mehr schaffen.«

Ich biss mir auf die Zunge. Sagten Kinder nicht immer die Wahrheit? Waren sie nicht die ehrlichsten Menschen? Ich sah hinauf zu Elenor und versuchte in ihrem Gesicht zu lesen, doch ihre Miene blieb starr. Im Stillen fragte ich mich, ob es wohl der Tod ihrer Großmutter war, der sie so geformt hatte.

»Habt ihr das Baumhaus gebaut?«, fragte ich.

»Ja. Haldor hat uns geholfen«, rief Elenor stolz und strich mit der Hand verträumt über das Holz, »das hier habe ich gestrichen!«

»Das ist gut geworden, wirklich gut!«

»Danke. Wieso suchen Sie Ihre Frau?«

Elenor schien nicht nur ein aufgewecktes Mädchen zu sein, sondern auch recht direkt. Ich fragte mich, ob sie diese Züge von ihrem Großvater oder ihrer Oma geerbt hatte.

»Du hast sie nicht zufällig gesehen?«, erwiderte ich.

Elenor schien zu überlegen.

»Wie sieht sie denn aus?«

»Moment.«

Ich zog das zerknitterte Foto aus meiner Jackentasche und reckte es in die Höhe.

»Ich kann nichts erkennen«, meinte Elenor.

»Vielleicht würde es helfen, wenn du herunterkommst und es dir ansiehst«, schlug ich schmunzelnd vor.

»Oder Sie kommen hoch«, sagte sie mit verschränkten Armen vor der Brust.

Etwas Spielerisches, gar Herausforderndes lag in ihren Augen. Mika neben ihr kaute nervös auf seiner Unterlippe herum und sah zwischen ihr und mir hin und her. Unsicher musterte ich die Leiter. Mein Blick blieb an der fehlenden Sprosse hängen.

»Ich halte das für keine gute Idee, Elenor«, sagte ich ausweichend.

Sie seufzte und legte eine Hand an die Leiter. Mikas Arm schnellte vor, um sie festzuhalten.

»Elenor, nicht«, murmelte er.

Ich verengte die Augen zu schmalen Schlitzen, sah zu den beiden Kindern hinauf.

»Wir sollen doch nicht mit Fremden reden«, flüsterte er, gerade laut genug, dass ich es noch verstehen konnte.

»Ich will mir nur das Foto ansehen, Mika. Also lass mich los, ja?«

Ohne auf eine Antwort von ihm zu warten, befreite sie ihren Arm aus seinem Griff und kletterte überraschend flink die Leiter hinunter. Als sie vor mir zum Stehen kam, war der Trotz zwar aus ihren Augen gewichen, doch das Misstrauen blieb. Ich gab ihr das Foto, während uns Mika oben an der Plattform beobachtete.

»Das ist Ihre Frau?«, sagte Elenor schließlich, ohne den Blick vom Foto zu lösen.

»Ja. Und mein Sohn, Elijah. Er wird bald neun«, sagte ich und deutete auf den Jungen auf dem Bild.

»Wieso suchen Sie nach den beiden?«

»Weil sie verschwunden sind«, sagte ich.

Elenor hob den Blick und gab mir das Foto zurück. Ihr Misstrauen wich Verwirrung.

»Verschwunden?«, wiederholte sie.

Ich nickte und seufzte, strich zärtlich über das zerknitterte Bild.

»Sie sind hier irgendwo auf der Insel. Als ich Mika vorhin in den Sträuchern gesehen habe, dachte ich kurz, er wäre ... «

Ich brach ab, doch Elenor verstand mich.

»Er wäre Elijah«, nuschelte sie.

Ich nickte, während wir beide in Schwiegen verfielen. Für einen kurzen Moment hatte ich wirklich geglaubt, meinen

Sohn gesehen zu haben. Für einen kurzen Moment war der Funken Hoffnung in mir zu einer Flamme geworden. Und jetzt, jetzt stand ich wieder vor dem Nichts. Als wäre ich gerade erst auf der Insel angekommen. Ich hatte das Gefühl, mich im Kreis zu drehen. Und je weiter ich in die Geheimnisse Pernans eindrang, desto weiter entfernte ich mich von meiner Familie.

»Ihr habt sie nicht gesehen?«, hörte ich mich selbst sagen.

Elenor schüttelte den Kopf, wirkte nun nicht mehr skeptisch, nur bedrückt. Ich sah die verletzliche Seite, die sie bereits gestern gezeigt hatte. Langsam nickte ich und hob vage die Hand zum Abschied.

»Tut mir leid, falls ich euch vorhin Angst eingejagt habe. Das ... wollte ich nicht.«

»Ich habe keine Angst«, sagte Elenor sofort.

Irgendwie glaubte ich ihr das sogar. Ich schenkte ihr ein letztes Lächeln, bevor ich mich umwandte und mich auf den Weg zurück zu *Pernan's Mitte* machte.

»Was haben Sie jetzt vor?«, rief mir Elenor hinterher.

»Meine Frau suchen. Haldor Larsson hilft mir dabei.«

»Und wo werden Sie suchen?«

»Ich habe nur einen Anhaltspunkt, tief in den Wäldern Pernans.«

»Sie meinen, die alte Hütte an der Lichtung?«

Ich hielt inne und drehte mich zu Elenor um.

»Elenor«, zischte Mika nervös.

»Was hast du gesagt?«, sagte ich langsam.

»Es gibt eine alte Hütte tief in diesem Wald. Opa hat es mir verboten, dort zu spielen. Er sagt, sie -«

»Elenor, hör auf!«, schrie Mika.

Elenors Wangen glühten rötlich und als sie ihren Satz beendete, flüsterte sie ihn nur noch, als hätte sie vor ihren eigenen Worten Angst.

»Es heißt, sie sei verflucht.«

Ihre Worte schienen selbst auf die Natur Einfluss zu haben. Die Vögel hatten aufgehört zu zwitschern und wo vor wenigen Minuten noch die leichte Brise zu spüren war, herrschte nun völlige Stille. Ich sah, dass Mika die Hände zu Fäusten geballt hatte. Er schien zwischen Wut und Angst zu schwanken und starrte Elenor entrüstet an.

»Verflucht?«, wiederholte ich argwöhnisch.

Elenor nickte langsam, spielte an einem ihrer Zöpfe herum. Ihre Augen huschten nun nervös durch den Wald, als würde sie nur darauf warten, dass jemand hinter dem nächsten Baum hervorgesprungen kam.

»Inwiefern verflucht?«, fragte ich, »Lebt dort ein Geist oder so etwas?«

Ich wollte lachen, das Ganze als ein Scherz abtun, aber der ernste Ausdruck auf den Gesichtern der Kinder ließ mir das Lachen im Hals stecken bleiben.

»Es heißt, etwas Schreckliches hat sich dort zugetragen. Vor langer Zeit und seitdem hat nie wieder jemand diesen Ort betreten.«

Ich schluckte.

Doch, meine Evelyn.

»Was ist dort geschehen?«

»Hören Sie auf zu fragen. Es darf nicht darüber gesprochen werden«, flehte Mika.

Doch mein Blick galt alleine Elenor. Sie schien mit sich selbst zu hadern.

»Elenor, was ist in der Hütte im Wald passiert?«, fragte ich.

Sie schluckte. Ihre Lippen bebten.

»Es heißt, jemand wurde dort ermordet.«

Kapitel 8

»Sie sehen nicht gut aus. Haben Sie meinen Kaffee etwa nicht gefunden?«

Haldor beäugte mich mit einem zweifelnden Blick, als er vor mir zum Stehen kam. Jesper trottete ein paar Meter hinter ihm, schnüffelte hier und da am Gras und ließ sich schließlich brav auf seine Hinterpfoten sinken. Ich stieß mich vom Baum ab, an dem ich bis gerade noch gelehnt hatte und lief Haldor entgegen.

»Wieso haben Sie es mir verschwiegen?«, sagte ich ohne Umschweife.

Haldor hob unbeeindruckt eine Augenbraue. Ich machte eine ausladende Geste mit den Armen.

»Jemand wurde auf dieser Insel umgebracht? In derselben Hütte, von der meine Frau in ihrem Brief geschrieben hat?«

Haldors Züge verhärteten sich und eine steile Falte zeichnete sich auf seiner Stirn ab.

»Wer hat Ihnen das erzählt?«, sagte er mit lauerndem Unterton.

»Mika Holmgren und Elenor Svensson. Ich habe sie im Wald getroffen.«

»Habe ich Ihnen nicht gesagt, wie riskant es ist, sich alleine auf Pernan herumzutreiben, Bursche?«

»Und für zwei Elfjährige ist das in Ordnung? Denken Sie nicht, dass Sie ein wenig übertreiben? So langsam befürchte ich, dass Sie mir gar nicht helfen wollen«, schnaubte ich.

Haldors Lippen formten sich zu einem schmalen Strich. Ich wusste, dass ich zu weit gegangen war. Meine Arme sanken von alleine an meine Seite, schlaff und kraftlos.

»Ich … ich wollte nicht … «, stotterte ich.

»Es gab nie Beweise für einen Mord. Es gab Gerüchte, damals, als diese Insel noch eine Touristengoldgrube gewesen ist. Man hörte nachts Schreie, die aus dem Wald kamen. Die Hütte war sehr beliebt unter den Reisenden. Sie suchten dort Zuflucht vor dem Chaos, vor dem Stress, der sie überall hin verfolgte. Die Hütte gehörte damals einer sehr alten Dame, sie vermietete das Haus. Sie war auf einem Ohr taub, konnte ohne ihre Brille eine Hand nicht mehr von einem Fuß unterscheiden und vergaß irgendwann sogar den Namen ihres Enkelsohnes. Als sie starb, fühlte sich niemand dazu verpflichtet, das Haus weiter zu vermieten. Also verfiel es.«

»Wieso hat sich niemand darum gekümmert, wenn es doch so schön gewesen sein soll? Man hätte es doch weiter vermieten können«, sagte ich irritiert.

»Denken Sie wirklich, es hätte sich so wahnsinnig rentiert, ein Haus in einem großen Wald zu vermieten, in der es den Gerüchten zufolge einen Mord gegeben hat?«

»Was genau ist passiert?«, fragte ich.

Haldor stieß einen kurzen, hohen Pfiff zwischen den Zähnen aus. Jesper hob augenblicklich den Kopf und sah zu seinem Herrchen auf, die Ohren aufmerksam gespitzt.

»Kommen Sie.«

Ich folgte Haldor den schmalen Pfad zurück in den Wald, den ich bereits gekommen war. Als wir uns jedoch dem Baumhaus der Kinder näherten, bog er nicht nach links, sondern nach rechts ab. Hier war der Weg kaum noch als richtiger Weg zu bezeichnen; er ähnelte eher einem Trampelpfad, der schon einige Jahre nicht genutzt worden war.

»Ich selbst war noch recht jung, auf dem besten Weg, in die Fußstapfen meines Vaters zu treten, der zu seinen Zeiten Pernans Hafenmeister war. Ein junges Pärchen hatte die Hütte im Wald gebucht, um dort für ein paar Tage Urlaub zu machen. Manche behaupteten, sie würden dort ihre Flitterwochen verbringen, andere waren der Überzeugung, sie würden nur ihre heimliche Affäre ausleben.«

»Haben Sie sie kennengelernt?«

Haldor schüttelte den Kopf und pfiff Jesper zurück, der neugierig an einem alten Fuchsbau schnüffelte. Er schien selten in diesem Teil des Waldes zu sein.

»Ich habe sie nicht kennengelernt. Um ehrlich zu sein, habe ich nur einen flüchtigen Blick auf ihn erhaschen können, als er abreiste.«

»Ihn? Er reiste alleine ab?«, hakte ich nach.

»Ja. Vielleicht waren die Gerüchte um eine Affäre ja doch wahr. Wäre immerhin glaubhafter, seine Affäre zurückzulassen, als seine frisch gebackene Braut, oder?«

»Sie sind also im Streit auseinandergegangen«, stellte ich fest.

Haldor warf mir einen kurzen Seitenblick zu.

»Wieso gehen sie von einer Auseinandersetzung aus, Nicolas? Ihre Frau ist auch alleine abgereist, nicht wahr?«

Ich verkrampfte mich, konnte nicht verleugnen, dass seine Worte einem Schlag in die Magengrube glichen. Mit den Augen verfolgte ich Jesper, der nun scheinbar höchst interessiert einer Ameisenstraße folgte.

»Das ist etwas anderes. Ich hatte niemals vor, sie umzubringen«, murmelte ich abwesend.

»Sie urteilen schnell, mein Junge. Nur, weil es Gerüchte von einem Mord gab, heißt es noch lange nicht, dass es wirklich so weit gekommen ist. Wie bereits erwähnt, es hat nie triftige Beweise gegeben.«

»Was ist dann mit seiner Frau geschehen? Hat sie Pernan auch verlassen?«

»Nein. Nun, vielleicht.«

»Vielleicht?«, wiederholte ich.

»Um ehrlich zu sein, weiß ich es nicht. Niemand weiß es. So viel wir wissen, könnte sie immer noch hier sein, nun natürlich nicht mehr als die junge, elegante Frau. Sie wäre älter als ich und ich bezweifle, dass sie sich so lange in diesem Alter vor uns verbergen könnte.«

»Moment. Das heißt, die Frau wurde nie wieder gesehen? Und trotzdem glauben Sie nicht an Mord?«, sagte ich ungläubig.

»Es tut nicht gut, immer nur das Schlechte in den Menschen zu sehen, Nicolas.«

»Er könnte sie umgebracht und ihre Leiche im Wald vergraben haben. Hat denn nie jemand nach ihr gesucht?«, rief ich fassungslos.

Haldor schnaubte.

»Touristen kommen und gehen, Bürschchen. Niemand von uns hat die junge Frau jemals kennengelernt, geschweige denn ihren Mann. Oder ihre Affäre, wie dem auch sei. Es gab keinen Grund für uns, nach ihr zu suchen.«

»Keinen Grund? Keinen Grund?! Vielleicht war sie verletzt, vielleicht brauchte sie Hilfe!«

Ich blieb stehen, starrte Haldor in einer Mischung aus Wut und Entsetzen an. Ich konnte nicht glauben, wie trocken er über diese Situation sprach. Auch er blieb stehen, funkelte mich aus schmalen Augen an.

»Es war nicht unsere Absicht, sich in die Angelegenheiten des jungen Paaren einzumischen«, sagte er langsam.

Ich schnaubte und hob entsetzt die Arme.

»Nicht eure Absicht? Wenn meine Frau hier irgendwo verletzt liegen würde, dann würde es auch einfach heißen, es ist nicht Ihre Aufgabe, nach ihr zu sehen? Sie würden sie einfach hier liegen lassen, oder? Sie ihrem Schicksal überlassen«, fauchte ich.

Haldors Blick veränderte sich. Wo zuvor noch Wut und Trotz gelegen hatte, zeichnete sich nun ganz deutlich etwas anderes ab. Als ich es erkannte, spürte ich einen Stich in der Brust.

Es war Enttäuschung.

»Sie sind blind vor Angst. Blind vor Panik und vergessen dabei alles andere um Sie herum. Ich habe Ihnen alles zur Verfügung gestellt, was in meiner Macht stand, um Ihren Aufenthalt hier möglichst ruhig zu gestalten. Und doch werfen Sie mir vor, ich würde mich nicht um eine verletzte Frau kümmern?«

Der Stich in meiner Brust wurde stärker. Jesper bellte und es klang beinahe vorwurfsvoll. Alles in mir schrie danach, den Blick zu senken, um der nackten Enttäuschung in Haldors Gesicht zu entgehen. Doch ich tat es nicht. Das war ich ihm schuldig.

»Nein. Nein, natürlich nicht«, sagte ich.

Frustriert und erschöpft massierte ich mir die Nasenwurzel.

»Es tut mir leid. Es ist nicht fair«, setzte ich hinterher.

Haldor antwortete nicht. Stattdessen streckte er seinen Arm aus, legte mir die Hand auf die Schulter und drückte sanft zu. Ich sah es in seinen Augen. Er hatte mir verziehen.

Den restlichen Weg liefen wir schweigend hintereinander her. Der Wald wurde dichter, die Wurzeln, die den Pfad säumten, größer und mittlerweile schaffte es nicht einmal mehr der winzigste Sonnenstrahl durch die Baumwipfel. Im Schatten war es kühl und feucht.

Und dennoch lag wieder der leicht rauchige, gar verbrannte Geruch in der Luft, den ich seit meiner Ankunft auf Pernan immer wieder wahrnahm. Ich hatte mich gerade dazu entschlossen, Haldor meine Gedanken mitzuteilen, als er abrupt stehenblieb. So abrupt, dass ich fast ihn ihn hinein stolperte.

»Was ist?«, flüsterte ich.

Haldor sagte nichts. Die Stille, die uns nun umgab, ließ mich zittern. In diesen Teil des Waldes verirrte sich kein Tier; kein Vogel zwitscherte und kein Eichhörnchen sprang von Ast zu Ast. Ich trat um Haldor herum und folgte seinem Blick, der starr auf einen Punkt vor uns gerichtet war.

»Ist … ist sie das?«, hauchte ich entsetzt.

Haldor nickte, doch ich konnte es nicht glauben. Evelyn hatte von einer wunderschönen, idyllischen Hütte gesprochen. Die Ruine, die sich vor uns auftat, hatte kein bisschen Ähnlichkeit mit einer idyllischen Hütte. Das Holzdach war zur Hälfte eingestürzt, die Balken ragten quer in das Innere des Hauses hinein. Die Mauern waren rissig, Teile davon fehlten und Dornenranken und Farnpflanzen hatten ihren Platz für sich beansprucht. Diese Hütte war schon seit Jahren von niemandem mehr bewohnt worden.

»Das kann nicht sein«, murmelte ich, Evelyns Briefzeilen genau vor Augen. »Es muss noch eine andere Hütte geben.«

Wie in Trance stolperte ich vorwärts, verhedderte mich in einer Dornenranke und stützte mich mit einer Hand an einem der umgestürzten Balken ab. Die Stille drückte auf meine Ohren und am liebsten hätte ich geschrien, um sie zu vertreiben. Mit bebenden Knien stieg ich vorsichtig über die vorderen kaputten Stützbalken und bahnte mir einen Weg ins Innere des Hauses. Dort, wo sich früher das Wohnzimmer befunden hatte, bewohnten nun undurchdringbare Pflanzen und Ranken das Zimmer. Ein altes Bücherregal stand in der Ecke, kaum zu erkennen durch die dicke Moosschicht, die sich gebildet hatte. Selbst die Buchrücken schienen von einer grünlichen Pflanzenschicht überzogen zu sein. Ich kletterte unter einem besonders schweren Balken hindurch.

»Nein. Nein, das kann nicht sein«, murmelte ich immer wieder.

Das war nicht die Hütte, von der Evelyn gesprochen hatte. Es musste eine weitere geben, Haldor hatte sich geirrt. Er *musste* sich geirrt haben!

Verzweifelt drehte ich mich zu ihm um, doch hielt mitten in der Bewegung inne. Beinahe hätte ich sie übersehen. Die Holztür, halb angelehnt, halb aus den Angeln gehoben. Im Gegensatz zu den anderen Möbeln im Haus wirkte sie am wenigsten geschadet. Meine Schuhe schleiften über den dreckigen Boden, als ich darauf zu ging und sie vorsichtig aufstieß.

Das quietschende Geräusch nahm ich kaum mehr wahr. Ich erfasste auf einen Blick, welches Bild sich mir bot. Mein Herz zog sich schmerzhaft zusammen und haltsuchend klammerte ich mich am Türrahmen fest. Ich spürte, wie Übelkeit in mir anstieg und obwohl alles in mir danach schrie, die Augen zu schließen, fortzurennen und nie wieder anzuhalten, tat ich es nicht.

Wie gefesselt stand ich da, starrte in das alte, heruntergekommene Badezimmer und konnte meinen Blick nicht von der Badewanne richten.

»Mein Gott.«

Ich hatte nicht bemerkt, dass Haldor zu mir getreten war. Doch es war mir egal. Mir wurde schwindelig und nun schloss ich doch für einen kurzen Moment die Augen. Es war ein Fehler. Sofort vermischten sich die Bilder. Ich sah die Badewanne, mit Blut gesprenkelt, wie sie hier vor mir in der verlassenen Hütte auf Pernan stand. Und ich sah noch eine andere Badewanne. Eine, die mir viel zu vertraut war. Für einen flüchtigen Moment stand ich nicht hier auf Pernan im Türrahmen der alten Hütte.

Für einen Moment stand ich wieder in meiner alten Wohnung, wie gelähmt, nicht fähig zu denken, zu sprechen oder zu handeln.

»Evelyn, wieso?«, flüsterte ich, nicht sicher, ob ich diese Worte wirklich aussprach oder es nur in meinen Erinnerungen tat.

Und dann drehte Evelyn den Kopf und sah mich an. Ihre Wimperntusche war verschmiert, hatte schwarze Striemen auf ihrem tränennassen Gesicht hinterlassen. Ihre Wangen waren vor Anstrengung gerötet. Doch das war nicht das einzige Rote an ihr.

»Ich bezweifle, dass Ihre Frau jemals hier gewesen ist.«

Haldors Stimme kam aus weiter Ferne und doch reichte es, um mich aus meinen Gedanken zu reißen. Mühselig schlug ich die Augen wieder auf.

»Denken Sie immer noch, dass es keinen Mord gegeben hat, Haldor?«, sagte ich mir erstaunlich gefasster Stimme, den Blick auf die blutige, alte Badewanne gerichtet.

»Und die Frau? Wo ist dann ihre Leiche?«, erwiderte er, doch klang nur noch halb so überzeugt von seinen Worten.

Ich schluckte, meine Kiefermuskeln zuckten.

»Ist Ihnen aufgefallen, dass wir keinem Tier mehr begegnet sind, seit wir diesen Pfad eingeschlagen haben? Tiere merken, wenn der Boden und die Natur um sie herum vergiftet sind. Ein toter, menschlicher Körper, der hier irgendwo vergraben liegt, würde ausreichen, um sie abzuschrecken«, sagte ich.

Haldor sah mich an, schwieg jedoch. Ich sah in seinen Augen, dass er an der Unschuld des fremden, jungen Mannes zweifelte.

»Hat denn niemand versucht, die Frau zu finden? Ist niemand hierher gekommen und hat nach ihr oder dem Haus gesehen?«, fragte ich ungläubig.

Meinen Blick wandte ich bewusst ab, kehrte dem Badezimmer, den dreckigen Fliesen und vor allem der Badewanne den Rücken zu. Haldor hingegen starrte die Badewanne an und ich konnte das Schaudern, das ihn durchlief, geradezu nachempfinden. Er schwieg lange, bis er mir eine Antwort gab.

»Es gibt nur einen, der jemals zu dieser Hütte zurückkehrte.«

»Wer war es?«, fragte ich drängend.

Haldor schluckte. Langsam wandte er den Kopf und sein Blick gefiel mir ganz und gar nicht.

»Arne Holmgren.«

Ein Kloß bildete sich in meinem Hals. Arne Holmgren. Der Mann, der dafür bekannt war, sich lieber mit Touristen zu beschäftigen, als sich um seine eigene Ehefrau zu kümmern. Arne Holmgren, der laut Haldor seine eigene Frau schlug. Haldor und ich sahen uns an und obwohl kein Wort mehr zwischen uns fiel, wusste ich, dass wir dasselbe dachten.

War dieses Blut vor Arnes Besuch schon hier gewesen oder erst danach?

*

Das Wasser schlug sachte Wellen am Ufer. Es wirkte einstudiert. Das Rauschen kam, schwoll an und ging wieder. Möwen kreisten tief über der Wasseroberfläche und in weiter Ferne war ein verschwommener Punkt zu erahnen. Ein Kutter, der seine Fischernetze ausgeworfen hatte. Das Kreischen der Vögel reichte bis hinauf zu den Klippen.

Haldor reichte mir seine Pfeife, doch ich lehnte mit einem leichten Kopfschütteln ab. Für einen Moment hielt er sie mir noch hin, bevor er sie sich selber zwischen die Lippen schob und ein paar Züge tat. Jesper lag neben mir, den Kopf auf die Pfoten gestützt, die schwarzen Knopfaugen träge auf den weiten Horizont gerichtet. Ich zog meine Knie an und stützte meine Ellbogen darauf auf. Auf dem Rückweg durch den Wald hatten Haldor und ich geschwiegen. In stillem Einverständnis war ich ihm zu den Klippen gefolgt. Er hatte mir seinen Platz, den knorrigen, alten Holzstuhl angeboten, doch ich hatte dankend abgelehnt und mich neben ihn ins Gras gesetzt. Die Sonne hatte die letzten Regentropfen getrocknet.

Ein Windhauch blies mir eine Strähne in die Stirn. Evelyn hätte sie mir lächelnd aus dem Gesicht gestrichen, das wusste ich. Mein Magen fühlte sich seltsam verknotet an, als hätten jemand hinein gegriffen und meine Eingeweide verdreht und verbogen. Seit meiner letzten Mahlzeit, einem halben Honig-Brot, waren mehrere Stunden vergangen und doch verspurte ich keinerlei Appetit. Der Besuch in der alten Hütte im Wald hatte einen fahlen Geschmack auf meiner Zunge hinterlassen. Ich spürte eine Leere in mir, die ich nicht zu beschreiben vermochte. Das zerknitterte Foto lastete wie schwere Backsteine in meiner Jackentasche.

»Was auch immer es war, es ist nur noch eine Erinnerung.«

Ich brauchte einen Moment, um zu begreifen, dass Haldor mit mir sprach. Als ich den Kopf wandte, stellte ich erstaunt fest, dass er mich bereits ansah. Wie lange er mich schon beobachtete, konnte ich nicht sagen. Ich hob fragend eine Augenbraue.

»Es ist nur noch eine Erinnerung, Bursche. Wahrlich keine schöne, aber es ist vorbei«, sagte Haldor.

»Wovon sprechen Sie?«, fragte ich erschöpft.

»Ich habe Ihren Blick gesehen, Nicolas. Ich weiß, dass das, was uns im Wald erwartet hat, durchaus kein anschaulicher Anblick war. Aber da war mehr. In Ihrem Gesicht lag ... mehr«, schloss er.

»Mehr?«, wiederholte ich.

Mein Kopf dröhnte und am liebsten hätte ich mich einfach hier und jetzt im Gras ausgestreckt und geschlafen. Lange geschlafen. Sehr lange.

»Es hat Sie an etwas erinnert. Die Badewanne, das Blut. Sie haben es wiedererkannt.«

Alles in mir spannte sich von einer Sekunde auf die andere an. Ich starrte Haldor an, unfähig, etwas zu erwidern. Wie war es möglich, dass er es wusste? War ich tatsächlich ein so offenes Buch für ihn? Langsam wandte ich den Kopf ab und ließ den Blick über das Meer schweifen. Immer mehr Möwen kreisten über dem Fischerboot in der Ferne.

»Wieso sind Sie nicht zu Mrs. Svenssons Beerdigung gegangen, Haldor?«, sagte ich leise.

Er schwieg. Lange. So lange, dass ich wusste, keine Antwort mehr zu erhalten. Ein trockenes Lächeln huschte über meine Lippen, jenseits jeden Humors.

»Scheint so, als hätten wir beide unsere Geheimnisse, was?«

Jesper jaulte. Ich spürte Haldors Blick auf mir liegen, doch erwiderte ihn nicht. In meinen Gedanken war ich nicht hier. Ich war weit weg, in vergangener Zeit. In einem Badezimmer, ähnlich dem der alten Hütte auf Pernan. Doch die Wandfliesen waren nicht gräulich, sondern marineblau gewesen. Und der Boden weiß, schneeweiß. Genauso wie unsere Badewanne. Wie stolz wir doch gewesen waren, als ich es endlich geschafft hatte, das Wasser im Bad anzuschließen.

»Meine Güte, mein Schatz. Du bist ja ein richtiger Handwerker«, lachte Evelyn.

Ich schüttelte breit grinsend den Kopf und erhob mich aus der knienden Position. Mein Rücken knackte, doch das war mir egal. Ich hatte es geschafft. Die letzte Baustelle in unserer Wohnung war geschafft. Ich drehte mich um und was ich sah, verschlug mir den Atem.

Sie sah so wunderschön aus. So rein. So jung. So *glücklich*.

Ihre Haare trug sie in einem unordentlichen Dutt, lose Strähnen fielen ihr in die Stirn und ihre Augen glänzten voller Stolz und Freude. Ich ließ die Rohrzange, die ich bis eben noch gehalten hatte, einfach ins Waschbecken fallen und überbrückte den Abstand zwischen ihr und mir.

»Bist du glücklich?«, flüsterte ich, rahmte mit meinen Händen vorsichtig ihr Gesicht.

Sie biss sich auf die Lippe, während in ihren Augen Tränen schimmerten. Als sie ihre Stirn gegen meine lehnte, schloss sie ihre, doch ich konnte es nicht. Aus der Nähe war sie noch viel schöner. Wie könnte ich da wegsehen?

»Überglücklich, Nici.«

Ich schmeckte Blut. Ich hatte mir zu fest auf die Zunge gebissen und hastig, bevor Haldor es bemerken konnte, fuhr ich mir mit dem Jackenärmel über die Augen. Es war perfekt gewesen. Wie hatte unser Glück so zerbrechen können? Ihr Glück? *Mein* Glück?

»Wissen Sie, was Sie und mich verbindet, mein Junge?«

Diesmal sah ich Haldor an, dessen Lippen ein trauriges Lächeln zierten.

»Wir sind beide einsam.«

»Ich bin nicht einsam!«, stieß ich aus.

In Haldors Augen lag Mitgefühl und das machte mich umso zorniger.

»Ich sehe meine Familie jeden Tag, ich bringe meinen Sohn jeden Abend ins Bett und ich wache jeden Morgen neben meiner Frau auf. Sagen Sie noch einmal, ich wäre einsam.«

»Wir wurden beide verlassen. Verlassen, von denjenigen, die wir aufrichtig lieben.«

»Ich wurde nicht verlassen!«

»Und das, obwohl wir uns beide so sehr bemüht haben. Ist es nicht so, Nicolas? Haben Sie nicht auch alles getan, um Ihrer Frau zu helfen? Ihr ein besseres Leben zu schenken?«

»Seien Sie still.«

»Und doch hat es nicht gereicht. Am Ende haben sie sich doch gegen uns entschieden.«

»SEIEN SIE STILL!«

Ich war aufgesprungen. Meine Brust hob und senkte sich viel zu schnell, während ich mit geballten Fäusten auf Haldor herab starrte. Seine Miene blieb unbewegt. Die Pfeife zwischen seinen Zähnen paffte lautlos vor sich hin. Jesper hatte den Kopf gehoben, doch blieb ebenso stumm. Das Kreischen der Möwen schwoll an, wurde zu einem unerträglichen Lärm. Meine Fingerknöchel knackten. Der beißende Geruch von Rauch, von Feuer, lag so plötzlich in der Luft, dass ich mich umdrehte, in Erwartung, die Wälder in Flammen stehen zu sehen.

Doch die Blätter waren grün und rot und rostbraun wie zuvor. Langsam drehte ich mich wieder um. Haldors Augen schimmerten dunkel.

»Sie kennen die Wahrheit, Nicolas. Wir kennen sie beide.«

Ich drehte mich um und ließ die Klippen hinter mir. Ließ Haldor hinter mir. Doch seine Worte verfolgten mich bis hinauf zu seinem Haus. Ich stieß die Gästezimmertür hinter mir zu, lehnte mich gegen das Holz, als wollte ich seine Worte aussperren.

Doch tief in meinem Inneren wusste ich, dass ich sie niemals aussperren konnte. Niemals.

Kapitel 9

An Schlaf war in dieser Nacht nicht zu denken. Unruhig wälzte ich mich von einer Seite auf die andere. Haldor hatte mir die Zeit gegeben, die ich brauchte. Erst Stunden, nachdem ich ihn bei den Klippen zurückgelassen hatte, war er ebenfalls zurück zu seinem Haus gekommen. Ich hatte das Klappern von Besteck unten in der Küche hören können, doch war nicht hinunter gegangen. Mit dem Rücken zur Tür hatte ich Evelyns Brief gelesen. Einmal. Zweimal. Fünfmal. Meine Augen brannten, ob vor Tränen oder Müdigkeit konnte ich nicht sagen.

Gegen sechs Uhr am Abend hatte Haldor gegen die Zimmertür geklopft, vermutlich um mir etwas zu Essen anzubieten, doch ich hatte geschwiegen. Hatte geschwiegen, dagelegen und seinen schweren Schritten gelauscht, die sich allmählich wieder entfernt hatten.

Reue durchflutete mich.

Haldors Gastfreundschaft war alles andere als selbstverständlich. Und doch hatte ich meine Zunge nun schon mehr als einmal nicht im Zaum gehabt. Ich nahm mir vor, mich gleich morgen früh bei Haldor zu entschuldigen.

Mein Kopf schwirrte und brummte. Meine Gedanken wollten einfach nicht zur Ruhe kommen. Fragen über Fragen häuften sich an und es tat weh, keine einzige Antwort parat zu haben. Pernan schien ein einziges Rätsel zu sein, ein Mysterium für sich. Die Landschaft war trügerisch. Sie lockte die Menschen in eine Falle. Von außen mochte Pernan eine reizende Insel sein, auf der man Zuflucht und Trost und Frieden zu finden vermochte, doch in Wahrheit lastete eine dunkle Wolke über ihr. Eine dunkle Wolke aus unbeantworteten Fragen, aus Geheimnissen und düsteren Ereignissen. Elenors Worte kamen mir in den Sinn. Sie sagte, die Hütte im Wald sei verflucht. So langsam fing ich an, wirklich daran zu glauben. Vielleicht lastete auf Pernan wirklich ein Fluch.

Der Mond schien grell am pechschwarzen Nachthimmel, als ich zu mir kam. In meiner Hand hielt ich noch immer Evelyns Brief. Ich musste eingeschlafen sein. Vorsichtig drehte ich mich auf den Rücken, wobei mein Nacken schmerzte. Verdammt, ich musste mir die Schulter beim Schlafen verrenkt haben. Vollkommene Stille lag über Haldors Haus. Behutsam faltete ich den Brief zusammen und steckte ihn zu meinem Foto in die Jackentasche. Mein Magen knurrte und doch verspürte ich keinen Appetit. Langsam richtete ich mich im Bett auf, darauf bedacht, meinen Nacken nicht allzu sehr zu belasten. Die Stille war beinahe erdrückend. Nicht eine Diele knarzte, nicht ein Windhauch rüttelte am Fenster.

Erneut knurrte mein Magen.

»Ja ja, ist ja gut«, brummte ich.

Auf dem Weg nach unten in die Küche lauschte ich gebannt auf irgendein Geräusch im Haus, doch es blieb vollkommen still. Haldor und Jesper schienen tief zu schlafen und als ich die Küche betrat, tickte selbst die Wanduhr leiser als sonst. Ich rieb mir über die erschöpften Augen und schlurfte zur Küchenzeile hinüber. Vielleicht würde mir ja einer der besonderen Kräutertees von Haldor helfen, wieder richtig klar zu sehen.

Während ich das Wasser in den Wasserkocher fließen ließ, spähte ich hinaus in die Dunkelheit. Das Mondlicht schien auf den Hof, ließ den Holzzaun wie schmale Gerippe erscheinen. Ich bückte mich, öffnete die Schranktüren auf der Suche nach einer Tasse und entschied mich schließlich für eine schlichte braune. Mit knackenden Knien und schmerzenden Schultern richtete ich mich wieder auf.

Und ließ beinahe die Tasse fallen.

Meine Augen weiteten sich. Voller Unglaube starrte ich aus dem Fenster, der Tee längst vergessen. Zuerst hatte ich es für eine weitere Wahnvorstellung meinerseits gehalten. Oder für Glühwürmchen. Doch je länger ich durch das Fenster in die Nacht starrte, desto bewusster wurde mir, dass es keine Tiere oder ähnliches waren.

Menschen, hunderte Menschen trugen Kerzen am Haus vorbei. Ihre Silhouetten waren schwarz, verschmolzen beinahe mit der Nacht, doch in ihren Gesichtern zeichneten sich tiefe Schatten ab, flackernd und verzehrt vom Kerzenschein. Hätte ich nicht in diesem Moment aus dem Fenster geschaut, ich hätte sie nicht bemerkt. Lautlos zogen sie am Zaun vorbei, würdigten dem Haus, würdigten *mir* keines Blickes.

Ich stellte die Tasse zurück auf die Küchenzeile, etwas zu grob, etwas zu scheppernd und schlitterte in den Flur. Keuchend riss ich die Haustür auf. Es war windstill. Keine Grille zirpte, keine Eule schrie. Die Menschen gingen weiter, taten langsame Schritte, trugen die Kerzen vor sich in den Händen, als wären sie ein Teil von ihnen.

Ich stieß mich vom Türrahmen ab, verfehlte eine der Treppenstufen und strauchelte, bevor ich mich dem Zauntor näherte. Ich erkannte Frauen. Junge Frauen, ältere Frauen, selbst eine Frau, die sich auf einen Stock stützte und mit der anderen Hand eine Kerze hielt. Da waren Männer, mit langen Bärten, mit kahl rasierten Köpfen, junge Männer und Großväter, die ihre Enkel an den Händen hielten. Ein Mädchen hatte sich die Kapuze ihres Mantels so tief über den Kopf gezogen, dass nur noch ihre langen schwarzen Haare darunter hervorlugten.

Ich öffnete das Zauntor, unfähig zu sprechen und starrte den Menschenzug ungläubig an. Ihre Schritte waren lautlos. Sie schwiegen, den Blick starr geradeaus gerichtet.

»Was ... was geht hier vor?«, hauchte ich.

Sie beachteten mich nicht. Es war, als wäre ich Luft für sie. Als würden sie mich gar nicht wirklich sehen können. Ich erschauderte bei dem Gedanken.

»Entschuldigung«, sprach ich eine ältere Frau an.

Ihre Gesichtszüge waren hart, ihre Augen wirkten leblos und leer und dennoch umgab sie eine dunkle, gar tragische Aura.

»Entschuldigung, wo gehen denn alle hin?«, fragte ich.

Meine Stimme hallte in der Nacht wider. Ich erhielt keine Antwort, nicht einmal das kleinste Anzeichen, dass die Menschen mich hörten. Dass sie mich wahrnahmen. Still zogen sie weiter, ihre Körper und Gesichter bloß vom fahlen Schein der Kerzen erleuchtet. Meine Beine reagierten automatisch. Wir ließen Haldors Haus hinter uns, stiegen den Weg zu *Pernan's Mitte* hinab. Ich spähte über die Köpfe der anderen hinweg auf der Suche nach einem vertrauten Gesicht, doch konnte weder Astrid Wright, noch sonst einen der anderen Einwohner Pernans ausfindig machen.

Es musste ein gespenstischer Anblick sein, wie die Menschen über die dunkle Insel schritten, mit nichts beleuchtete außer ein paar schmalen Kerzen. Die Stille, das Schweigen, die ausdruckslosen Gesichter, all das sollte mich beunruhigen, doch auf eine seltsame Art und Weise tat es das nicht. Es schien mich eher zu erdigen. Wir ließen die Kreuzung zu *Pernan's Mitte* hinter uns, schlugen den Weg hinunter zum Steg Pernans ein. Die Sterne leuchteten über uns und doch hatte ich das Gefühl, dass sie nicht die Einzigen waren, die uns beobachteten. Ich wandte den Kopf, doch konnte in der Schwärze der Nachts nichts erkennen, außer ein paar schwache Umrisse der Bäume, die den Pfad säumten.

Das Ufer kam in Sicht, das Wasser so dunkel wie die Nacht selbst. Vereinzelt spiegelten sich die Sterne auf der stillen Oberfläche.

Meine Schritte verlangsamten sich, doch die anderen zogen an mir vorbei, als kannten sie nur ein Ziel. Ich blieb stehen und beobachtete, wie sie sich um das Ufer versammelten. Wie sie die Kerzen vor sich ausstreckten, die nun einen flackernden, orangefarbenen Schein aufs Wasser warfen. Fasziniert sah ich zu, wie der Schein immer größer wurde, je mehr Menschen ihren Platz am Ufer einnahmen und die Kerzen in die Höhe hielten.

Das Gefühl kam so plötzlich, dass ich mir erschrocken an den Kopf fasste. Ich fühlte mich merkwürdig, gar ein wenig benommen. Als wäre ich schon einmal hier gewesen, mitten in der Nacht. Als wäre ich den Menschen schon einmal hierher gefolgt und hätte dabei zugesehen, wie sie die Kerzen Richtung Nachthimmel streckten, lautlos und stumm.

Und mit einem Mal wusste ich es. Es war keine Vorahnung und kein bloßes Gefühl. Ich wusste es noch, bevor ich mich umdrehte. Ich würde ihn wiedersehen, den Mann, der mich seit meiner Ankunft auf Pernan verfolgte und beobachtete. Ich tat einen tiefen Atemzug, löste meinen Blick von den Menschen am Ufer und drehte mich langsam um.

Es war schwer, in der Dunkelheit überhaupt etwas zu erkennen. Die Kerzen lagen nun hinter mir und der Weg, der sich vor mir erstreckte, war weit und wurde von vollkommener Schwärze verschluckt.

Und doch sah ich ihn.

Mein Körper spannte sich an und jegliche Gedanken schienen aus meinem Kopf verbannt. Ich konnte mich nicht bewegen.

Und doch sah ich ihn.

Wenige Schritte von mir entfernt, im Schatten der hohen Bäume, im Schatten der Nacht, stand er und starrte zu mir hinüber. Ich erkannte weder sein Gesicht, noch sonst etwas an ihm, nur die dunkle Silhouette, die mir mittlerweile nur allzu vertraut war. Er tat nichts, stand einfach nur da. Ich starrte zurück. Mein Körper fröstelte, obwohl es keine kühle Nacht war. Und dann hörte ich mich selbst sprechen. Es war, als hätte meine Zunge ein Eigenleben entwickelt, als hätte ich nur auf diese Worte gewartet, auf diesen Mann, auf genau diesen Zeitpunkt.

»Sie wissen, wo Evelyn ist. Wo Elijah ist. Sie kennen meine Familie.«

Der Mann regte sich nicht. Leblos stand er da und auch, wenn ich seine Augen nicht sehen konnte, wusste ich, dass sie direkt auf mich gerichtet waren. Ich schluckte.

»Sie kennen *mich*.«

Und obwohl die Schwärze der Nacht in meinen Augen stach und das Flimmern der Kerzen hinter mir lag, sah ich sein schwaches Nicken.

*

»Nicolas? Nicolas, sind Sie wach? Bürschchen!«

Müde grummelnd zog ich die Bettdecke höher. Haldors Rufe drangen zwar zu mir ins Zimmer, doch meine Glieder schmerzten und mein Kopf fühlte sich an, als wäre er mit Watte gefüllt.

»Nicolas, ich komme jetzt rein.«

Das saß. Ich schlug die Augen auf und drehte mich Richtung Tür, gerade noch rechtzeitig, um zu sehen, wie sie aufschwang und Haldor im Türrahmen erschien. Jesper lugte vorsichtig zwischen seinen Beinen hindurch und als er mich erblickte, bellte er erfreut.

»Aha. Sie sind also doch wach«, stellte Haldor nüchtern fest.

Ich öffnete den Mund, um ihm zu antworten, doch Jesper kam mir zuvor. Er stürmte durch Haldors Beine hindurch, sprang aufs Bett und schmiegte seinen Kopf an mich. Lächelnd kraulte ich ihn hinter den Ohren.

»Sie haben nicht geantwortet, also dachte ich, dass ich mal nach Ihnen sehe, Bursche«, erklärte Haldor.

Ich sah von Jesper zu ihm.

»Ich muss wohl tief geschlafen haben«, murmelte ich.

Mein Kopf fühlte sich immer schwerer an, je mehr Zeit verstrich. Das wohlige Gefühl des Schlafs verging und schuf Platz für all die Sorgen und Gedanken, die mich tagsüber ununterbrochen verfolgten.

»Na, das kann man wohl laut sagen. Die Kehle hab ich mir wund gerufen und kein Mucks kam von Ihnen. Haben wohl einen guten Traum gehabt, hm?«, sagte Haldor, lehnte sich gegen den Türrahmen und verschränkte die Arme vor der Brust.

Stirnrunzelnd fuhr ich mir durchs Haar. Die Erinnerungen von vergangener Nacht kehrten nach und nach zurück. Ich sah den Menschenzug vor mir, all die vielen Menschen, wie sie ihre Kerzen Richtung Horizont streckten. Ich erinnerte mich an den Mann, der mir und den anderen gefolgt war. Jesper leckte zärtlich meine Hand, bevor er seinen Kopf auf meinem Schoß bettete und zufrieden die Augen schloss.

»Ich hatte einen seltsamen Traum«, sagte ich langsam.

»Wäre nicht das erste Mal«, schmunzelte Haldor, doch ich schüttelte den Kopf.

»Es hat sich so real angefühlt. Ich wollte mir einen Tee machen, weil ich nicht schlafen konnte und dann habe ich die vielen Menschen gesehen. Ich bin ihnen zum Wasser gefolgt. Ich glaube, es war eine Art Trauerzug.«

»Ein Trauerzug? So etwas hat es schon lange nicht mehr auf Pernan gegeben. Um ehrlich zu sein kann ich mich nur an ein einziges Mal erinnern, an dem sich die Einwohner Pernans für einen Trauerzug entschieden haben«, meinte Haldor.

»Es war merkwürdig. Sie haben nicht geredet. Sie haben mich nicht einmal angesehen, obwohl ich mit ihnen gesprochen habe.«

»Verwundert Sie das wirklich? Es war ein Traum, natürlich haben sie Sie nicht gesehen.«

Ich stöhnte und vergrub mein Gesicht in den Händen.

»Ich werde langsam verrückt, Haldor. Ich drehe durch, kann keinen klaren Gedanken mehr fassen.«

»Ist das nicht normal in Ihrer Situation?«

»Ich wünschte, ich würde etwas klarer denken können. Vielleicht wäre ich dann schon wieder bei Evelyn und Elijah. Ich sitze hier und rede über Träume, die keinen Sinn ergeben, während die beiden irgendwo da draußen sind. Völlig alleine.«

»Sie werden auf Sie warten, mein Junge.«

»Glauben Sie?«, schnaubte ich trocken.

Haldor nickte, seine Miene ernst und ohne einen Funken Schalk.

»Ja. Ja, ich bin mir sicher. Ich denke sogar, dass keine Sekunde vergeht, in denen sie nicht an Sie denken.«

Langsam nickte ich, ließ seine Worte sacken und nahm einen tiefen Atemzug. Die Trägheit verflog allmählich und ich fühlte mich nicht mehr ganz so erschöpft.

»Ich denke, ich werde mit Arne Holmgren sprechen«, sagte ich.

Haldor hob die Augenbrauen. Er schien zu erahnen, woher mein Entschluss rührte.

»Die Sache mit dem jungen Paar in der Waldhütte hat sich vor mehreren Jahren zugetragen. Halten Sie es wirklich für sinnvoll, dieser Geistergeschichte nachzujagen, anstatt die Suche nach Ihrer Familie fortzusetzen?«

»Es ist keine Geistergeschichte. Das Blut in der Wanne gestern ist der eindeutige Beweis, dass wirklich etwas Schreckliches vorgefallen ist. Außerdem ist es mein einziger Anhaltspunkt. Evelyn schrieb in ihrem Brief von einer Hütte im Wald. Sie haben mich zu dieser Hütte geführt und wir haben beide mit eigenen Augen gesehen, dass unmöglich ein Mensch in den letzten zehn Jahren dort gelebt haben könnte, richtig?«

Haldor zögerte, bevor er sich nachdenklich über den Bart fuhr und nickte.

»Also hat Evelyn entweder von einer anderen Hütte geschrieben oder Sie haben mich zur falschen gebracht«, schloss ich.

»Pernan mag viele Geheimnisse verbergen, aber von einer anderen Hütte im Wald wüsste ich«, entgegnete Haldor.

»Also ist mein einziger Anhaltspunkt Arne Holmgren. Irgendjemand muss meine Familie gesehen haben und ich werde nicht aufhören nach ihr zu suchen, koste es, was es wolle.«

Mit diesen Worten erhob ich mich, griff nach meiner Jacke und schlüpfte hinein. Jesper sah mich mit schief gelegtem Kopf an, als wolle er fragen, wohin ich denn so eilig aufbrach. Entschuldigend streichelte ich ihm das weiche Fell, bevor ich mich mit einem letzten Blick auf Haldor an ihm vorbei aus dem Zimmer schob. Ich hatte schon fast die Treppen erreicht, als ich noch einmal innehielt. Die Worte lagen mir bereits auf der Zunge.

Und doch entschied ich mich dagegen, Haldor Larsson von dem mysteriösen Mann zu erzählen, der mir erneut begegnet war, wenn auch nur im Traum. Ich lief die Stufen hinunter, immer zwei auf einmal nehmend, stieß die Haustür auf und trat ins Freie.

Kapitel 10

Wie bereits am gestrigen Tag schien die Sonne sorglos vom Himmel herab. Je weiter ich mich von Haldors Anwesen entfernte, umso mehr bereute ich es, ihn nicht nach dem Weg zu Arne Holmgrens Haus gefragt zu haben. Noch immer pochte die Wut in meinen Adern. Wut auf Haldor, dass er mir nicht genug half bei der Suche nach meiner Familie. Wut auf Astrid Wright, dass sie mir das Einzige genommen hatte, was mir momentan von meiner Frau geblieben war. Ihr Ehering. Wut auf mich selbst, dass ich Evelyn und Elijah immer noch nicht gefunden hatte. Ihnen noch kein Stück näher gekommen zu sein. War ich ihnen überhaupt näher gekommen, in all der Zeit, die ich nun schon auf der Insel verbracht hatte? Es fühlte sich nicht so an. Ich drehte mich im Kreis, rannte von einer Sackgasse in die nächste und schien mich immer nur weiter von ihnen zu entfernen.

Wenn ich doch nur herausfinden könnte, wer der mysteriöse Mann war, dem ich immer wieder auf absurdeste Art und Weise begegnete. Auch, wenn es bloß ein Traum gewesen war, er wusste, wo ich meine Familie finden konnte. Er wusste, wieso ich hier war und er wusste, wo Evelyn und Elijah waren. Alles, was ich bräuchte, wäre mehr Zeit. Ich war mir absolut sicher. Wenn ich diesen Mann ausfindig machte, würde ich auch meine Familie finden.

Tief in Gedanken versunken hatte ich nicht bemerkt, wohin mich meine Schritte getragen hatten. An der Kreuzung zu *Pernan's Mitte* blieb ich stehen. Die Sonne kitzelte mich im

Nacken und als ich mich umdrehte, schien sie mir direkt ins Gesicht. Es war eine trügerische Wärme, die mich nun umgab. Vielleicht war ich noch nicht lange auf Pernan, doch wenn ich eines in dieser kurzen Zeit gelernt hatte, dann dass das Wetter einen in die Irre zu führen versuchte. Mich konnte der Sonnenschein nicht täuschen. Ich sah die dunklen, gar schwarzen Wolken, die in der Ferne hinter den steilen Bergspitzen Pernans aufzogen. Spätestens heute Nachmittag wäre der nächste Sturm hier.

*

»Ich hätte es mir vorstellen können, weißt du? Ich hätte es mir wirklich vorstellen können«, flüsterte ich.

Wenige Tage vor Evelyns Aufbruch nach Pernan war sie zu mir in die Küche gekommen. Sie hatte die Arme von hinten um mich gelegt und beinahe automatisch hatte ich meine halbleere Kaffeetasse beiseite gestellt und ihre Hand gestreichelt.

»Elijah schläft. Endlich. Er hat die ganze Zeit von diesem neuem Astronauten Film geschwärmt, der letztens im Kino lief«, sagte sie.

Ich musste mich nicht umdrehen, um ihr Lächeln zu sehen. Ich hörte es. Zärtlich ließ ich meine Finger über ihre wandern. Wie alles an ihr waren auch sie makellos. Schlank, filigran und einzigartig.

»Mhm, ja. Ich muss mir den Film gar nicht mehr ansehen, er hat mir eigentlich die komplette Geschichte vorwärts und rückwärts erzählt«, schmunzelte ich.

Evelyn lachte, bevor sie die Arme löste und sich neben mich auf den Küchenstuhl gleiten ließ. Ihr Haar hatte sie zu einem lockeren Knoten nach hinten gebunden und ich widerstand der Versuchung, ihr eine lose Strähne hinters Ohr zu streichen.

»Ich kann es noch gar nicht glauben. Wir fahren tatsächlich zusammen weg. Nici, wir fahren zusammen in den Urlaub«, stieß sie begeistert aus.

Ich konnte mich nicht von ihren strahlenden Augen lösen, also nickte ich bloß. Evelyns Lächeln wurde schmaler, wärmer und im nächsten Moment streckte sie die Hand über den Tisch aus und verschränkte unsere Finger miteinander.

»Du weißt gar nicht, wie viel mir das bedeutet, Nicolas«, flüsterte sie atemlos.

Die Tränen in ihren Augen nahmen kein Bisschen von ihrer Schönheit. Im Gegenteil, sie unterstrichen das schimmernde Blau. Ohne es zu bemerken, drückte ich ihre Hand fester.

»Ich weiß, mein Engel. Ich weiß«, hörte ich mich selber sagen.

Evelyns Lippe bebte, bis sie unserem Blickkontakt nicht mehr standhalten konnte. Sie sah auf die Tischplatte und als die erste Träne aufs Holz tropfte, klammerte ich mich an ihrer Hand fest.

»Ich hab geglaubt, dass es nicht besser werden kann. Gott, ich war so … verzweifelt. Ich hab gedacht, dass da nichts mehr kommt, Nici. Da war die ganze Zeit nur diese Leere und wenn ich nachts die Augen geschlossen habe, dann habe ich sie gesehen … immer und immer wieder. Ich … «

Evelyn brach ab. Ihre Stimme brach, kratzig und heiser und das Beben ihrer Schultern konnte ich in meinen Fingern spüren. Der Kloß in meinem Hals war schwer und verbot mir das Schlucken.

»Ich sehe sie jetzt gerade, Nicolas«, flüsterte Evelyn unter Tränen.

Ich war vorbereitet gewesen auf diese Worte und doch trafen sie mich wie ein Faustschlag ins Gesicht. Ich hielt Evelyns Hand so fest, dass ich ihr sicher wehtat. Ich konnte nicht atmen. Ihre Worte lösten Bilder in mir aus. Bilder, die ich verdrängt hatte, die ich löschen wollte, die ich nie wieder in meinem Leben sehen wollte. Ich kniff die Augen zusammen, so fest, dass ich Sterne sah und doch konnte ich sie nicht vertreiben.

»Ich weiß. Ich sehe sie auch«, brachte ich erstickt hervor.

Lange saßen wir am Küchentisch. Wir hielten uns an den Händen fest, aus Angst, uns sonst in den Erinnerungen zu verlieren. Minuten verstrichen, wurden zu Stunden, bis sich meine Augen trocken und kratzig anfühlten. Auch Evelyn hatte aufgehört zu weinen. Vorsichtig hob ich den Kopf und sah sie über die Tischplatte hinweg an. Noch mehr Strähnen hatten sich gelöst, ihre Wangen waren fleckig und ihre Augen tiefrot. Sie starrte an mir vorbei, an einen unsichtbaren Punkt hinter mir an der Wand.

»Vielleicht ist es nicht nur ein Urlaub«, durchbrach sie die Stille.

Ich runzelte die Stirn, nicht sicher, ob ich sie richtig verstanden hatte.

»Wie bitte?«

Mit dem Daumen streichelte ich ihren Handrücken, in der Hoffnung, dass Evelyn ihren Blick von der Wand abwenden würde, doch vergeblich.

»Vielleicht ist es das, was wir brauchen, Nicolas. Einen Neuanfang.«

»Einen Neuanfang?«, lachte ich leise.

Doch Evelyn lachte nicht. Sie wirkte auf einmal unheimlich erschöpft, müde und blass. Mir war in all den Jahren nicht aufgefallen, wie müde sie doch wirkte. Gezeichnet. Gezeichnet vom Leben.

»Ich kann das nicht mehr, Nicolas. Jeden Morgen wache ich hier auf, sehe dieselbe Kommode, sehe denselben Küchentisch, denselben Mr. Thompson, der seine Rosen schneidet. Ich kann das nicht mehr.«

»Wir könnten eine neue Kommode kaufen. Und einen neuen Kühlschrank«, schlug ich halbherzig vor, auch wenn ich bereits ahnte, wohin diese Unterhaltung führte.

Endlich sah Evelyn mich an. Ich erschrak, als ich die Entschlossenheit in ihrem Blick sah.

»Ich muss hier weg, Nicolas.«

»Weg?«, eochte ich.

Sie schluckte und nickte. Da lag etwas in ihren Augen, das mich verwunderte und gleichermaßen erschrak. Etwas in ihrem Blick sagte mir, dass sie sich bereits entschieden hatte. Egal, was ich nun sagte, sie hatte ihre Entscheidung getroffen. Alleine. Ohne mich.

»Wo willst du hin?«, sagte ich mit heiserer Stimme.

Evelyn senkte den Blick und begann mit ihren Fingern kleine Kreise auf meinem Handrücken zu ziehen. In Gedanken schien sie weit weg zu sein. Ich ahnte bereits, wo sie gerade war.

»Elijah verdient eine schöne Umgebung. Einen Ort voller Ruhe und Frieden. Seine Kindheit sollte nicht geprägt sein von Stress und Sorgen und Problemen«, flüsterte sie.

»Vallington ist eine schöne Kleinstadt. Wir haben uns beide bewusst für diese Stadt entschieden, sie hat alles zu bieten, was wir brauchen. Was Elijah braucht«, rief ich aus.

Evelyns Mundwinkel zuckte, doch es war ein trauriges Lächeln. Ich kannte dieses Zucken und dieses Lächeln. Sie hatte genau gewusst, wie ich auf ihre Worte reagieren würde.

»Vielleicht ist es nicht nur Elijah, der ein anderes Zuhause braucht«, sagte sie schließlich.

Ich stockte.

»Ein anderes Zuhause? Was redest du da, hier ist unser Zuhause, Evelyn«, sagte ich eindringlich.

Ohne es zu bemerken, beugte ich mich auf dem Stuhl vor, doch Evelyn sah noch immer auf unsere verschränkten Finger. Ich konnte den kühlen Ring an ihrer Hand fühlen.

»Pernan soll eine hübsche Insel sein. Voller Natur. Kannst du dir das vorstellen, Nici? Du öffnest die Fenster und hörst nur das Rauschen der Blätter, wenn der Wind durch sie hindurch fährt. Du wachst vom Meeresrauschen auf und nicht von irgendwelchen LKW's oder Rasenmähern.«

Ich biss mir auf die Lippe.

»Was ist mit unserer Wohnung? Wir haben uns all das hier erarbeitet, Evelyn. All die Monate, die wir geschuftet und gearbeitet haben«, erwiderte ich vage.

Doch als sie jetzt den Kopf hob, traf mich die Leere in ihren Augen wie ein Schlag. Langsam schüttelte sie den Kopf.

»Ich kann das nicht mehr.«

*

»Ich hätte es mir vorstellen können, Eve«, flüsterte ich, den Blick Richtung Meer gerichtet.

Ein Haus im Grünen, vielleicht sogar irgendwo auf einem der Berge Pernans. Ich war skeptisch gewesen, abweisend. Doch jetzt stand ich selbst auf dieser Insel und trotz der Schroffheit der Bewohner konnte ich nicht anders, als die Ruhe und die friedliche Natur zu bewundern. Ich erwischte mich sogar dabei, wie ich langsam aufhörte, Vallington zu vermissen. Vallington war bloß eine Kleinstadt, überfüllt mit Straßen und Einkaufsläden. Pernan war so viel mehr.

Vielleicht hatte Evelyn gar nicht so unrecht. Vielleicht würde es uns hier gefallen. Mir würde es gefallen.

Da ich noch immer keinen Anhaltspunkt zum Anwesen der Holmgrens hatte, führten mich meine Schritte zu Astrid Wright's Laden, *Pernan's Mitte*. Der Kies knirschte unter meinen Schuhen und doch entging mir nicht das gedämpfte Gelächter, das aus dem Inneren des Ladens kam.

Ich spähte durch die große Scheibe und stutzte. Meine Intuition hatte mich also nicht im Stich gelassen. Auf dem Barhocker neben Astrid Wright saß niemand Geringeres als Arne Holmgren. Er hatte sich halb über den runden Stehtisch gelehnt, fuhr mit dem Finger den Rand seiner Kaffeetasse nach und stierte Astrid ungeniert auf die Lippen. Mit gerunzelter Stirn und einem flauen Gefühl im Magen nahm ich wahr, wie sie im Sekundentakt mit den langen Wimpern klimperte.

Unbewusst wanderten meine Gedanken zu Grace Holmgren. Sie hat Besseres verdient, dachte ich grimmig.

Als ich den Laden betrat, schreckte Astrid so offensichtlich zusammen, dass sie beinahe von ihrem Hocker fiel. Ihre Augen weiteten sich, als sie mich erkannte und hektisch begann sie, an ihrer Frisur herumzuzupfen.

»Mr. Corbyn, guten Morgen. Ich hatte Sie gar nicht hier erwartet, so früh … «, stotterte sie, bis sich ihre Stimme verlor.

»Ja, das habe ich gemerkt«, murmelte ich, gerade so laut, dass sie mich nicht hören konnte.

Arne Holmgrens Augen verfolgten mich, seitdem ich *Pernan's Mitte* betreten hatte. Etwas Lauerndes lag in ihnen, als wartete er nur darauf, dass ich einen falschen Schritt tat. Doch diese Genugtuung würde ich ihm nicht geben.

»Was kann ich für Sie tun, Mr. Corbyn?«

Astrid Augen flackerten zwischen mir und Arne hin und her, während sie nervös hinter der Ladentheke stand. Als sie mit ihren Fingern auf das Holz trommelte, bemerkte ich den Ring an ihrer Hand und eine Welle von Wut, Unverständnis und Hoffnungslosigkeit durchflutete mich. Dennoch ließ ich mir nichts anmerken.

»Um ehrlich zu sein habe ich Sie gesucht«, sagte ich offen heraus und wandte mich zu Arne Holmgren um.

Sichtlich verwundert richtete er sich auf dem Barhocker auf und hob eine Augenbraue. Das Misstrauen in seinem Blick wurde dunkler.

»Ach ja? Und was genau wollten Sie von mir?«, sagte er rau.

»Mich unterhalten«, erwiderte ich schlicht.

»Ich habe Ihnen nichts zu erzählen«, sagte er.

Das Wort Fremder klang in seinen Worten geradezu mit, er musste es nicht erst laut aussprechen.

»Das sehe ich anders«, sagte ich bestimmt.

Aus den Augenwinkeln nahm ich wahr, wie Astrid unruhig von einem Fuß auf den anderen trat. Arne durchbohrte mich mit seinen Blicken und für einen Moment schien die Stille vor lauter Spannung zu knistern. Dann nickte er mit dem Kinn in Richtung Astrid, die zusammenzuckte, als hätte man sie geschlagen.

»Mach uns noch einen Kaffee, ja?«

Es war keine Frage. Es war direkt und ließ keine Widerrede zu. Umso mehr überraschte es mich, dass Astrid sofort gehorchte. Mit geröteten Wangen griff sie nach der Tüte mit den Kaffeebohnen und wandte sich der Kaffeemaschine zu.

»Bitte«, fügte ich hinzu.

Obwohl Astrid uns den Rücken zugewandt hatte, bemerkte ich das kurze Stocken in ihrer Bewegung, bevor sie frisches Wasser aufsetzte. Betont lässig ging ich zur kleinen Kaffeeecke hinüber und ließ mich auf den Stuhl gleiten, auf dem zuvor noch Astrid gesessen hatte. Arne Homlgren war ein Kerl, der einen einschüchterte, der unberechenbar war und den ich – bis jetzt – schlecht einschätzen konnte. Doch er sollte auf keinen Fall den Eindruck erhalten, ich würde mich fügen.

Astrid kam zu uns herüber, stellte die dampfenden Kaffeetassen vor uns ab.

»Dankeschön« sagte ich, während Arne stumm den ersten Schluck nahm.

Astrid nickte, für einen winzigen Augenblick verzogen sich ihre Lippen zu einem schmalen Lächeln, bevor sie sich rasch abwandte und leise murmelnd im Hinterzimmer verschwand. Arne sah mich nicht an. Er trank seinen

Kaffee, setzte die Tasse schließlich ab und blickte aus der Fensterscheibe.

Ich beschloss, nicht lange um den heißen Brei herumzureden.

»Sie haben eine Frau«, sagte ich.

Irritiert und gar empört sah er mich an.

»Was wollen Sie von mir?«

»Und Sie haben einen Sohn.«

Die Falten auf seiner Stirn wurden tiefer. Langsam nickte er.

»Und trotzdem sind Sie der jungen Frau damals in die Waldhütte gefolgt.«

Seine Augen weiteten sich und seine Lippen öffneten sich einen Spalt breit. Ich konnte das lautlose Entsetzen in seinem Gesicht geradezu lesen. Der Kaffee schien vergessen.

»Wovon reden Sie?«, stieß er atemlos aus.

»Ihr Mann, oder Liebhaber, ist ohne sie abgereist. Er hat sie hier zurückgelassen, aus welchen Gründen auch immer. Und Sie haben die Chance ergriffen und haben sie in der kleinen Hütte im Wald besucht, die sie gemietet hatte.«

Arnes Lippen verformten sich zu einem schmalen Strich.

»Ich wüsste nicht, was Sie das angeht«, zischte er gereizt.

»Ich habe die Hütte gesehen«, sagte ich.

Sein Schlucken konnte ich bis hier hören. Ich nahm einen Schluck Kaffee, ließ ihm Zeit, meine Worte zu verarbeiten. Seine Augen huschten unruhig hin und her.

»Und ich habe das Badezimmer gesehen. Die Badewanne. Das Blut.«

Arne schwieg. Er schwieg lange. Langsam entspannten sich seine Schultern wieder. Er schüttelte den Kopf, immer wieder, bis ein heiseres Lachen aus ihm herausbrach.

»Was soll das werden? Ein inoffizielles Verhör? Ich dachte, Sie wären nicht von der Polizei«, grinste er.

»Sie haben das Blut also auch gesehen? Nun, es ist ja auch schwer zu übersehen. Die Frage, die sich mir nun stellt, ist ganz einfach. War das Blut bereits vor Ihrem Besuch an der Hütte da oder erst, nachdem Sie sie verlass-«

Arne ließ mich gar nicht erst ausreden. Mit vor Zorn blitzenden Augen beugte er sich vor, sodass er beinahe seine Tasse umstieß.

»Wagen Sie es nicht! Wagen Sie es nicht, hierher zu kommen und solche Anschuldigen aufzustellen. Sie kommen hier her, schnüffel in Dingen herum, die Sie einen Scheißdreck angehen und unterstellen mir Taten, die nie begangen wurden.«

»Was ist dann mit der jungen Frau geschehen? Wie kommt es, dass niemand sie wiedergesehen hat?«, sagte ich eindringlich.

Arne zuckte mit den Schultern.

»Woher soll ich das wissen? Ich habe sie nicht gekannt, jedenfalls nicht richtig.«

»Aber Sie haben sie gekannt?«

»Flüchtig. Ich hab sie ein oder zweimal im Wald getroffen, als sie nach irgendwelchen Pilzen für einen Auflauf gesucht hat. Ich habe sie nicht wirklich gekannt.«

»Waren Sie bei ihr in der Hütte?«, wollte ich wissen.

Seine Augen verengten sich zu Schlitzen.

»Wer sind Sie? Sie tauchen hier aus dem Nichts auf und behaupten, Ihre Frau und Ihren Sohn zu suchen, die seltsamerweise niemand von uns je gesehen hat. Pernan ist klein, es würde sofort auffallen, wenn zwei Fremde hier einfach so herumspazieren. Wieso sollten wir Ihrer Geschichte glauben, Mr. Corbyn?«

»Aus welchem Grund sollte ich sonst hier sein?«

»Sie stellen viele Fragen. Fragen zu Dingen, die Jahre zurück liegen. Niemand hat sich je für den Vorfall in der Waldhütte interessiert. Und jetzt kommen Sie her und graben in längst vergessenen Geschehnissen herum.«

»Also leugnen Sie nicht, dass es einen Vorfall gegeben hat?«, sagte ich.

Arne knirschte mit den Zähnen. Dann lehnte er sich zurück und verschränkte die Arme vor der Brust.

»Es gab Gerüchte, dass die Frau ermordet worden sei. Ich weiß nicht, wie viel Wahrheit in der Geschichte steckt, aber warum auch immer Sie zu mir gekommen sind, ihren Mörder werden Sie hier nicht finden.«

Ich begriff, dass ich bei ihm nur auf eine Mauer stieß. Je mehr ich fragte und vordrang, desto weiter zog er sich vor mir zurück. Ich beschloss, das Thema zu wechseln.

»Woher wissen Sie von meiner verschwunden Familie?«, fragte ich.

Sein Grinsen war kühl, beinahe höhnisch und seine Worte waren herablassend.

»Pernan ist klein, Mr. Corbyn. Es dauert keine zwei Stunden und jedes noch so tiefe Geheimnis spricht sich im Dorf herum.«

»Dann haben Sie meine Frau und meinen Sohn nicht gesehen?«, fragte ich hoffnungsvoll.

»Nein. Sie sind der einzige Fremde, der seit einer sehr langen Zeit Pernan betreten hat«, sagte er.

Meine Verzweiflung wuchs. Es schien, als würde ich von einer Sackgasse in die nächste laufen. Ich wusste, dass Evelyn und Elijah hier waren, ich hatte ihren Brief in der Jackentasche. Sie waren hier und doch fühlte es sich allmählich so an, als würde ich ihren Schatten hinterher jagen. Frustriert lehnte ich mich zurück und sah aus dem Fenster, ohne wirklich etwas wahrzunehmen.

Wie kam es, dass niemand meine Familie gesehen hatte?

Doch das stimmte nicht ganz. Mir war bereits mehrmals jemand begegnete, der sie kannte. Der wusste, wo sie war. Ich musste nur diesen mysteriösen Mann finden.

»Wenn Ihre Frau wirklich hier ist, dann machen Sie sich keine allzu großen Hoffnungen, sie wiederzusehen.«

Arnes Stimme riss mich aus den Gedanken. Stumm sah ich ihn an, während sich mein Herz schmerzvoll zusammenzog.

»Pernan ist nicht die schöne, friedliche Insel, für die sie gehalten wird, Mr. Corbyn. Auf ihr liegt ein Fluch und das schon sehr, sehr lange.«

»Ein Fluch? Ich glaube nicht an Gespenster, Mr. Holmgren«, sagte ich erschöpft.

Er grinste hämisch und schüttelte den Kopf. Ich konnte den beißenden Geruch von Kaffee und Zigaretten über den Tisch hinweg riechen.

»Haben Sie sich nie gefragt, wieso die Insel so unbewohnt ist? Wieso nur noch wir übrig geblieben sind?«

Ich horchte auf. Doch. Natürlich hatte ich mir diese Frage schon gestellt. Mehr als einmal.

»Pernan lässt niemanden einfach so gehen. Ein Unglück reiht sich an das nächste. Unfälle passieren. Leute verschwinden. Und wenn sie wieder auftauchen, ja, wenn, dann meistens nicht lebend. Sehen Sie sich bloß den alten Larsson an.«

Ich runzelte die Stirn. Mein Herz klopfte in meiner Brust, so laut, dass ich vermutete, Arne müsste es hören können.

»Haldor Larsson? Was ist mit ihm?«, bohrte ich skeptisch nach.

Arnes Lippen verzogen sich zu einem breiten, selbstgefälligen Grinsen. Es machte ihm Spaß, mich auf die Folter zu spannen. Und ich wusste, dass er es genoss, derjenige zu sein, der mir diese Geschichte unterbreitete.

»Hat er es Ihnen nicht gesagt? Sie wohnen doch bei ihm, oder irre ich mich?«

Ich antwortete nicht, wartete auf seine nächsten Worte. Sein Grinsen wurde breiter.

»Haldor Larsson hat seinen eigenen Sohn umgebracht.«

Kapitel 11

Entgeistert starrte ich Arne Holmgren an, bevor ich ein trockenes Lachen ausstieß. Ich hob die Hand und tippte mit dem Zeigefinger gegen meine Stirn. Arne ließ mich nicht eine Sekunde aus den Augen, als er einen weiteren Schluck seines Kaffees nahm. Irgendwo hinter uns drangen dumpfe Geräusche aus dem Hinterzimmer, doch weder er, noch ich schenkten Astrid viel Beachtung.

»Sie glauben mir nicht?«, sagte er.

Ich schüttelte den Kopf.

»Nein. Wieso sollte ich? Ich kenne Haldor Larsson, er ist kein Mörder und ganz sicher nicht der seines eigenen Kindes.«

»Sie *kennen* Haldor? Sie sind jetzt wie lange hier auf der Insel? Zwei Tage? Drei? Und da behaupten Sie tatsächlich, einen Menschen zu kennen? Ich bin seit über zehn Jahren hier und selbst ich habe manchmal noch das Gefühl, mit Fremden eine Insel zu teilen«, sagte Arne ernst.

Ich zögerte. Ich hatte geahnt, dass Haldor in seinem früheren Leben eine Familie gehabt haben musste. Sein Klingelschild und das fehlende Gemälde an der Wand im Wohnzimmer hatten ihn verraten. Und nun war ich mir auch sicher, wen das fehlende Gemälde abgebildet hatte. Haldor Larsson hatte also einen Sohn gehabt.

»Wie ist er gestorben?«, fragte ich.

»Ertrunken. Jeder hier wusste, dass Bengt kein allzu guter Schwimmer war. Er war immerhin vierzehn, als er … als es geschah. Er und sein Vater, der alte Larsson hatten sich am Vortag gestritten. Sie waren nie gut miteinander ausgekommen, haben sich immer wieder in die Haare gekriegt. Ich weiß nicht, über was sie sich dieses Mal gestritten haben, doch am nächsten Tag ist der Alte mit seinem Sohn raus aufs Meer gefahren. Und als er eine Stunde später zurückkam, da kam er alleine zurück. Von Bengt keine Spur.«

»Mein Gott«, flüsterte ich geschockt.

Was für ein grausamer Tod. Ich selbst war ein recht passabler Schwimmer, doch ich mochte es mir gar nicht vorstellen, wie es sich anfühlte zu ertrinken. Wie sich die Lungen nach und nach mit Wasser füllten und jeder noch so verzweifelte Kampf vergebens blieb. Ich schluckte und fasste mir unbewusst an den eigenen Hals.

»Sehen Sie sich vor, Mr. Corbyn. Haldor Larsson ist nicht zu trauen. Wenn ich es mir recht überlege, niemandem hier ist zu trauen.«

Arne erhob sich ächzend von seinem Stuhl, leerte den Kaffee in einem letzten Zug und nickte mir zu. Er war schon halb an mir vorbei, als er noch einmal innehielt und sich zu mir umdrehte.

»Wenn ich Ihnen einen Rat geben darf. Verlassen Sie Pernan.«

»Das kann ich nicht«, sagte ich tonlos.

»Nun, manchmal ist ein Neustart, alles, was man braucht.«

»Ich brauche keinen Neustart. Ich brauche … «

Meine Familie.

Arne bedachte mich mit einem stechenden Blick und für den Bruchteil einer Sekunde, so kurz, dass ich dachte, es wäre bloß eine Reflexion des Sonnenlichts, sah ich so etwas wie Mitgefühl in seinen Augen aufblitzen. Im nächsten Moment drehte er sich um und verließ den Laden.

*

Wieso hatte Haldor Larsson verschwiegen, dass er einen Sohn hatte? Hatte er es nicht für erwähnenswert gehalten? Für nicht wichtig? Oder entschied er sich bewusst dafür, mir diese Geschichte nicht zu erzählen?

Arnes Worte schossen mir abermals durch den Kopf. Hatte er recht? Ich fasste mir an die Strin und atmete tief durch. Nach drei Tagen war es doch schier unmöglich, einen Menschen einschätzen zu können. Aber Haldor – ein Mörder? Ich schüttelte entschieden den Kopf. Haldor mochte vieles sein, grimmig, direkt, schroff, aber ganz sicher kein Mörder. Haldor bot mir eine Unterkunft an, teilte seinen Tee, seine Suppe und sein Brot mit mir und begleitete mich zur alten Waldhütte.

Die Sonne wärmte mein Gesicht, während ich den Hang zum Friedhof von Pernan erklomm.

Nun, ich hatte ihn nie konkret nach seiner Familie gefragt. Jetzt, wo ich darüber nachdachte, kam es mir egoistisch vor, ihn nicht mehr über sich selbst gefragt zu haben. Evelyn hätte das getan. Sie konnte gut mit Menschen umgehen, hatte einfach ein Händchen für die richtigen Worte. Außerdem war sie gut darin, ihre eigenen Sorgen und Probleme zu verdrängen, tief in sich zu verstecken, bis sie niemanden mehr an sich heran ließ.

Nicht einmal mich.

Der Kirchturm ragte in den strahlend blauen Himmel auf, verdeckte somit gekonnt die schwarzen Wolken, die in der Ferne aufzogen. Es würde wohl noch eine Weile dauern, bis das nächste Unwetter über Pernan ausbrechen würde. Vor der Kirche, die eher einer reizenden Kapelle ähnelte, herrschte eine friedliche Stille. Die Vögel zwitscherte leise und ganz in der Nähe hockte ein Eichhörnchen auf einem hohen Ast und knabberte an einer Nuss.

Vorsichtig öffnete ich das Tor und schlüpfte hindurch. Die Grabsteine waren allesamt schlicht, aus grauem, glatten Stein. Vereinzelt entdeckte ich auch hölzerne Kreuze, die bereits sehr alt wirkten. Einige standen vom Wind schief und krumm vor den schmalen Erdhügel, über die mit der Zeit hohes Gras gewachsen war.

Ein Erdhügel war noch frisch. Ich erkannte ihn sofort wieder, sowie den Grabstein mit der mir bereits bekannten Aufschrift. Irma Svensson, die verstorbene Großmutter der kleinen Elenor. Haldor hatte gut über sie gesprochen. Ich fragte mich, ob sie mir geholfen hätte bei meiner Suche. Wenn sie wirklich so aufgeweckt und hilfsbereit gewesen war, wie

Haldor gesagt hatte, dann sicherlich schon. Auch, wenn ich sie nicht gekannt habe, sie erinnerte mich an meine eigene Großmutter.

Als kleiner Junge war ich oft nach dem Kindergarten und der Schule zu ihr gegangen. Wir hatten zusammen gekocht, ich durfte ihr helfen, das Gemüse klein zu schneiden und die Kartoffeln zu schälen. Manchmal haben wir auch gebacken. Kekse, Kuchen, sogar ganze Torten. Sie war mir mehr eine Mutter, als es meine eigene jemals gewesen war.

Stundenlang hätte ich ihren Geschichten lauschen können. Geschichten über Prinzen, die ihre Prinzessinnen retteten. Geschichten von Prinzessinnen, die gar nicht gerettet werden wollten und sich lieber für sein Pferd entschieden. Ein schmales Lächeln huschte über meine Lippen. Ja, meine Großmutter hatte es immer geschafft, mich zum Lachen zu bringen. Ich wünschte mir, ich hätte die Gelegenheit gehabt, es ihr vor ihrem Tod zu sagen.

Nur mit größter Mühe riss ich meinen Blick von Irma Svenssons Grabstein los und lief zum nächsten. Viele von den hier Begrabenen waren alt gestorben, vermutlich eines natürlichen Todes. Doch es gab auch eine junge Frau, die nur vierundzwanzig geworden war und einen Mann, der genau an seinem sechsunddreißigsten Geburtstag verstarb. Ich ging weiter. Abseits der anderen Grabsteine stand ein Holzkreuz, das mir zuerst gar nicht aufgefallen war. Das Gras um das Grab herum war ordentlich gestutzt, kein Moos und kein Efeu wucherten hier. Selbst das Holz des Kreuzes schien von bester Qualität, als würde es oft von Unreinheiten gereinigt werden.

Auf dem Kreuz stand nichts, kein Datum, kein schöner Spruch. Nur ein Name.

Bengt Larsson.

Meine Kiefermuskeln zuckten.

Bengt Larsson.

Arne hatte nicht gelogen. Haldors Sohn war tot. Begraben auf Pernans Friedhof. Mein Körper reagierte automatisch. Ich kniete mich vor das Grab, pflückte ein einzelnes weiße Gänseblümchen aus dem Gras neben mir und legte es vor das Holzkreuz.

Ein kalter Schauer rann mir über den Rücken. Es musste furchtbar sein, sein eigenes Kind zu verlieren, gerade in solch jungen Jahren. Ich mochte es mir nicht ausmalen, wie es sich anfühlen würde, würde ich Elijah verlieren. Würde ich sein Grab besuchen, eine Blume pflücken und seinen Namen auf dem Holzkreuz lesen. Meine Schultern zitterten, als ich vorsichtig die Hand ausstreckte und meine Finger über das glatte Holz fahren ließ. Meine Sicht verschwamm und ergeben schloss ich die Augen.

»Es tut mir leid. Es tut mir so leid«, flüsterte ich.

Der Geruch von verbranntem Holz stieg in meine Nase, so stark wie nie zuvor. Rauch lag in der Luft und ich konnte das Knistern der Flammen beinahe hören. Ich wusste, würde ich jetzt die Augen öffnen, ich wäre zurück. Ich wäre zurück im

Feuer, aus dem es keinen Ausgang gab. Ich kniff die Augen verzweifelt fester zusammen. Es brannte und ich sah Sterne.

»Vergib mir«, weinte ich.

Ich hörte die Schritte hinter mir so deutlich wie das Knistern der Flammen in meinem Kopf. Noch bevor ich die Augen öffnete, wusste ich, dass es zu spät war. Der Schlag auf meinen Hinterkopf kam berechenbar und stark. So stark, dass mir nur noch ein Keuchen entfloh, bevor ich den Halt verlor und vor Bengt Larssons Grab zusammenbrach.

*

»Hier. Das wird Sie wieder auf die Beine bringen, mein Junge.«

Etwas Schweres, Kühles legte sich auf meine Stirn. Ich konnte einen einzelnen Wassertropfen fühlen, der an meiner linken Schläfe herabrann. Mein Kopf dröhnte und hämmerte. Es fiel mir schwer zu denken. Meine Augen hielt ich geschlossen und doch erkannte ich die Stimme, die mit mir sprach, binnen weniger Sekunden.

Stöhnend fasste ich mir an den Kopf, doch eine große Hand legte sich bestimmt, aber sanft um mein Handgelenk.

»Vorsicht, Bürschchen! Das könnte eine dicke Beule werden.«

»Beule?«, stöhnte ich und schlug blinzelnd die Augen auf.

Gedimmtes Sonnenlicht blendete mich, das durch die halb zugezogenen Vorhänge vor dem Schlafzimmerfenster fiel. Die Wände und der Holzfußboden leuchteten in einem warmen Orange. Wie lange war ich bewusstlos gewesen? Ich versuchte mich aufzurichten, doch Haldor Larsson stemmte mich mit einer Hand an der Schulter zurück in die Kissen.

»Sie bleiben schön liegen, Bursche. Sie haben ganz schön was eingesteckt, wenn ich mir das so ansehe«, grummelte er.

»Wie bin ich hier her gekommen? Ich kann mich noch daran erinnern, am Friedhof gewesen zu sein und dann … «

Ich verstummte. Ja, und dann? Ich erinnerte mich an den Geruch von Flammen, loderndem Feuer, schwarzem Rauch. Und an die Schritte hinter mir, gerade so laut, dass ich sie wahrnehmen konnte, als sie direkt hinter mir erstarrten.

»Ich wurde niedergeschlagen«, murmelte ich leise.

»Sieht so aus«, nickte Haldor.

Das nasse Tuch auf meiner Stirn kühlte meinen Kopf und linderte das lästige Dröhnen.

»Haben Sie mich hier her gebracht, Haldor?«, fragte ich.

Er nickte. Ein Kratzen an der Tür ließ uns beide aufsehen. Haldor rollte mit den Augen, bevor er sich vom Stuhl erhob, den er neben mein Bett gestellt hatte und die Tür öffnete. Ich hatte keine Zeit zu reagieren, schon sprang Jesper bellend an meine Seite und beschnupperte mein Gesicht. Ein leises Lachen entkam mir, das schnell in ein schmerzvolles Stöhnen umschlug. Mein Kopf tat noch immer weh.

»Jesper, hey! Lass den armen Mann in Ruhe!«

»Nein, nein, schon gut«, erwiderte ich, hob eine Hand und streichelte Jesper vorsichtig hinter den Ohren.

Seine Knopfaugen sahen treu zu mir hinauf und als würde er mich für gesund empfinden, bettete er seinen Kopf in meinem Schoß, schloss die Augen und genoss die Streicheleinheiten, die ich ihm gab.

»Er war es, der Sie gefunden hat. Hat uns beiden einen ganz schönen Schrecken eingejagt, Sie da liegen zu sehen, mein Junge«, erklärte Haldor.

»Du hast mich also gefunden, hm?«, flüsterte ich Jesper zu und ließ mir sanft den Handrücken von ihm ablecken.

»Was ist passiert?«, fragte Haldor.

Ich seufzte und sah ihn an.

»Wenn ich das wüsste. Ich war auf dem Friedhof und habe Schritte hinter mir gehört. Bevor ich mich umdrehen konnte, war es schon zu spät. Der Schlag gegen den Hinterkopf ist das letzte, an das ich mich erinnern kann.«

»Und haben Sie eine Ahnung, wer es war?«

»Nein.«

»Nicht mal eine Vermutung? War es ein Mann?«

Ich überlegte. Die Schritte klangen schwer und doch hatte ich sie zugleich erst spät wahrgenommen. Wer sich auch immer an mich herangeschlichen hatte, war sehr darauf bedacht gewesen, meine Aufmerksamkeit nicht zu wecken. Es war ihm oder ihr gelungen.

»Ich verstehe es nicht. Wieso schlägt man mich nieder, doch lässt mich dann dort liegen?«

»Ich weiß es nicht. Und … verzeihen Sie mir, aber ich habe bereits Ihre Wertsachen überprüft. Ihr Geldbeutel, Ihr Handy, Ihre Schlüssel, alles befindet sich noch in Ihrer Jackentasche«, sagte Haldor.

»Wenn nichts gestohlen wurde, warum ist dann … «

Ich stockte, bevor ich abbrach und so abrupt aufsprang, dass Jesper mich laut klagend anblickte. Der feuchte Lappen fiel von meiner Stirn und klatschte auf dem Boden auf, als ich an Haldor vorbei stolperte und nach meiner Jacke griff.

»Hey, Junge, nicht so stürmisch, verdammt«, polterte Haldor.

Doch ich beachtete ihn gar nicht. Mit hektischen Fingern durchsuchte ich meine Taschen und seufzte erleichtert auf, als ich das Foto und Evelyns Brief fand. Sie waren noch da.

»Sie sind noch da. Sehen Sie nur, Haldor«, sagte ich und hielt die beiden Dokumente in die Höhe.

»Jaja, schön und gut, aber Sie sind es bald nicht mehr, wenn Sie weiter so ein Theater veranstalten«, sagte Haldor und wollte mich bereits wieder Richtung Bett dirigieren, doch ich trat einen Schritt zurück.

»Es reicht. Ich werde nicht länger tatenlos hier herumstolzieren und von einer Mauer gegen die nächste rennen. Ich weiß nicht, was es ist, was auf dieser Insel passiert, doch etwas Dunkles liegt über ihr. Wie … wie ein Fluch«, schloss ich langsam, während ich mich an Arne Holmgrens Worte erinnerte.

»Was soll das heißen?«, sagte Haldor.

Ich atmete tief durch.

»Das heißt, dass ich endlich Antworten will. Kein Suchen, kein Spekulieren mehr. Ich will klare Antworten.«

»Starke Worte«, sagte Haldor grob.

»Hören Sie auf! Hören Sie auf, mich nicht ernst zu nehmen!«, rief ich.

»Ich nehme Sie ernst, Nicolas.«

»Dann geben Sie mir Antworten! Verdammt, seit ich hier bin, renne ich im Kreis und bin meiner Familie kein Stück näher gekommen.«

»Sie sollten vielleicht anfangen, wo anders zu suchen.«

Ich schmiss die Arme in die Luft und zischte. Als ich Haldor wütend anfunkelte, richtete sich Jesper auf dem Bett auf, die Ohren gespitzt und die Augen direkt auf mich gerichtet.

»Sagen Sie mir, was hier wirklich los ist.«

Haldor verengte die Augen zu Schlitzen.

»Ich habe Ihnen alles gesagt, was ich weiß. Wenn Sie wieder mit der Hütte im Wald anfangen -«

»Was ist mit Ihrem Sohn?!«, platzte es aus mir heraus.

Die Stille, die sich danach im Zimmer ausbreitete, zog sich unerträglich lang. Die Luft schien auf einmal heiß und dünn und es fiel mir schwer zu atmen. Haldors Gesicht glich der weißen Wand neben uns. Seine wässrigen Augen starrten mich fassungslos an, gar geschockt.

»Woher wissen Sie von meinem Sohn?«, flüsterte er atemlos.

Ich entschied mich für die Wahrheit.

»Arne Holmgren hat es mir erzählt.«

»Sie haben mit Holmgren gesprochen?«, sagte Haldor.

»Ja. Und ich werde mit jeder anderen Person auf dieser Insel sprechen, wenn das bedeutet, dass ich meine Familie wiedersehe.«

Haldor schüttelte langsam den Kopf, das Gesicht noch immer blass und erschöpft.

»Sie verrennen sich in etwas, das nicht existiert, Junge.«

»Und Sie? Haben Sie dasselbe zu Ihrem Sohn gesagt, bevor Sie ihn ertrinken ließen?«

Sobald ich die Worte ausgesprochen hatte, bereute ich sie auch schon. Das Entsetzen in Haldors Augen machte mich wütend. Wütend auf mich selbst. Jesper legte den Kopf schief, als wolle er mir einen strafenden Blick zuwerfen. Ich biss die Zähne fest aufeinander, während ich Haldors Blick tapfer standhielt. Als er sich erhob, zuckte ich zusammen, als hätte er plötzlich los geschrien.

»Verschwinden Sie aus meinem Haus.«

Es wäre mir lieber, hätte er geschrien. Hätte er mich angebrüllt, mich geschubst, selbst ein weiterer Schlag auf den

Kopf wäre besser gewesen als diese kalte Ruhe in seiner Stimme. Ich streckte die Hand nach ihm aus, nicht sicher, was ich damit überhaupt bewirken wollte.

»Raus!«

Sein plötzlicher Schrei ließ mich zusammenschrecken. Jesper schien hin und her gerissen. Sein Kopf zuckte von seinem Herrchen zu mir und wieder zurück. Ich schluckte, bevor ich meine Hand hilflos sinken ließ. Ich drehte mich um, griff nach meiner Jacke und warf sie mir über. Als ich die Hand auf den Türknauf legte, wandte ich mich ein letztes Mal um.

Mein Herz zog sich schmerzhaft zusammen, als ich Haldor sah, der den Kopf gesenkt hatte und stumm zu Boden starrte. Seine Hände bebten und formten sich zu Fäusten.

Für einen kurzen Moment sah ich mich selbst, wie ich den Türknauf losließ, zu ihm ging und meine Hände an seine Schultern legte. Doch ich tat es nicht. Nein. Ich drehte den Knauf, öffnete die Tür und zog sie so leise wie möglich hinter mir zu.

Kapitel 12

Der Geruch von viel zu intensivem Desinfektionsmittel haftete an mir wie eine zweite Haut. Am liebsten wäre ich direkt zum Badezimmer gelaufen und hätte mich den restlichen Abend unter die Dusche gestellt. Doch mein Körper war nicht fähig, sich zu bewegen. Wie erstarrt stand ich im Hausflur, den Schal noch um den Hals, den Flyer, den die Krankenschwester uns mitgegeben hatte, noch in der Hand.

Evelyn stand neben mir, eine Hand auf dem Treppengeländer, den Kopf gesenkt. Ich wusste nicht, ob sie die Augen geschlossen hatte oder nicht. Regungslos stand sie da. Ihre Schultern zitterten nicht. Sie weinte nicht. Sie stand einfach nur da. Tausende Gedanken schossen mir durch den Kopf, tausende Worte und schließlich wurden es so viele, dass sie in einer endlosen Leere endeten. Ich wollte mich aus meiner Starre lösen und zu ihr gehen, wollte ihr die Hände auf die Schultern legen und sie trösten. Wollte ihr sagen, dass das nicht das Ende sei. Doch ich konnte nicht. Der beißende Geruch des Desinfektionsmittels schien mich an Ort und Stelle festzuwurzeln. Ich wollte mich nie wieder bewegen. Wollte nicht mehr denken, nicht mehr sprechen, nicht mehr fühlen, nicht mehr atmen. Ich wollte nicht mehr sein, nie wieder.

Denn ich wusste, dass sich alles verändern würde. Unser altes Leben existierte nicht mehr. Es würde nie wieder zurückkommen und sowohl Evelyn, als auch ich hatten uns verändert. Ab dem Augenblick, in dem sich die Tür zu unserem Zimmer öffnete und ich den dunklen Schmerz in den Augen der Pflegerin gesehen hatte, war etwas zerbrochen. Evelyn hatte geschwiegen. Wenn ich mich richtig erinnerte, dann hatte sie seit dem Moment der Nachricht nichts mehr gesagt. Weder gesprochen, noch reagiert hatte sie auf die Worte der Krankenschwester, die schließlich mir und nicht Evelyn den Flyer in die Hand gedrückt hatte. Ich wollte ihn nicht haben, wollte nicht lesen, was darauf stand. Ich wollte mich nicht mit anderen Paaren in Verbindung setzen, die dasselbe durchmachten wie wir. Niemand würde unseren Schmerz nachempfinden können. Eine Dunkelheit lastete über mir, die sich nicht vertreiben lassen würde. Wie sollte ich jemals die Kraft aufbringen, diese Schwärze aus meinem Leben zu verbannen? Aus unserem Leben? Ich hob den Kopf und spähte zu Evelyn hinüber, doch sie regte sich noch immer nicht. Müde und kraftlos lag ihre Hand auf dem Geländer.

Ich wusste, ich musste stark sein. Für uns beide. Doch das konnte ich nicht. Ich wusste nicht, wie.

*

Mein Herz fühlte sich schwer und bleiern an, während ich ziellos durch die Wege Pernans lief. Noch immer verspürte ich leichte Kopfschmerzen, doch sie waren nichts im Vergleich zu dem Sturm, der in meinem Inneren tobte. Als wäre ein längst vergessener Dämon zum Leben erwacht, stärker und hungriger denn je. Mein Fuß blieb am Boden hängen, ich geriet ins Straucheln und blieb stehen. Meine Lunge stand in Flammen und geradezu panisch presste ich mir eine

Hand an die Brust. Bilder aus längst vergessenen Zeiten flackerten vor meinem geistigen Auge auf, vermischten sich mit dem Hier und Jetzt.

Ich sah Evelyns Lächeln, die Tränen auf ihren Wangen, als sie das erste Ultraschallbild in die Höhe hielt. Ich konnte ihr Lachen beinahe hören, fröhlich, gelöst, unbeschwert. Ich sah sie im Supermarkt, wie sie ein Stofftier nach dem anderen begutachtete und sich jetzt schon ausmalte, wie unser Kind damit spielen würde.

Mein Atem ging flacher. Ich bekam keine Luft mehr.

»Nici.«

Ihre Stimme war ganz nah, ganz warm. Mit ihrem Finger zeichnete sie ein Herz auf meine Brust, während sie sich neben mir auf einem Ellbogen aufstützte. Ich hielt die Augen geschlossen und genoss ihre zärtlichen Berührungen.

»Nici. Wir werden Eltern«, hauchte Evelyn und klang dabei so ehrlich verwundert, dass ich leise lachen musste.

Ich öffnete ein Auge und schielte zu ihr hinauf. Mein Arm reagierte automatisch, als ich ihn hob und ihr sanft an die Wange legte.

»Ja, mein Engel. Wir werden Eltern«, sagte ich.

Ihr Lächeln wurde größer, bis es in einem Strahlen endete. Sie ging dazu über, ein N auf meine Brust zu zeichnen und daneben ein E.

»Wir bekommen eine Tochter«, hauchte sie fasziniert.

Ich rollte mich auf die Seite und brachte mein Gesicht ganz nah an ihres. Unsere Nasenspitzen berührten sich federleicht. Sie roch nach der Erdbeer-Pfefferminz-Zahnpasta, die sie seit ihrer Schwangerschaft so gerne benutzte. Langsam nickte ich. War nicht fähig zu sprechen. Ich würde Vater werden. Ich würde tatsächlich der Vater Evelyns Tochter werden.

Keuchend blieb ich stehen und presste meine Handballen gegen die Augen.

Stop, mahnte ich mich selbst. Hör auf. Mach, dass es aufhört.

Doch die Bilder verfolgten mich, ließen mich nicht los. Und ich wusste, dass ich sie nie wieder loswerden würde. Ich nicht. Evelyn nicht. Es würde mich verfolgen bis in den Tod.

»Mr. Corbyn?«

Eine zaghafte Stimme riss mich aus den Gedanken und ich schnellte so hektisch herum, dass Elenor Svensson erschrocken zurückwich. Ich entließ den angehaltenen Atem. Mein Herz raste und nur unter größten Anstrengungen schob ich die grauenvollen Bilder aus meinem Gedächtnis.

»Sind Sie krank?«, sagte Elenor.

Ich runzelte die Stirn.

»Krank? Nein, wie kommst du auf so etwas?«

»Na, Sie sind so blass. So sah Oma auch aus, kurz bevor sie … «

Elenor brach ab und ein drückendes Schweigen breitete sich über uns aus. Erst jetzt wurde mir bewusst, wie weit ich gelaufen war. So in Gedanken versunken hatte ich nicht bemerkt, dass mich meine Schritte geradewegs in den Wald geführt hatten. Von hier konnte ich sogar die Spitze des Baumhauses erkennen.

»Vermisst du deine Oma?«, sagte ich leise.

Elenor sah mich einen Moment lang an, bevor sie langsam nickte.

»Ja. Jeden Tag.«

Ihre Stimme wurde leiser, bis sie schließlich nur noch flüsterte.

»Jede Minute.«

Ich nickte, erinnerte mich an den Schmerz, den ich verspürt hatte, als meine eigene Großmutter verstorben war. Erst kam der Schmerz, dann die Wut, dann der Kummer und schließlich nur noch Leere. Ich hatte ein Teil von mir selbst verloren und erst nach und nach war mir klar geworden, dass dieser Teil nun für immer fort war.

»Haben Sie ihre Familie gefunden?«, sagte Elenor aufrichtig interessiert.

Ich seufzte und rieb mir die Nasenwurzel.

»Nein. Ich ... ich weiß nicht mehr, wo ich noch suchen soll«, gab ich zu.

Ich mochte es nicht, Schwäche vor Kindern zuzulassen. Ich hatte es mir zur Aufgabe gemacht, Elijah niemals zu zeigen, dass ich schwach war. Ich wollte stark für ihn sein, damit er es nicht sein musste. Doch meine Stärke war nur halb so intensiv, halb so mitreißend wie meine Schwäche.

»Er war hier.«

Elenors Worte kamen so unerwartet, dass ich einen Moment brauchte, um zu begreifen, was sie sagte.

»Er ... war hier?«, wiederholte ich perplex.

Sie nickte und deutete hinter sich auf das Baumhaus.

»Mika und ich haben uns gestern Abend rausgeschlichen. Das machen wir oft, wenn wir nicht schlafen können oder wenn seine Eltern wieder ... naja, wenn sie streiten. Wir haben uns am Baumhaus getroffen und da ... «

Sie brach ab und zögerte. Ungeduldig trat ich einen Schritt auf sie zu.

»Da was?«, stieß ich aus.

»Es brannte Licht dort oben. Irgendwer war an unserem Baumhaus.«

»Habt ihr gesehen, wer es war?«, fragte ich begierig.

Sie schüttelte den Kopf, sodass ihr langes Haar hin und her wehte.

»Nein. Als Mika nachgesehen hat, war es leer. Es brannte nur noch eine alte Öllampe. Und ... da war noch etwas.«

»Was?«

»Ein Bild.«

Ich hob eine Augenbraue.

»Ein Bild? Was für ein Bild?«

»Ich kann es Ihnen zeigen. Weder ich, noch Mika haben es gemalt und vielleicht gehört es ja Elijah.«

Mein Herz raste. Kalter Schweiß breitete sich auf meinen Händen aus. Auf einmal war mir so schwindelig, dass ich mich am Baumstamm neben mir abstützen musste. Elenor beäugte mich skeptisch.

»Sie sind krank«, stellte sie schließlich fest.

Ich schüttelte den Kopf, schluckte und atmete tief durch. Konnte es wirklich wahr sein? Nach all den Fehlschlägen, nach all den Sackgassen. Konnte es wirklich sein, dass ich meinem Ziel doch näher gekommen war, als ich dachte? Elenor führte mich zurück zum Baumhaus, wobei ich das Gefühl hatte, meine Knie würden jede Sekunde nachgeben. Mein Herzschlag hatte sich verdreifacht. Erstaunlich flink kletterte Elenor die morsche Leiter empor.

»Warten Sie hier, ich hole es!«, rief sie.

Ich konnte nicht antworten, nickte einfach nur.

Elijah, warst du hier? Haben uns nur diese wenigen Meter getrennt? Bist du dieselbe Leiter hinaufgeklettert wie Elenor?

»Was machen Sie hier?«

Ich drehte mich um. Mika Holmgren stand ein paar Schritte von mir entfernt, die Augenbrauen misstrauisch zusammengezogen und eine Hand am Baum neben sich. Ich öffnete den Mund, um zu antworten, doch Elenor kam mir zuvor. Sie streckte den Kopf oben über die Plattform und winkte.

»Hallo, Mika! Ich habe Mr. Corbyn von der Lampe und dem Bild erzählt!«

Mikas Blick verfinsterte sich.

»Aha«, machte er.

Immer mehr und mehr beschlich mich das Gefühl, dass Mika mich nicht mochte. Ich fragte mich, ob es am Einfluss seiner Eltern liegen könnte.

»Was geht ihn das an?«, sagte er im nächsten Moment, die Augen zwar auf mich gerichtet, doch die Frage eindeutig an Elenor.

»Mikaaa. Jetzt sei doch mal nett, der Mann sucht seine Familie. Wie würdest du dich fühlen, wenn deine Eltern plötzlich verschwunden wären?«, giftete Elenor.

»Ich verspreche, dass ich Pernan sofort verlasse, sobald ich Evelyn und Elijah gefunden habe«, sagte ich beschwichtigend.

»Pff. Das haben sie damals auch gesagt«, murrte Mika.

»Sie?«, wiederholte ich aufhorchend.

Mika zuckte mit den Schultern und wandte den Blick ab. Er schien das Gefühl zu haben, bereits genug gesagt zu haben, denn nun verschränkte er die Arme vor der Brust und mied meinen Blick.

»Mika. Ich möchte wirklich niemandem hier schaden. Ich will nur meine Frau und meinen Sohn wiedersehen. Kannst du … kannst du das nicht verstehen?«, bat ich mit gesenkter Stimme.

Seine Augen huschten zu mir hinüber. Unsicher kaute er auf seiner Unterlippe herum.

»Woher weiß ich, dass wir Ihnen vertrauen können?«, sagte er.

Ich nickte. So war es also. Das Misstrauen hatte er also von seinem Vater. Ich versuchte mich an einem beruhigenden Lächeln.

»Habe ich euch in der Zeit, in der ich schon hier bin, irgendwie wehgetan? Euch irgendwie Schaden zugefügt?«

»Papa sagt, Fremden darf man nicht trauen.«

»Das stimmt, da hat dein Papa recht. Ich verspreche, dass ich mir nur das Bild ansehen möchte und euch dann in Ruhe lasse. Okay?«

Mika knirschte nachdenklich mit den Zähnen. Dann legte er den Kopf schief und etwas in seinem Blick veränderte sich. Seine Züge wurden weicher und plötzlich lag so etwas wie Erkenntnis in seinen Augen.

»Sie haben viel Ähnlichkeit mit ihm.«

Perplex öffnete ich den Mund und klappte ihn doch wieder zu.

»Ähnlichkeit mit wem?«, fragte ich.

»Ich hab's!«

Elenors Ruf brachte Mika um seine Antwort. Freudig hielt sie das Bild in die Höhe, wedelte es durch die Luft und strahlte zu uns herab. Ich trat einen Schritt auf die Leiter zu und streckte meinen Arm aus, um ihr entgegenzukommen, als sich feste Finger um mein Handgelenk schlossen. Erschrocken keuchte ich auf und wollte zurückweichen, doch der Griff war zu fest.

»Sie wissen eindeutig nicht, wann Schluss ist, Freundchen«, knurrte Christopher Svensson.

»Opa!«, rief Elenor entsetzt.

Aus den Augenwinkeln nahm ich wahr, wie Mika unruhig zu uns herüber starrte. Auch, wenn der Griff um meinen Arm schmerzte, versuchte ich mich zu entspannen. Stärke zeigen. Mika und Elenor sollten wissen, dass ich da wäre, um sie zu beschützen. Kinder sollten keine Angst durchleben müssen. Nicht vor älteren Menschen und schon gar nicht vor ihren eigenen Verwandten.

»Ich wäre Ihnen sehr verbunden, wenn Sie mich loslassen könnten, Mr. Svensson«, sagte ich kühl.

In seinen Augen loderte blanker Zorn. Eine Ader pulsierte an seiner Schläfe.

»Und ich wäre Ihnen sehr verbunden, wenn Sie diese gottverlassene Insel endlich hinter sich lassen würden! Sie streuen hier schon viel zu lange herum und jetzt vergreifen Sie sich auch noch an den Kindern«, stieß Christopher aus.

Fassungslos starrte ich ihn an, bevor ich mich mit einem Ruck aus seinem Griff befreite.

»An den Kindern vergreifen? Hören Sie sich eigentlich selbst zu?«

»Opa, er wollte doch nur-«, begann Elenor, doch Christopher hob gebieterisch die Hand und augenblicklich verstummte sie.

Zorn wallte in mir auf. Mit einem Ruck befreite ich mich aus seinem Griff, wobei ich zurücktaumelte und mit dem Rücken gegen den nächsten Baum stieß. Ich konnte hören, wie Mika scharf die Luft einsog. Mir blieb kaum Zeit zu reagieren, da stand Christopher auch schon wieder direkt vor mir.

»Es wäre besser, Sie verschwinden. Jetzt«, knurrte er.

»Nicht ohne meine Familie«, entgegnete ich entschlossen.

»Ihre Familie ist nicht hier, finden Sie sich endlich damit ab«, spukte er mir vor die Füße.

»Sie ist hier. Es gibt ausreichend Beweise.«

»Ausreichend Beweise um was zu tun? Weiter hier herumzuschnüffeln? Ich lasse das nicht länger zu, es wird sich nicht wiederholen. Nicht, solange ich hier lebe und Pernan mein Zuhause nenne.«

Ich hielt inne.

»Was wird sich wiederholen?«, fragte ich.

Christopher schüttelte warnend den Kopf und hob einen Finger, doch Elenor war schneller. Mit kleinlauter Stimme begann sie vom Baumhaus aus zu erzählen.

»Das letzte Mal, dass sich Fremde hier her verirrt haben, ist lange her. Sie haben alles zerstört.«

Ich sah zwischen Christopher und ihr hin und her.

»Was ist passiert?«

»Wir reden nicht darüber!«, stieß er zornig aus.

Diesmal war es Mika, der mich überraschte. Er trat einen mutigen Schritt vor.

»Es gab ein Feuer«, hauchte er zittrig.

»Mika Holmgren, Schluss!«, donnerte Christopher, während mein Herz zu rasen begann.

Kaum hatte er diese Worte ausgesprochen, konnte ich es wieder riechen. Ich roch den Rauch, die Asche, das Feuer. Ich hörte die knisternden Flammen, konnte das leuchtende Rot beinahe in der Ferne erspähen. Meine Hände begannen zu schwitzen.

»Ein Feuer? Wie ... wie ist es entstanden?«, hörte ich mich selbst sagen.

Tief in meinem Inneren kannte ich die Antwort bereits.

»Es war ein Ehepaar, sie waren noch recht jung. Sie hatten ein Kind dabei, ich erinnere mich nicht mehr, ob es ein Mädchen oder Junge war. Spielt auch keine Rolle. Sie haben hier alles in Brand gesetzt. Von einen Tag auf den anderen war hier die Hölle los«, sagte Christopher mit grimmiger Miene.

»Aber wie konnte so etwas passieren?«, rief ich entsetzt.

»Die meisten reden von einem unglücklichen Unfall. Stuss, vollkommener Stuss. Es war kein Unfall. Sie haben Pernan aus voller Absicht in Brand gesetzt. Sie haben uns unsere Heimat genommen. Sehen Sie nur, was aus dieser Insel geworden ist. Wie viele von uns noch übrig geblieben sind.«

»Wieso sollten sie freiwillig ein Feuer legen? Sie sagten, sie hätten ein Kind dabei gehabt. Sie würden es doch niemals in Gefahr bringen wollen, das kann nicht sein«, beharrte ich.

Christopher blieb still. Seine Augen verengten sich zu Schlitzen und sein Blick wanderte über mein Gesicht. Unwohl verlagerte ich mein Gewicht von einem Fuß auf den anderen.

»Wie war Ihr Name noch gleich?«, sagte er leise.

Ich hob die Augenbrauen.

»Corbyn.«

Christopher schien zu überlegen. Noch immer musterte er mit prüfendem Blick mein Gesicht. Seine Augen glitten ins Leere und seine Lippen öffneten sich ein Spalt breit.

»Ich ... ich erinnere mich nicht mehr an ... «, murmelte er plötzlich.

Sein Blick verklärt, seine Augen glasig. Ich schluckte.

»Ich erinnere mich nicht mehr an seinen Namen. Doch er sah Ihnen zum Verwechseln ähnlich. Ja, so ähnlich«, flüsterte er atemlos.

»Sie reden von dem jungen Mann, der das Feuer gelegt haben soll?«, sagte ich langsam.

Auch Mika hatte mir bereits gesagt, wie viel Ähnlichkeit ich doch mit ihm hatte. In Gedanken versunken nickte Christopher. Von der sonstigen Härte in seinen Zügen war nichts mehr übrig. Entsetzt erkannte ich die Tränen in seinen Augen, während er wie erstarrt in die Ferne starrte. Noch in derselben Sekunde wusste ich, an was er dachte. Ich wusste, was er sah. Was er spürte. Was er roch. Ich selbst konnte die knisternden Flammen hören, als sei ich damals dabei gewesen. Als hätte ich die Häuserdächer mit eigenen Augen gesehen, wie sie loderten und wie das Holz unterm heißen Feuer zu knacken und ächzen begann. Mein Mund fühlte sich trocken an, zu trocken, um zu sprechen.

»Ich glaube Ihnen«, hörte ich mich schließlich selber wispern.

Christopher sah mich an. Ich hielt seinem glasigen Blick stand.

»Ich kann es noch spüren. Das Feuer, das hier einst gewütet hat«, gab ich zu.

Christophers Kiefermuskeln bebten, ob aus Trauer oder Zorn konnte ich nicht sagen. Seine Hände ballten sich zu Fäusten.

»Es war Pernans Untergang«, schnaufte er.

Als hätten diese Worte einen Schalter in ihm umgelegt, verwandelten sich seine Tränen schlagartig in Wut. Dunkle, lodernde Wut. Er trat einen bedrohlichen Schritt auf mich zu. Von seiner Verletzlichkeit war nun nicht mehr zu spüren.

»Und ich werde nicht zulassen, dass es uns erneut genommen wird!«

Ehe ich reagieren konnte, presste sich seine starke Hand gegen meinen Hals. Ich taumelte erschrocken zurück und stieß gegen den Baum hinter mir. Mika sog die Luft ein und ich hörte Elenor oben auf der Plattform schluchzen.

»Sie werden von hier verschwinden, Corbyn! Und Sie werden nie wieder kommen, haben Sie das verstanden?«, knurrte Christopher.

Der Griff um meinen Hals wurde fester und Panik stieg in mir auf. Das Atmen fiel mir schwer und als ich einen Blick auf die pulsierenden Adern an seinem Hals und seiner Stirn erhaschte, wurde mir klar, dass er langsam, aber sicher die Kontrolle über sich verlor. Wenn ich nicht schnell reagierte, würde er mich hier und jetzt erwürgen. Ich versuchte nach Luft zu schnappen, doch seine Finger drückten nur noch fester zu.

»Opa, lass ihn los, hör auf!«, kreischte Elenor.

Meine Augen wanderten an Christopher vorbei zu ihr hinauf. Sie hielt sich mit einer Hand an der Leiter fest, während ihr nun unaufhörlich Tränen übers Gesicht strömten. Mika hingegen stand wie versteinert da, totenblass im Gesicht.

Ich versuchte zu sprechen, doch es gelang mir nicht. Sterne explodierten vor meinen Augen.

»Opa, nein!«

Ich hob meine Hände und legte sie mit letzter Kraft an die seine, doch er war zu stark. Meine eigenen Kräfte schwanden von Sekunde zu Sekunde. Ich kniff die Augen zusammen und rang verzweifelt nach Luft.

Es geschah so schnell, dass es niemand von uns begreife konnte.

Ich hörte Elenors Weinen, gefolgt von ihrem herzzerreißenden Schrei. Ich riss die Augen auf, als ich das dumpfe Geräusch vernahm. Dann breitete sich eine Stille über uns aus, die erdrückender war als jede Hand an meinem Hals es je sein könnte. Mika war der Erste, der die Stille durchbrach.

Es war ein Flüstern, nicht lauter als ein Hauch, doch schnitt es mir tief in meine Brust.

»Elenor ... «

Sofort lockerte sich Christophers Griff um meinen Hals und er trat einen Schritt zurück. Seine Augen weiteten sich und jede Faser in seinem Körper schien sich anzuspannen. Nach Atem ringend betastete ich meinen Hals und spähte an ihm vorbei auf Mika, der sich mit einem leisen Wimmern auf die Knie warf.

»Elenor, nein. Elenor, bitte mach die Augen auf. Bitte, Elenor, bitte.«

Die Schmerzen an meinem Hals waren vergessen. Mein Streit mit Christopher – unwichtig. Ich konnte mich nicht rühren. Unfähig, irgendetwas zu tun oder zu sagen, starrte ich auf den leblosen Körper der kleinen Elenor Svensson, deren Augen von Schrecken gezeichnet in den Himmel hinauf sahen.

In der Hand hielt sie immer noch das Blatt Papier mit der Zeichnung. Ich erkannte sie sofort.

Ein roter Dinosaurier, der weinte.

Kapitel 13

Meine Fingerspitzen waren vor Kälte blau angelaufen. Sie waren taub und ich konnte die Zeichnung, um die sie sich vor Stunden geschlossen hatten, nicht mehr spüren.

Sterne funkelten über meinem Kopf und eine leichte, angenehme Brise ließ das hohe Gras um mich herum rauschen. Eine Stille hatte sich über Pernan gelegt, die ich nicht mit Worten zu beschreiben wusste. Elenors Sturz vom Baumhaus schien jegliches Leben auf einen Schlag vernichtet zu haben. Die Vögel und Eichhörnchen hatten sich zurückgezogen und selbst das entfernte Kreischen der Möwen war längst verklungen.

Ich zitterte, ob vor Kälte oder Schock konnte ich nicht sagen. Meine Gedanken überschlugen sich, jedoch so schnell, dass ich nicht einen einzigen fassen konnte. Und so fühlte es sich an, als wäre da gar nichts in meinem Kopf. Als hätte er einfach aufgehört zu denken, einfach aufgehört zu funktionieren. Hinter mir, verlassen in der einsetzenden Dunkelheit der Nacht stand Haldor Larssons Holzstuhl. Meine anfängliche Euphorie darüber, endlich einen weiteren Hinweis auf den Verbleib meiner Familie gefunden zu haben, war verflogen. Wie gerne wäre ich zurück zu Haldors Anwesen gelaufen und hätte ihm das Bild des roten Dinosauriers gezeigt. Ich hätte ihm erzählt, dass er Elijahs Markenzeichen war und dass kein Zweifel mehr daran bestand, dass diese Zeichnung von ihm war. Dass er – und auch meine Evelyn – auf dieser Insel waren.

Ich hätte mich entschuldigt, hätte meine Worte, die ich Haldor an den Kopf geworfen hatte, zurückgenommen und ihm dann einen Tee oder Suppe gekocht. Doch all das schien nun weit weg, schien unmöglich.

Wie könnte ich mich darüber freuen, wenn ich Zeuge des schrecklichen Todes von Elenor Svensson geworden war? Wenn das dumpfe Geräusch ihres Aufpralls auf den Waldboden noch immer in meinen Ohren nachhallte? Ich traute mich nicht mehr, die Augen zu schließen, denn ich wusste, was mich dort erwarten würde. Mikas Schluchzen, das sich schließlich in ein furchtbares Schreien verwandelt hatte, verfolgte mich bis hinauf zu den Klippen. Christopher Svensson, der seine Enkelin auf den Arm hob. Seine Lippen hatten gebebt und seine Augen hatten vergessen zu blinzeln. Mika und mich hatte er nicht einmal angesehen.

Ich schnappte nach Luft und griff mir an die Brust. Für einen kurzen Moment hatte ich das Gefühl, eine Präsenz direkt hinter mir wahrzunehmen. Ich war mir sicher, so sicher, wenn ich mich nun umdrehte, würde ich in Evelyns Gesicht blicken, das mich anlächeln würde. Lächeln, aber weinen. Ich schluckte gegen den Kloß in meinen Hals an, doch vergeblich.

Wie viel Zeit seit Elenors Tod vergangen war, wusste ich nicht. Mein Zeitgefühl hatte mich verlassen. Doch mir war ebenso bewusst, dass ich nicht ewig hier auf den hohen Klippen stehen konnte. Meine Füße trugen mich von alleine den Hang hinauf zurück zu Haldors Haus.

Meine Glieder fühlten sich steif und müde an und Fragen tauchten in meinem Kopf auf, auf die ich keine Antwort wusste.

Wenn Elijah wirklich im Baumhaus der Kinder gewesen war, wieso hatte er sich nicht gezeigt? Wieso hatte ihn niemand aus dem Dorf gesehen? Er und Evelyn mussten jetzt bereits mehrere Tage auf Pernan sein. Der einzige Lebensmittelladen gehörte Astrid Wright, doch sie beteuerte nach wie vor, meine Familie nie gesehen zu haben. Als die schwachen Umrisse von Haldor Larssons Haus in Sicht kamen, wurden meine Schritte langsamer. Vor dem Zauntor blieb ich stehen und senkte den Blick auf das Papier in meiner Hand. Es schien für mich unbegreiflich, dass es wirklich existierte. Dass, nach allem, was vorgefallen war, nach allem, was ich durchgemacht hatte, nun doch ein handfester Beweis vorlag, dass Elijah und Evelyn hier waren.

Umsichtig faltete ich die Zeichnung zusammen und steckte sie zu Evelyns Brief in meine Jackentasche, bevor ich das Tor aufschob und den Hof überquerte. Hinter den Fenstern des prächtigen Hauses herrschte düstere Schwärze. Meine Schritte wurden langsamer. War ich wirklich der Richtige, um Haldor Larsson vom plötzlichen Tod der kleinen Elenor zu erzählen? Konnte ich ihm noch unter die Augen treten und dann auch noch mit solch einer niederschmetternden Nachricht? Doch jetzt gab es kein Zurück mehr. Vorsichtig klopfte ich gegen das Holz der Tür, doch zu meiner großen Verwunderung schwang sie einfach auf. Verwirrt runzelte ich die Stirn und betrat den dunklen Flur. Vollkommene

Stille begrüßte mich und obwohl ich nun Richtung Wohnzimmer lief, fröstelte ich noch immer.

Auf der Schwelle von Flur zu Wohnzimmer blieb ich stehen. Flackernde Schatten tanzten an den Wänden, geworfen von einer einzelnen Kerze, die auf dem Couchtisch stand. Mein Blick fiel auf Jesper, der vor dem dunklen Kamin lag, den Kopf auf die Pfoten gelegt. Seine Ohren hingen kraftlos an ihm herunter und als ich einen Schritt ins Wohnzimmer setzte, hob er nicht einmal den Kopf. Ich schluckte, als ich Haldor entdeckte.

Haldor Larsson.

Haldor Larsson, den nichts so schnell aus der Fassung bringen konnte. Nun sah ich, wie seine Schultern still bebten, wie er den Kopf in den Armen vergraben hatte, die er auf den Tisch gelegt hatte. Er bemerkte mich nicht und wenn doch, zeigte er keinerlei Anstalten, dass er es tat. Meine Kehle schnürte sich zu, als ich vorsichtig näher trat und das Porträt erblickte, das neben der Kerze vor ihm auf dem Tisch lag.

Ich wusste sofort, dass es das Bild sein musste, das einst an seiner Wand gehangen hatte.

Haldor Larssons Frau war bildhübsch. Ihre langen, gewellten blonden Haare fielen ihr über die Schulter und sie lächelte, nein, sie *strahlte* förmlich in die Kamera. Ihre Hand lag auf der Schulter eines Jungen, einige Jahre älter als Elijah. Er hatte Haldors Augen und seine Nase, doch die blonden Haare hatte er von seiner Mutter geerbt. Auch er grinste breit in die Kamera und obwohl es nur ein Porträt war, konnte ich das verschmitzte Zwinkern beinahe sehen.

Meine Beine fühlten sich wie gelähmt. Die Stille lastete schwer auf meinen Ohren. Haldor hob so plötzlich den Kopf, dass ich beinahe erschrocken zusammenfuhr. Seine schmalen Augen waren rot und verquollen und seine Wangen tränenverschmiert. Selbst in seinem Bart glänzten die Tränen. Stumm sahen wir uns durch den Raum hinweg an. Ich sah den Schmerz in seinen Augen. Den tiefen, tiefen Schmerz. Reue überkam mich.

Ich hatte ihm Unrecht getan.

Schließlich war es Haldor selbst, der die Stille durchbrach. Seine Stimme krächzte, war heiser und rau vom Weinen und Jesper hob zum ersten Mal den Kopf, als wolle er seinem Herrchen zeigen, dass er für ihn da war. Dass er nicht alleine durch diese schweren Zeiten gehen musste.

»Er hat es geliebt, das Wasser. Hätte stundenlang den Fischen beim Schwimmen zusehen können. Was für … «

Er brach ab, um Luft zu holen. Seine Brust hob und senkte sich viel zu schnell, beinahe panisch. Schmerzverzerrt kniff er die Augen zusammen, während sich eine weitere Träne aus seinem Augenwinkel stahl.

»Was für eine Ironie, dass es ihn am Ende alles gekostet hat.«

Eine eiserne Faust schloss sich um mein Herz. Ich warf noch einen Blick auf das Bild auf dem Tisch und die Faust griff unbarmherzig fester zu. Langsam löste ich mich aus meiner Starre und durchquerte das Zimmer, um mich neben Haldor auf dem Sofa niederzulassen. Das Lächeln des Jungen auf dem Bild schien uns zu verspotten.

»Auf Pernan wird so viel geredet. Für sie alle war ich immer nur der ... der alte Griesgram, der sich lieber zurückzieht und alleine sein will. Nur meine ... meine Linda hat etwas in mir gesehen, das ich wohl selbst nie gesehen habe. Nie sehen werde.«

Ein trauriges Lachen stolperte über Haldors Lippen, verwandelte sich in ein Keuchen und er biss sich so fest auf die Lippe, dass sie bald schon ganz wund war.

»Nach Bengts Tod war ich mir sicher, dass sie bleiben würde. Dass wir uns gegenseitig stützen würden, besonders zu diesen Zeiten. Doch ... doch das, was sie damals in mir gesehen hat, muss wohl mit Bengt gestorben sein. Denn ... sie ging.«

Ich spürte, wie schwer es Haldor fiel, darüber zu sprechen und hob die Hand, um sie ihm auf die Schulter zu legen, doch besann es mir mitten in der Bewegung anders. Haldor schien es jedoch bemerkt zu haben. Er wandte mir das Gesicht zu und sah mich an. Von Wut oder Enttäuschung war keine Spur übrig. Nur dieser tief sitzende Schmerz.

»Ich hätte ihm nie auch nur ein Haar gekrümmt, Nicolas«, flüsterte er erstickt.

Meine Brust schmerzte und diesmal hielt ich es nicht mehr zurück. Ich streckte meine Arme aus, legte sie um Haldors

Schultern und zog ihn an mich. Binnen einer Sekunde kam er mir entgegen und vergrub sein Gesicht an meinem Hals. Ich konnte die heißen Tränen fühlen und diesmal auch sein leises, qualvolles Weinen. Verzweifelt schloss ich die Augen und bettete mein Kinn auf seinen Haaren.

»Ich weiß. Ich weiß es, Haldor«, murmelte ich immer wieder.

Die Kerze flackerte wild, als sich Jesper lautlos von seinem Platz erhob, zum Sofa hinüber schlurfte und seinen Kopf auf Haldors Knien ablegte. Mit seinen schwarzen Knopfaugen spähte er zu ihm herauf und wirkte dabei beinahe so traurig wie sein Herrchen. Lange saßen wir so da. Schweigend hielt ich Haldor, bis seine Schultern aufhörten zu zittern und sein Schluchzen lange verebbt war. Langsam zog er seinen Kopf zurück und sah mich an. Überrascht erkannte ich nun noch etwas anderes in seinem Blick. War es Mitgefühl?

»Ich habe von Elenor gehört.«

Es fuhr mir eiskalt in die Glieder. Plötzlich hatte ich ihren Schrei wieder in den Ohren und das verzweifelte Stammeln Mikas. Ich schloss die Augen und nahm einen tiefen Atemzug.

»Es ging so schnell, viel zu schnell. Wir ... wir konnten nichts machen. Von einem Moment auf den nächsten war sie einfach ... «

Ich brach ab und schüttelte den Kopf. Jesper leckte vorsichtig meine Hand und reflexartig verfingen sich meine Finger im wärmenden Fell des Hundes.

»Das ist er, oder?«, sagte ich leise.

Haldor musterte mich fragend und ich schüttelte resigniert den Kopf, bevor ich ihm erschöpft in die Augen sah.

»Der Fluch, von dem Arne gesprochen hat. Der Fluch, der auf Pernan lastet. Unfälle passieren. Und die Menschen hier … sie sterben.«

Haldor seufzte, während sein Blick zurück zu dem Bild auf dem Tisch wanderte.

»Auch Bengts Tod war ein Unfall. Als er … als es geschah, waren er und ich alleine, also habe ich natürlich keine Beweise dafür. Niemand wollte mir so recht glauben, als ich ihnen die Geschichte erzählte.«

»Erzählen Sie sie mir«, bat ich.

»Wieso sollte ich das tun?«

»Weil ich Ihnen glaube.«

Haldor schluckte. Einige stille Minuten vergingen, bevor er anfing zu sprechen.

»Wir waren zusammen fischen. Schon seit er sehr jung war, wollte er mich immer hinaus aufs Meer begleiten und ließ keine Gelegenheit verstreichen. Dabei war es nicht so sehr das Angeln an sich, was ihm Freude bereitete. Es war die Ruhe. Der Frieden. Die Freiheit, die dich plötzlich umgibt, wenn du nur den Wind und die See um dich herum spürst.«

Während er sprach, breitete sich ein zufriedener Ausdruck auf seinem Gesicht aus. Ich wusste, dass er in Gedanken auf einem der Boote stand, die auf den vielen Gemälden um uns herum abgebildet waren. Doch als er nun fortfuhr, verdüsterte sich seine Miene.

»Auch, wenn er die See liebte, war er kein besonders guter Schwimmer. Unzählige Male habe ich versucht, es ihm beizubringen, doch er wollte nicht zuhören. Wollte lieber einfach ins Boot steigen und losfahren. Weg von den anderen, weg von allem. Linda«, sagte er und seufzte tief, »hat es nie wirklich gutgeheißen, dass ich ihn mitnahm. Und am Ende sollte sie recht behalten. Hätte ich doch nur auf sie gehört, doch ... doch ich wollte ihn doch bloß glücklich sehen. Können Sie sich vorstellen, wie glücklich Bengt war, wenn ich ihn mit aufs Meer nahm, mein Junge?«

Ich nickte. Ja. Ja, das konnte ich nur allzu gut. Ich wusste, wie Elijah strahlen konnte, wenn er ein neues Bild gezeichnet hatte und es mir und Evelyn dann voller Stolz präsentierte.

»Ich hatte zu spät bemerkt, dass er nicht mehr hinter mir im Boot saß. Ein Sturm zog auf und das Gewitter brach gerade über uns herein. Ich habe durch den Donner und den Wind nicht bemerkt, dass Bengt schon längst ... «

Haldor brach ab und schloss die Augen. Meine Finger schlossen sich einen Augenblick zu fest um seine Schulter, doch er ließ sich nichts anmerken. Erneut verfielen wir in Schweigen. Selbst Jesper gab keinen Mucks von sich, mittlerweile hatte er sich zu unseren Füßen zusammengerollt und die Augen geschlossen. Ich wusste, dass er nicht schlief, denn bei jedem kleinsten Geräusch zuckte sein rechtes Ohr.

»Ich werde nicht hingehen.«

Ich hob den Kopf und sah Haldor an, dessen Blick starr auf die Kerze gerichtet war.

»Ich werde es nicht können.«

Seine Stimme war leise, gerade laut genug, um ihn noch zu verstehen. Und dennoch begriff ich nicht.

»Nicht können?«, wiederholte ich.

»Die Beerdigung Elenor Svenssons. Ich habe dabei zugesehen, wie mein Sohn begraben wurde. Habe Blumen an sein Grab gelegt und werde keinen Tag damit aufhören. Doch eine weitere Beerdigung … ich kann es nicht. Nicht noch einmal, nein«, stammelte Haldor fahrig.

Ich nickte.

»Es ist okay«, sagte ich und Haldor wandte den Kopf, um mich erstaunt anzusehen.

Dann verschwand ein Teil des Schattens aus seinen Augen und seine Lippen verformten sich zu einem winzigen Lächeln.

»Sie sind der erste Mensch, der mir das sagt, Bürschchen.«

In Gedanken versunken betrachtete ich das Porträt der Larssons. Ich wunderte mich, weshalb Haldor nicht auf dem Bild zu sehen war, doch wagte es nicht, ihn danach zu fragen. Vermutlich hatte er selbst das Bild geschossen. Ich überlegte auch, ihm von Elijahs Zeichnung zu berichten, doch auch diesen Gedanken verwarf ich wieder. Jetzt war nicht der passende Augenblick. Doch eine Frage konnte ich mir nicht verkneifen.

»Haldor? Darf ich Sie etwas fragen?«

»Natürlich, Bürschchen.«

»Elenors Tod ist keine fünf Stunden her. Wie konnten Sie so schnell davon erfahren?«

Ich sah Haldor an, doch er erwiderte meinen Blick nicht. Unablässig starrte er Bengt und Linda Larsson an.

»Pernan ist eine kleine Insel, Nicolas und in kleinen Orten spricht sich alles dreimal so schnell herum wie in einer Stadt vom Festland.«

Ich antwortete nicht, sondern nickte nur. Und auch wenn Haldor mit seinen Worten nicht ganz unrecht hatte, konnte ich das Gefühl nicht abschütteln, dass er mir etwas verschwieg.

*

Die Ereignisse des Tages hatten ein unausgesprochenes Verständnis zwischen Haldor und mir geknüpft. Wie bereits die vergangenen Nächte zuvor, verbrachte ich auch diese im kleinen Gästezimmer im Obergeschoss der Larssons. Unseren Streit hatten wir nicht erwähnt. Haldor hatte ich nicht mehr von der Zeichnung erzählt. Nun hockte ich auf dem Bett, das Fenster weit aufgerissen und betrachtete nachdenklich das Bild und den Brief, den Evelyn im Boot hinterlassen hatte.

Wieso hatte sie ihn nicht mitgenommen und einfach abgeschickt? Es gab hier doch sicher eine Postaußenstelle in Astrids Lebensmittelladen, vermutete ich. Doch wurde Pernan überhaupt noch von einem Postschiff angesteuert? Während ich vor mich hin grübelte, wehte immer wieder eine leichte Brise ins Zimmer. Draußen funkelten die Sterne und nicht eine Wolke war zu sehen. Der Sturm war endgültig weitergezogen.

Mit den beiden Papieren vor mir konnte ich die Präsenz meiner Familie beinahe spüren. Meine Augen wanderten über Evelyns Handschrift, altmodisch und doch erfrischend. Hinter jedes »L« setzte sie einen kleinen Schnörkel. Elijahs Dinosaurier war dem, den er vor einiger Zeit in seinem Zimmer gemalt hatte, so ähnlich, dass ich die beiden Zeichnungen wohl nicht hätte auseinander halten können.

Als eine erneute Brise durch das Fenster hereinwehte und das Papier zum Rascheln brachte, setzten sich meine Beine automatisch in Bewegung. Mechanisch erhob ich mich, ging hinüber zur Kommode und griff nach Papier und Stift. Lange schwebte die Spitze des Kugelschreibers über dem Blatt, bevor ich einen tiefen Atemzug tat und mein Herz das Handeln übernahm.

Liebste Evelyn,

Ich weiß es. Sie glauben mir nicht, halten mich für verrückt, aber ich weiß, dass du hier bist. Du bist meine Frau, mein Engel und natürlich spüre ich, wenn ein Teil meiner selbst in meiner Nähe ist.

Ich habe dir damals versprochen, immer auf dich und unseren Jungen aufzupassen und ich habe nicht vor, dieses Versprechen jemals zu brechen. Ich werde dich finden, werde euch finden und endlich mit zurück nach Hause nehmen. Ich werde diesen Fluch brechen und nicht zulassen, dass euch dasselbe Schicksal widerfährt wie den anderen Einwohnern dieser seltsamen Insel.

Ich werde euch finden.

Ich werde nicht aufgeben.

Ich versprech's!

In Liebe,
Dein Nici

Kapitel 14

Der Morgen, an dem Elenor Svensson beerdigt werden sollte, brach sonnig und mild an.

Innerlich konnte ich darüber nur humorlos lachen. Es war der schönste Tag auf Pernan, seit ich angekommen war und dieser Tag gebührte der Beerdigung eines kleinen Mädchens.

Schweigend saßen Haldor und ich am Esstisch, während wir Toast und Brot aßen und unseren Kaffee tranken. Durch das Fenster hinter der Spüle konnte ich Jesper sehen. Er saß inmitten des Hofes und spähte aufmerksam Richtung Bergspitzen, die in der Ferne Pernans aufragten.

Haldor blieb am Tisch sitzen, nachdem wir das Frühstück beendet hatten. Ich stellte meine leere Kaffeetasse neben die Spüle, trocknete meine Hände am Geschirrtuch ab und wandte mich dann zu ihm um. Nachdenklich betrachtete er mich.

»Sie sind sich sicher, nicht mitkommen zu wollen?«, fragte ich ein letztes Mal.

Haldor schüttelte den Kopf. Einen Moment lang sahen wir uns schweigen in die Augen, bevor Haldor seufzte, den Blick abwandte und auf die Tischplatte vor sich sah.

»Ich werde Sie vermissen, mein Junge«, sagte er leise.

Ich verschränkte die Arme vor der Brust und hob eine Augenbraue.

»Ich werde Pernan nicht verlassen. Noch nicht«, sagte ich.

Als Haldor nicht reagierte, fuhr ich fort.

»Ich gehe zur Beerdigung und komme dann zurück.«

Ich konnte erkennen, dass Haldor sich auf die Lippe biss und für einen Moment die Augen schloss. Dann hob er den Kopf und etwas Trauriges, etwas Endgültiges lag in seinen Augen.

»Ja. Ich weiß«, flüsterte er.

Als ich die Haustür öffnete, wärmten die Sonnenstrahlen augenblicklich mein Gesicht und ich erlaubte es mir, für ein paar Minuten neben Jesper stehen zu bleiben und mit ihm die Ruhe des Morgens zu genießen. Still und ruhig verharrte er neben mir und ließ meine Finger immer wieder durch sein Fell wandern.

»Bis nachher, mein Großer«, murmelte ich und zum Abschied leckte er mir die Hand.

Ich schloss das Zauntor hinter mir und drehte mich noch einmal zum Haus um. Ich wusste nicht, was ich erwartet hatte, doch nicht die Leere hinter dem Küchenfenster. Hatte ich wirklich geglaubt, Haldor würde mir hinterhersehen, bis ich den Hang hinab gestiegen war? Ich würde ihn in ein oder zwei Stunden wiedersehen. Wieso sollte er mich verabschieden?

Über mich selbst den Kopf schüttelnd, stieg ich den Hang hinab und ließ Haldor Larssons Haus langsam hinter mir.

Ich vergrub meine Hände in den Jackentaschen, wobei meine Finger gegen das knittrige Papier stießen. Seit meiner

Ankunft auf Pernan – wie viele Tage war es nun schon her? Waren es gar schon Wochen? - hatten sich meine Taschen mit allerlei Dingen angehäuft. Das Foto von unserem letzten, gemeinsamen Urlaub, der Brief, den Evelyn an mich geschrieben, doch nie abgeschickt hatte, Elijahs Zeichnung und nun auch der Brief, den ich selbst am gestrigen Abend verfasst hatte. Ich war mir nicht sicher, weshalb ich ihn schrieb. Ich wusste, dass ich keine Möglichkeit hatte, ihn zu versenden. Evelyn hätte ihn doch so oder so nicht erhalten, ich kannte ja nicht einmal ihren jetzigen Aufenthaltsort. Und doch war es mir nur richtig erschienen, ihr mit einem Brief zu antworten.

Wenn ich sie erst einmal gefunden hatte, würde ich ihr den Brief zeigen und ihr versichern, dass ich die Hoffnung niemals aufgegeben hatte. Egal, was die anderen sagten. Ich war nicht so wie die anderen. Ich war nicht so wie Linda Larsson es gewesen war. Ich würde meine Familie, meine Frau, nicht aufgeben.

Die Kirchturmspitze kam in Sicht und automatisch verlangsamten sich meine Schritte. Je näher ich dem Hang hinauf zum Friedhof kam, desto lauter wurde der dumpfe Aufprall in meinen Ohren. Mikas Wimmern. Elenors Schweigen. Grace Holmgren war die Erste, die ich zu Gesicht bekam, als ich die letzten Meter Richtung Friedhof überwand. Wie bereits bei meiner Ankunft war sie auch jetzt in einen dunklen, langen Mantel gehüllt. Die Hände hatte sie vor dem Körper verschränkt und mit starrer Miene blickte sie hinab auf den schmalen Sarg in der Erde. Meine Kehle schnürte sich zu. Hastig wandte ich meinen Blick ab und ließ ihn stattdessen über die anderen Bewohner schweifen. Ganz Pernan war gekommen – nun, mit Ausnahme von Haldor.

Ich hatte bereits befürchtet, dass Christopher Svensson nicht gerade glücklich über mein Erscheinen sein würde, doch zu meiner Überraschung beachtete er mich gar nicht. Im Allgemeinen beschlich mich der Eindruck, er würde gar niemanden wahrnehmen. Sein Blick war in die Ferne gerichtet, weit weg, weit übers Wasser hinaus.

Abseits der anderen blieb ich stehen und schloss meine Finger fester um Evelnys Brief. Vielleicht hatte Haldor recht gehabt. Vielleicht gehörte ich wirklich nicht hier her, zu dieser Beerdigung. Ich hatte es verdrängt und nicht darüber nachdenken wollen, doch nun, da ich erst einmal hier stand und den kleinen, viel zu kleinen Sarg vor mir sah, spürte ich die nagende Schuld in mir. War ich es nicht gewesen, der den unglücklichen Sturz verursacht hatte? Wäre ich nicht mit Christopher aneinander geraten, wäre Elenor vielleicht noch am Leben. Das Schlucken fiel mir schwer und um mich abzulenken, hob ich erneut den Kopf. Beinahe schrak ich zusammen.

Während die anderen ihre Blicke nun auf Elenors Grab richteten, war Grace Holmgrens Blick direkt auf mich gerichtet. Unmissverständlich und klar sah sie mich an, als würde sie mir alleine durch diesen Blick etwas zuflüstern wollen. Ich runzelte die Stirn und legte leicht fragend den Kopf schief. Für einige Sekunden starrte sie noch zu mir herüber, bevor sie sich langsam abwandte und ihre Aufmerksamkeit nun ebenfalls auf den Sarg richtete.

Mika stand neben ihr, doch er sah seine Mutter weder an, noch hielt sie seine Hand. Sie standen dort, nebeneinander, so nahe und doch wirkten sie wie zwei Fremde. Suchend ließ ich meinen Blick weiter wandern und es überraschte mich ganz und gar nicht, als ich Arne Holmgren in Astrid Wrights Nähe entdeckte. Sie schniefte und ihre Augen waren, wie schon bei Irma Svenssons Beerdigung, gerötet, doch jetzt klang ihr Schluchzen in meinen Ohren kalt und falsch. Der glänzende Ring an ihrer Hand ließ mich mit den Zähnen knirschen und das Papier in meiner Jackentasche knisterte unmissverständlich laut, als ich meine Hand zur Faust ballte.

Sie war die Erste, die vortrat und einige Worte sagte. Doch ich hörte kaum hin, als sie unter dicken Tränen erzählte, was für ein aufgewecktes Mädchen Elenor doch gewesen war. Ich spähte hinüber zu Grace, deren Augen nun in einem regelmäßigen Takt zu mir hinüber huschten. Da lag etwas in ihrem Blick, das mich stutzig machte. Etwas Hektisches, beinahe etwas Ängstliches.

Der Gedanke kam mir plötzlich, so plötzlich, wie es Gedanken oft an sich haben. Ich hatte nun fast jeden Bewohner auf der Insel nach Evelyn und Elijah befragt. Nur Grace Holmgren war ich in meiner Zeit auf Pernan nie unter vier Augen begegnet. Wenn ich mich recht erinnerte, dann hatte ich sie seit der letzten Beerdigung nicht mehr gesehen. Im Stillen fragte ich mich, ob Arne es ihr verbat, rauszugehen und ein scheußliches Übelkeitsgefühl breitete sich in mir aus. Auch Arne Holmgren und Mika traten vor, um etwas zu sagen, doch Grace und – überraschender Weise – Christopher blieben stumm.

Als Mika unter Schluchzen seine Erinnerungen an Elenor beendet hatte, richtete sich sein Blick auf mich. Ich schluckte und versuchte mich zu räuspern, doch selbst das wollte mir nicht gelingen. Mit unsicheren Knien trat ich vor. Ein altbekanntes Stechen machte sich in meinem Hinterkopf bemerkbar, doch hastig drängte ich es beiseite und räusperte mich erneut, diesmal richtig.

»Elenor Svenssons Leben war kurz. Viel zu kurz für ein junges Mädchen, wie sie es war. Ich habe sie nicht lange gekannt und ich sehe in manchen Gesichtern hier, dass sie es nicht für angemessen halten, dass ich hier nun stehe und diese Worte sage.«

Ich hielt inne, warf Christopher und Arne einen flüchtigen Blick zu, bevor ich unbeirrt fortfuhr. Ich nahm einen tiefen Atemzug und trat einen weiteren Schritt vor. Mein Herz zog sich schmerzhaft zusammen, als ich direkt vor ihrem Grab stehen blieb.

»Elenor. Du hast ein Licht ausgestrahlt, das ich nicht zu beschreiben vermag. Du hast geleuchtet, trotz dieser tristen, düsteren Umgebung. Und damit meine ich nicht die Landschaft der Insel. Ich bewundere dich für deinen Mut und deine Hoffnung und vor allem möchte ich danke sagen.

Danke, dass du versucht hast, mir stets zu helfen, auch, wenn es alle anderen nicht gutheißen haben. Danke.«

Ich schloss die Augen, faltete die Hände vor dem Körper und richtete mein Gesicht Richtung Horizont.

»Vergib mir, dass ich dich nicht retten konnte. Vergib mir, Riley.«

Stille breitete sich auf dem Hügel aus, bis mich ein Räuspern die Augen wieder aufschlagen ließ. Alle Blicke waren auf mich gerichtet. Mika war der Erste, der das angespannte Schweigen brach.

»Elenor«, murmelte er.

Ich hob eine Augenbraue und er schluckte.

»Ihr Name war Elenor. Nicht Riley.«

Meine Lippen öffneten sich einen Spalt breit. Schwindel erfasste mich so plötzlich, dass ich mir an den Kopf griff und taumelte. Ich konnte es hören. Urplötzlich konnte ich das helle, glockenreine Lachen dieses Mädchens hören. Sah ihre funkelnden blauen Augen. Doch es war nicht Elenor. Wenn ich die Augen schloss, sah ich nicht die kleine Elenor Svensson vor mir, sondern ein anderes Mädchen. Sie war in Elenors Alter, vielleicht ein paar Jahre jünger und sie kam mir so bekannt vor, als hätte ich mein ganzes Leben mit ihr geteilt.

»Mr. Corbyn?«

Eine Hand berührte mich vorsichtig am Arm und mit einem leisen Keuchen schlug ich die Augen wieder auf. Grace

Holmgren stand direkt vor mir. Ihre Augen musterten mich besorgt. Es fühlte sich gut an, endlich mal ohne Misstrauen oder Zweifel angesehen zu werden. Ich atmete tief durch und massierte meine Nasenwurzel.

»Verzeihung. Ich ... ich habe mich gerade nur an etwas erinnert«, murmelte ich abwesend.

Denn ich war mir sicher, dass genau das soeben passiert war. Ich hatte mich erinnert. Hatte mich an das Mädchen Riley erinnert. Doch wer war sie? Und wie kam es, dass ich sie vergessen hatte? Mein Kopf dröhnte und pochte und ich sehnte mich nach einer starken Aspirin und erholsamen Schlaf.

»Es tut mir leid, dass sie es mitansehen mussten«, sagte Grace einfühlsam.

»Es tut mir leid, dass ich es nicht verhindern konnte«, gab ich erschöpft zurück.

»Geben Sie sich nicht die Schuld an diesem Unglück. Es war ein Unfall. Mika hat mir erzählt, was vorgefallen ist. Ich habe schon immer gesagt, Christopher sollte sich besser um seine Familie kümmern. Das hat er nun davon«, sagte sie grimmig und warf ihm aus der Ferne einen zornigen Blick zu.

Nur wenige Sekunden später erblasste sie und schüttelte gar erschrocken den Kopf.

»Nein. Nein, das hätte ich nicht sagen sollen. Es ist furchtbar, seine Enkelin zu verlieren und dann auch noch auf so grausame Weise.«

»Er hat jetzt niemanden mehr«, stellte ich fest.

Grace seufzte, während wir beide unsere Köpfe wandten und zu ihm hinübersahen. Verloren stand er neben dem Grab, starrte den Sarg an und schien ihn dennoch nicht richtig wahrzunehmen. Ich konnte mir nicht vorstellen, was in seinem Kopf gerade vor sich ging.

»Glauben Sie, er wird Pernan verlassen?«, fragte ich Grace.

»Schwer zu sagen. Er kam mit Irma hier her, um sich um die kleine Elenor zu kümmern. Wirklich begeistert war er von Pernan – von uns – noch nie. Aber ich kann mir nicht vorstellen, dass er jetzt noch wegziehen wird.«

»Jetzt noch?«, wiederholte ich.

»Er hat seine Familie verloren und er hat seine Enkelin überlebt. In diesem Alter mit dieser Geschichte würde ich nicht mehr die Kraft besitzen, mir ein neues Leben aufzubauen. Hier hat er wenigstens Routine, einen Alltag, wissen Sie?«

Ich nickte nachdenklich. Mein Blick wanderte weiter und blieb auf Arne Holmgren und Astrid Wright ruhen. Sie standen dicht beieinander. Dem einfachen Beobachter wäre es sicherlich entgangen, doch ich wusste genau, worauf ich zu achten hatte. Mir entging seine Hand auf ihrer Hüfte nicht und ihre geröteten Wangen, die ganz sicher nicht vom Weinen kamen. Als ich mich wieder abwandte, stellte ich fest, dass Grace meinem Blick gefolgt war. Etwas Gebrochenes lag in ihren Augen. Als hätte sie dieses Schicksal schon lange akzeptiert.

»Was ist mit Ihnen?«, fragte ich.

Sie brauchte einen Moment, bevor sie sich von ihrem Mann und Astrid losreißen konnte.

»Was meinen Sie?«, sagte sie milde lächelnd.

»Würden Sie einen Neuanfang wagen wollen?«

»Ich? Herrgott, nein«, sagte sie lachend.

»Aber Sie haben schon einmal drüber nachgedacht, oder?«

»Einmal? Nein, mein Lieber. Ich wache mit diesem Gedanken auf und gehe mit diesem Gedanken schlafen. Doch ich würde es nicht tun. Mika hat hier sein Zuhause. Ich kann hier nicht weg.«

»Und wenn Sie ihn mitnehmen würden? Ans Festland? Er könnte eine richtige Schule mit anderen Kindern in seinem Alter besuchen. Hier hat er doch niemanden mehr«, sagte ich.

Grace blickte mich halb verdutzt, halb lächelnd an.

»Wieso interessiert Sie mein Leben so sehr, Mr. Corbyn?«

Ich zögerte, entschied mich schließlich für die Wahrheit. Direkt und schonungslos.

»Weil ich sehe, wie Sie leiden. Ich sehe, was Sie für ein Mensch sind und was Ihr Mann für ein Mensch ist. So ein Schicksal wünsche ich niemandem«, sagte ich.

»Nun. Es ist das Schicksal, das ich damals gewählt habe.«

»Und das nehmen Sie einfach so hin?«, entrüstete ich mich.

Grace lächelte abermals und es machte mich krank, dass sie in ihrer Situation nichts als ein besänftigendes Lächeln übrig hatte. Sie hatte jegliches Recht sauer und enttäuscht und verletzt zu sein.

»Ich habe mich damit abgefunden. Es tut nicht mehr weh, falls Sie das meinen, Mr. Corbyn.«

»Es tut nicht weh? Sagen Sie mir ernsthaft, dass es nicht wehtut, Ihren eigenen Mann beim Flirten mit anderen Frauen zu sehen? Es würde mir das Herz brechen, meine Evelyn mit einem anderen Mann *so* zu sehen!«

»Wie bereits gesagt, es ist nun mal so und ich kann es nicht ändern. Es ist ja nicht nur Astrid. Im Grunde sind es alle Frauen, die er sieht.«

Ich horchte auf.

»Meinen Sie die junge Frau, die vor einigen Jahren in der Waldhütte gewohnt hat?«

Grace schwieg. Ihr Blick glitt an mir vorbei ins weite Nichts. Ihre Lippen verzogen sich zu einem dünnen Strich.

»Ich meine die junge Frau, die vor wenigen Tagen mit ihrem Sohn hinauf in die Berge gewandert ist. Auch ihr hat Arne nachgestarrt, als hätte er noch nie ein weibliches Wesen gesehen.«

Mein Herz setzte aus. Die Welt hörte auf, sich zu drehen und doch erfasste mich erneut solch ein Schwindel, dass ich mich an ihrer Schulter festhielt. Ein hohes Fiepen machte sich in meinen Ohren breit.

»Was … was haben Sie gerade gesagt?«

»Sie haben mich schon verstanden, Mr. Corbyn.«

Fahrig suchte ich in meiner Jackentasche nach dem Foto und strich es mit bebenden Fingern glatt, bevor ich es Grace hinhielt.

»Die Frau und ihr Sohn, von dem sie gerade sprachen … erkennen Sie sie wieder?!«

Grace senkte den Blick auf das Foto. Die Sekunden zogen sich quälend lang dahin und am liebsten hätte ich sie gepackt und geschüttelt. Dann hob sie den Kopf und sah mich an.

»Ja. Das sind die beiden.«

Kapitel 15

Jegliche Erschöpfung, jegliche Müdigkeit, die mich in den letzten Stunden überfallen und wie ein Felsbrocken zu Boden gezerrt hatte, war verpufft. Mein Herz raste, während ich den Weg zurück zu Haldor Larssons Haus entlang sprintete.

Mit jedem Schritt, mit dem ich die Beerdigung, die Kirche und die Bewohner Pernans hinter mir ließ, fühlte ich mich befreiter. Jeder Schritt, den ich nun setzte, brachte mich auch einen Schritt näher zu meiner Familie.

Wieso hatte ich nicht gleich mit Grace Holmgren gesprochen? Wieso hatte ich dieses winzige Detail übersehen? Waren es nicht immer die stillsten Menschen, denen rein gar nichts entging? Ich hätte wissen müssen, dass Grace Evelyn und Elijah gesehen hatte.

Das Pochen meines eigenen Herzschlages tönte in meinen Ohren wieder. Ich konnte seine Stimme hören. Elijahs Stimme.

»Papa? Wo ist deine Tasche?«

»Tasche?«, wiederholte ich mit tonloser Stimme.

Ich hatte nicht bemerkt, dass Elijah im Flur vor unserer Schlafzimmertür stand. Innerlich hoffte ich, dass er erst gerade eben dazu gekommen war. Doch irgendetwas an der Art und Weise, wie mein Sohn da stand und mich durch das Zimmer hinweg ansah, sagte mir, dass er sehr wohl die

Tränen auf Mamas Gesicht gesehen hatte. Dass er sehr wohl Mamas Worte gehört hatte.

»Na, deine Tasche. Du musst doch so viele Sachen für den Urlaub mitnehmen«, sagte Elijah.

Ich schluckte. Ich hatte gewusst, dass ich dieses Gespräch mit ihm führen musste, nur war ich nicht darauf vorbereitet, es jetzt schon zu tun. Langsam durchquerte ich den Raum und ging vor ihm in die Hocke, um ihm besser in die Augen blicken zu können.

»Hast du denn schon gepackt, mein Großer?«, fragte ich sanft.

Elijah schenkte mir ein kräftiges Nicken, geradezu begeistert.

»Natürlich! Von mir aus kann es gleich losgehen«, rief er.

Ich lächelte, doch spürte einen kalten Stich in meiner Brust. Ich senkte den Blick und suchte nach den richtigen Worten, doch wollte sie einfach nicht finden. Ich wollte seinen enttäuschten Blick nicht sehen. *Ich konnte es nicht.*

»Hast du nicht gepackt, Papa?«

Elijahs Worte waren leiser als seine letzten, als hätte er sie mit Bedacht gewählt. Es erstaunte mich immer wieder, wie einfühlsam er mit seinen jungen Jahren schon war. Ich hob den Kopf und sah ihn an. Er wirkte beinahe besorgt. Langsam schüttelte ich den Kopf.

»Nein. Ich habe nicht gepackt.«

»Wieso nicht?«, fragte Elijah und doch wusste ich, dass er die Antwort bereits kannte.

Er war ein schlauer Junge. Auch, wenn er oft stundenlang in seinem Zimmer blieb und zeichnete, blieb ihm nichts verborgen. Waren es nicht oft die stillsten Menschen, denen rein gar nichts entging?

»Weil ich es nicht schaffe, mit euch zu kommen«, gestand ich.

Ich hatte Enttäuschung oder Trauer oder sogar Wut erwartet, doch nichts dergleichen traf auf Elijah zu. Im Gegenteil. Er wirkte sogar erstaunlich gefasst. Resigniert sah er mich an und erschrocken erkannte ich die dunklen Schatten in seinem Blick.

»Ist es, weil du und Mama euch nicht mehr lieb habt?«, sagte er.

Meine Augen weiteten sich. Mechanisch beugte ich mich vor und packte Elijah bei den Schultern, um ihn festzuhalten. Stumm sah er mich an.

»Was redest du denn da? Natürlich haben Mama und ich uns noch lieb!«, rief ich entsetzt.

Mit etwas leiserer Stimme setzte ich hinzu: »Wie kommst du überhaupt auf solch einen absurden Gedanken, Elijah?«

»Mama weint doch andauernd. Und wenn sie weint, ist sie meistens alleine. Sie geht dann immer ins Badezimmer und du sitzt im Wohnzimmer und lässt sie im Stich.«

Seine Worte trafen mich mehr, als ich vermutet hatte. Ich biss mir auf die Lippe. Wie konnte ich meinem achtjährigen Sohn beibringen, dass ich Evelyn nicht trösten konnte, weil sie sich bewusst im Badezimmer einschloss? Dass sie nicht getröstet werden wollte? Dass ich schon vor vielen, vielen Tagen das letzte Mal zu ihr durchgedrungen war?

»Weißt du, mein Großer, manche Dinge möchte man nicht teilen. Manche Dinge kann man erst verarbeiten und dann loslassen, wenn man die Trauer ganz für sich alleine in sich aufnimmt und noch einmal durchlebt.«

»Also ist Mama doch traurig?«

Ich seufzte und strich Elijah eine widerspenstige Strähne aus der Stirn.

»Mama braucht etwas Zeit, um nachzudenken. Das ist sehr wichtig.«

»Über was denkt sie denn nach? Über den Urlaub?«, fragte Elijah.

»Nicht … nicht ganz«, antwortete ich vage.

Für einen flüchtigen Moment stand ich selbst nicht mehr in diesem Zimmer. Für einen kurzen Augenblick stand ich wieder im kleinen, viel zu grell beleuchteten Raum, der nach Desinfektionsspray und Gummihandschuhen roch. Ich hatte ihre Stimme so deutlich im Kopf, dass ich das Gefühl hatte, sie würde uns anschreien.

Dabei waren ihre Worte leise und sanft gesprochen.

»Es gibt keine Worte, die das, was ich Ihnen sagen muss, irgendwie verschönern würden. Es tut mir leid, aber ich kann den Herzschlag Ihrer Tochter nicht mehr finden.«

Elijahs Stimme riss mich aus den Gedanken.

»Ich glaube, das stimmt nicht.«

Ich blinzelte ein paar Mal, bevor ich mich wieder voll und ganz auf Elijah konzentrieren konnte.

»Was meinst du?«

»Ich glaube nicht, dass man die Dinge alleine verar … verar … «

»Verarbeiten muss?«

Elijah nickte.

»Du hast Mama doch noch lieb, oder?«

»Natürlich«, erwiderte ich sofort.

»Wieso lässt du sie dann alleine?«

Seine Worte hallten in meinem Kopf nach. *Wieso lässt du sie alleine?* Tat ich das? Hatte ich Evelyn alleine gelassen? Hatte ich nicht alles getan, was in meiner Macht stand, um ihr zu helfen? Um unserem, ihrem Leben wieder einen Sinn zu geben?

Abrupt blieb ich stehen, als Haldor Larssons Haus in Sicht kam. Auf einmal fühlte ich mich seltsam verloren, seltsam alleine. Ein nebliger Dunst lag in der Luft und schlängelte sich um meine Köchel. Fröstelnd zog ich die Jacke enger um meine Schultern und obwohl die Sonne schien, hatte ich nicht das Gefühl, sie würde mich wärmen.

Das Dach der Larssons ragte hoch in den Himmel auf. Doch die Giebel wirkten älter. Das Zauntor wirkte brüchiger. Hatte es schon bei meiner Ankunft beim Öffnen gequietscht? Je näher ich dem Haus kam, desto deutlicher konnte ich die abblätternden Wände erkennen. Die Farbe, die ich jeden Tag strahlend und frisch wahrgenommen hatte, doch nun einem kläglichen, verblassten Grau ähnelte. Risse zogen sich über das Gemäuer und das linke obere Fenster, dessen Raum ich nie betreten hatte, war bereits mit einer breiten Schicht an Efeu zugewachsen. Wie waren mir diese Dinge zuvor nicht aufgefallen?

Ich nahm gleich zwei Stufen auf einmal, als ich die Veranda empor hechtete und zaghaft gegen die Tür klopfte. Wie schon beim letzten Mal gab die Tür einfach nach und schwang zur Seite.

Dunkelheit und ein merkwürdiger muffiger Gestank begrüßten mich. Staub tanzte in der Luft und als ich das Wohnzimmer betrat, blieb ich wie erstarrt stehen.

Das Zimmer war verwaist. In den Ecken hingen Spinnenweben, durch das milchige Glas der Fenster war kein Blick mehr möglich; der dichte Staub und Dreck versperrten die Sicht. Der Kamin war kalt und bis auf alte Aschereste war nichts mehr übrig. Die Gemälde an den Wänden waren staubig und ausgeblichen, die Kerze, die auf dem Tisch stand, schon lange heruntergebrannt. Feste Wachslachen hatten sich auf dem Holz gebildet. Mein Blick fiel auf das Porträt auf dem Tisch.

Haldors Frau lächelte in die Kamera, ebenso wie Bengt Larsson. Auch dieses Gemälde war verstaubt.

Mein Atem beschleunigte sich, während ich mich einmal hektisch im Kreis drehte.

»Haldor?«, sagte ich stockend.

Wo war er? Wo war Jesper? Wieso sah das Haus so aus, als wäre es seit Jahren nicht mehr bewohnt worden?

»Haldor? Sind Sie da?«, rief ich, diesmal lauter.

Meine eigene Stimme hallte an den Wänden wider. Ich sah die Zentimeter dicke Schicht an Staub auf dem Sofa.

»Das kann nicht sein, nein … «, murmelte ich.

Gestern hatte ich noch auf diesem Platz gesessen. Ich hatte mit Haldor geredet und mich zu Jesper heruntergebeugt, um ihn zu kraulen. Es waren doch nur zwei Stunden vergangen, seit ich dieses Haus verlassen hatte.

»HALDOR?!«, schrie ich, als die Panik mir drohte die Kehle zuzuschnüren.

Was passierte hier? Stolpernd wirbelte ich herum und lief zur Küche. Keuchend hielt ich mich am Rand der Küchenzeile fest und ließ meine Augen über die Anrichte schweifen. Staubige Tassen mit alten Kaffeeresten, Stapel an Tellern, die schon lange nicht mehr genutzt wurden, Gabeln und Messer, unaufgeräumt und quer verteilt über die Fläche.

Kein Zettel, keine Notiz, keine Nachricht, die mir erklärte, was hier geschah. Meine Brust hob und senkte sich so schnell, als wäre ich soeben einen Marathon gelaufen.

Meine Beine trugen mich in jeden einzelnen Raum des Hauses. Sie alle ähnelten einander. Staub, Schmutz und kaum ein Funken Tageslicht drang durch die staubigen Fensterscheiben. Haldors Bettlaken war unberührt und auch hier sammelte sich der Staub.

Wie paralysiert verließ ich das Haus und stieg die Stufen der Veranda herab. Haltsuchend klammerte ich mich dabei am Geländer fest.

Von Haldor und Jesper fehlte jede Spur. Von einem Lebenszeichen fehlte jede Spur. Es schien, als wäre dieses Haus seit Jahren nicht mehr betreten, geschweige denn bewohnt worden.

Wie in Trance ließ ich mich auf der untersten Stufe nieder. Der Nebel war dichter geworden. Ein rauchige Brise lag in der Luft. Mir war nie aufgefallen, wie still es auf Pernan doch war. Vielleicht war Haldor auch nur mit Jesper zu seinem Lieblingsort an den Klippen gegangen.

Ja. Ja, das musste es sein.

Ächzend zog ich mich am Geländer wieder hoch. Dabei fiel mein Blick auf die entfernten Bergspitzen. Ich hielt in der Bewegung inne.

Was hatte Grace Holmgren gesagt?

»Die junge Frau, die vor wenigen Tagen mit ihrem Sohn hinauf in die Berge gewandert ist.«

Ich musste nicht zu den Klippen. Es war nicht Haldor Larsson, den ich finden musste. Ich musste Evelyn und Elijah finden. Meine Familie. Der einzige Grund, weshalb ich überhaupt auf diese Insel gekommen war. Und ich würde meine Antwort finden.

In den Bergen Pernans.

Kapitel 16

Der Nebel war mein stetiger und stiller Begleiter auf meinem Weg in die Berge. Der Anstieg war steil und ich wusste, dass Haldor mir, wäre er hier, von diesem Pfad abgeraten hätte. Außer dem Wind in den Blättern lag Pernan in vollkommener Ruhe da. Ich traf keinen der anderen Anwohner, doch das hätte mich auch überrascht. Sicher mussten sie den Schock des plötzlichen Todes der kleinen Elenor noch verarbeiten.

Innerlich wünschte ich, Haldor wäre hier und würde mich begleiten. Er hätte bestimmt eine Abkürzung gekannt, die mich schneller an mein Ziel gebracht hätte. Wo war er nur? Und was war während meiner Abwesenheit mit dem Haus geschehen?

Wie ich es auch drehte und wendete, ich konnte mir partout keinen Reim darauf machen, woher der plötzliche Staub und Schmutz kamen. Ich nahm mir fest vor, Haldor bei meinem Abschied danach zu fragen. Mein Abschied. Ein schmales Lächeln schlich sich auf meine Lippen.

Ich wusste nicht, was es war, doch eine innere Stimme flüsterte mir nun schon seit Minuten zu, dass ich Pernan verlassen würde, sobald ich die Berge erst einmal erreicht hatte. Dort oben würde ich meine Antwort finden.

Dort oben würde ich meine Familie finden.

Doch es war nicht nur der Gedanke an Evelyn und Elijah, der mich vorantrieb, so steil und anstrengend der Weg auch wurde. Es gab noch jemanden, mit dem ich noch nicht gesprochen hatte.

Der Mann, dessen Gesicht mir bis jetzt verborgen geblieben war und den ich seit meiner Ankunft immer wieder erspäht hatte. Als ich Astrid Wright zum ersten Mal zu ihrem Geschäft gefolgt war, hatte ich ihn gesehen. Ungefähr in der Höhe, in der ich mich nun befand, hatte er gestanden und zu mir herunter geschaut. Und auch in meinem Traum war er mir begegnet, als ich die trauernden Menschen hinunter zum Ufer begleitet hatte. Auch dort war er mir erschienen. Jetzt, wo ich erneut darüber nachdachte, war ich mir nicht mehr so sicher, ob es wirklich nur ein Traum gewesen war. Es fühlte sich im Nachhinein viel zu echt, viel zu real an.

Als meine Lunge schon rasselnde Geräusche von sich gab, legte ich eine Pause ein, auch wenn alles in mir dagegen ankämpfte. Ich stützte meine Hände auf meinen Oberschenkeln ab und rang nach Luft. Dabei glitt mein Blick in die Ferne.

Eine atemberaubende Aussicht bot sich mir. Felsige Klippen und Berge rahmten das Tal ein, in dem sich die wenigen Häuser Pernans befanden. Von hier aus konnte ich sogar Astrids Lebensmittelladen erkennen. Ein fröstelndes Gefühl überkam mich. Das musste der Ort sein, von dem aus der unbekannte Mann mich damals beobachtet hatte.

Ich drehte mich um, als erwartete ich, direkt in die Augen des Fremden zu schauen, doch nichts außer einem noch steileren Anstieg, gesäumt von kahlen Bäumen und Steinen, lag vor mir.

Lag meine Antwort dort oben? Wenn ich diesen Hang erklomm, was würde mich erwarten? Ich konnte Elijahs Lachen beinahe hören. Konnte die zarte Berührung Evelyns Finger an meinen spüren. Ein zittriger Atemzug entkam mir und ehe ich selbst wusste, was geschah, setzten sich meine Beine in Bewegung. Der Weg war steil und das ein oder andere Mal wäre ich tatsächlich fast abgerutscht und wieder hinab geschlittert.

Keuchend fasste ich mir an die Seite. Sie stach und die Schmerzen in meinen Füßen quälten mich. Noch ein Schritt. Die Luft wurde zunehmend kühler, auch wenn der Nebel hier etwas nachließ. Noch ein Schritt. Der steile Anstieg ebnete sich. Hohes Gras einer wilden Wiese kam in Sicht.

Und dann tat es sich vor mir auf.

Ich hatte den Pfad hinter mir gelassen. Ein großes, prächtiges Haus ragte vor mir in die Höhe. Die Giebel schimmerten bläulich und die weiße Wand schien beinahe makellos, ähnlich des Hauses, das sich nahe des Stegs befand. Ich schluckte. Mein Mund war trocken und meine Kehle fühlte sich wie zugeschnürt an. Ich konnte spüren, wie das Gras meine Knöchel kitzelte, als ich wie in Trance die letzten Schritte zur Veranda tat.

Eine Holzbank stand einsam neben der Verandatür.

»Evelyn?«, sagte ich in die Stille hinein.

War es ihr blumig süßer Duft, der in der Luft lag? Die Holzdielen knarzten unter meinem Gewicht, als ich die wenigen Stufen emporkletterte. Mein Herz schlug so kräftig gegen meinen Brustkorb, dass es schmerzte. Ich streckte meine Hand nach der Tür aus und bemerkte erschrocken, dass sie bebte. Wie bereits unten an Haldor Larssons Haus schwang die Tür zur Seite. Lautlos und still öffnete sie mir die Räumlichkeiten, die sich nun vor mir erstreckten.

Ich tat einen weiteren zittrigen Atemzug und trat über die Türschwelle. Von Staub und schmutzigen Fenstern konnte hier keine Rede sein. Die Möbel, allesamt aus schönem, weißem Holz schienen regelmäßig entstaubt zu werden. Die wenigen Sonnenstrahlen erleuchteten das gemütliche Wohnzimmer mitsamt Glasvitrine.

»Evelyn?«, wiederholte ich, doch meine Stimme brach.

Ich räusperte mich und versuchte es erneut, diesmal lauter.

»Evelyn? Eve, bist du da?«

Ich wusste, dass sie da war. Ich wusste es einfach.

Fahrig riss ich die Badezimmertür auf. Der Spiegel war makellos geputzt, das Waschbecken mitsamt der eleganten Porzellanfiguren, die links und rechts neben dem Wasserhahn standen, schimmerten weiß. Über dem Badewannenrand hing ein ordentlich zusammengefaltetes Handtuch.

Ich drehte mich um und verließ das Bad wieder. Sie war nicht hier.

»Evelyn?!«, rief ich.

Nun schwang ganz deutlich Panik in meiner Stimme mit. Ich lief ins Wohnzimmer, spähte aus dem Fenster, sah sogar unter dem Sofa nach, doch Evelyn und Elijah blieben verschwunden.

»Nein, nein. Sie sind hier, sie müssen hier sein«, wiederholte ich immer wieder.

Als ich zurück in den Flur hastete, blieb die Tasche meiner Jacke am Kommodenknauf hängen und riss die Schublade unsanft heraus. Scheppernd fiel sie zu Boden, während sich ihr Inhalt über den Holzboden verteilte. Eine Mottenkugel kullerte ins Wohnzimmer und verschwand aus meinem Blickfeld.

»Verdammt, verdammt, VERDAMMT!«, schrie ich.

Ich hockte mich hin, um die vielen Büroklammern, Kugelschreiber und Pfefferminzbonbons wieder einzusammeln. Meine Beine waren so schwach, so erschöpft, dass ich mit einem dumpfen Geräusch zu Boden sackte.

Meine Knie kamen unsanft auf dem harten Holz auf, doch es kümmerte mich nicht. Es war alles egal. Spielte keine Rolle.

Ich konnte eine Leere in mir spüren, die mich zu überwältigen drohte.

»Evelyn … Evelyn«, murmelte ich vor mich hin.

Ich wusste, es war apathisch und doch konnte ich mich nicht dagegen wehren. Ich fürchtete mich vor der Stille, die einsetzen würde, sobald ich selbst verstummte. Meine Finger sammelten mehrere Papiere zusammen. Ich erhaschte nur ein paar flüchtige Blicke darauf.

Ein Mietvertrag, ein paar Rechnungen, eine Einkaufsliste, ein unadressierter Briefumschlag, ein handgeschriebener Zettel ...

Ich hielt inne. Das Rauschen in meinen Ohren nahm zu, es wurde lauter und lauter, bis es mich verschluckte und eine endlose Stille mit sich zog. Ich konnte meinen Blick nicht von dem Brief lösen.

Ich kannte diese Handschrift. Ich kannte die Worte. Kannte jedes einzelne dieser Worte auswendig.

Ich war es gewesen, der diesen Brief geschrieben hatte.

Liebste Evelyn,

Ich weiß es. Sie glauben mir nicht, halten mich für verrückt, aber ich weiß, dass du hier bist. Du bist meine Frau, mein Engel und natürlich spüre ich, wenn ein Teil meiner selbst in meiner Nähe ist.

Ich habe dir damals versprochen, immer auf dich und unseren Jungen aufzupassen und ich habe nicht vor, dieses Versprechen jemals zu brechen. Ich werde dich finden, werde euch finden und endlich mit zurück nach Hause nehmen. Ich werde diesen Fluch brechen und nicht zulassen, dass euch dasselbe Schicksal widerfährt wie den anderen Einwohnern dieser seltsamen Insel.

Ich werde euch finden.

Ich werde nicht aufgeben.

Ich versprech's!

In Liebe,

Dein Nici

Ich kannte diesen Brief, kannte jeden Satz und jede Zeile.

Mit tauben Fingern holte ich den Zettel aus meiner Jackentasche und entfaltete ihn. Ich hatte ihn erst vor wenigen Abenden verfasst. Und doch, es waren dieselben Worte, dieselbe Handschrift.

Meine Handschrift.

Meine Worte.

Mein Brief.

Liebste Evelyn,

Ich weiß es. Sie glauben mir nicht, halten mich für verrückt, aber ich weiß, dass du hier bist. Du bist meine Frau ...

Mein Atem stockte und wie paralysiert ließ ich die beiden Briefe sinken. Ich rutschte ein Stück zur Seite, um nach den anderen Zetteln zu greifen, die auf dem Boden verteilt lagen. Vorsichtig faltete ich sie auseinander und strich sie glatt.

Liebste Evelyn,

Ich weiß es. Sie glauben mir nicht, halten mich für verrückt …

Meine Lippe bebte, als ich den nächsten Brief las.

Liebste Evelyn,

Ich weiß es. Sie glauben mir nicht, halten mich für verrückt …

Sie alle begannen gleich. Sie alle endeten gleich. Ich fand insgesamt fünf Briefe. Fünf Briefe, die ich allesamt selbst verfasst hatte. Und doch konnte ich mich nicht daran erinnern.

»Was geht hier vor?«, schleuderte ich der Wand entgegen, verzweifelt und mit einer kalten Furcht in der Brust.

Steckte Haldor hinter der ganzen Sache? Spielte er mir einen Streich? Vielleicht hatte er herausgefunden, dass ich Evelyn diesen Brief geschrieben hatte. Vielleicht hatte er ihn kopiert, um mich in die Irre zu leiten. Oder war es Christopher Svensson, der Rache übte? Der mich für den Tod seiner Enkelin verantwortlich machte?

Hatte Grace mich angelogen? Hatte sie meine Familie gar nicht gesehen?

Abrupt stand ich auf, konnte den Papierhaufen, in dem ich nun stand, nicht länger ertragen. Das Gefühl, keine Luft mehr zu bekommen, breitete sich urplötzlich wie eine tonnenschwere Decke auf meiner Brust aus. Ich griff mir an den Hals und als ich zurück zur Verandatür stolperte, erhaschte ich einen Blick in den Spiegel an der Wand.

Die Augen meines Spiegelbildes quollen hervor, meine Wangen glühten in einem Tiefrot und ein merkwürdig verzerrter Ausdruck hatte sich auf meinem Gesicht festgesetzt.

Mit einer wilden Mischung aus Schrei und Schluchzen stieß ich die Tür auf und rang nach Atem. Schwarze Flecke tanzten vor meinen Augen und für einen Moment hatte ich den Gestank des Feuers so penetrant in der Nase, dass ich befürchtete, das Haus hinter mir würde in Flammen stehen.

Ich hörte das Knistern.

Atmete den rußigen Geruch ein.

Konnte ihre Augen sehen. Ihre funkelnden Augen, aus denen sich eine Träne löste und über ihr mit Ruß und Schmutz verschmiertem Gesicht floss. Ich presste keuchend die Handballen gegen meine Augen und sank auf die Knie.

»Evelyn ... Evelyn«, murmelte ich immer wieder.

Der Wind strich mir durch die Haare. Sanft. Leise. Geradezu lautlos. Es war still. Kein Knistern mehr. Kein Schluchzen. Kein Knacken von Holz, das aus seiner Verankerung brach und zusammenstürzte.

Mein Herzschlag hatte sich beruhigt. Meine Atmung ging stetig und gleichmäßig, während ich auf der Bank auf der Veranda saß und in die Ferne spähte. Haldor Larssons Anwesen hatte bereits eine unfassbare Aussicht geboten, weit und klar. Doch das hier konnte durch nichts überboten werden, dessen war ich mir sicher.

Weit hinter dem Wasser sah ich Berge und Hügel, hinter denen sich Täler und Wiesen erstrecken mussten. Schwarze, feine Punkte tanzten am Himmel, Möwen und Küstenseeschwalben zogen ihre Kreise. Das Wasser lag unbewegt da.

Ich war so tief in meinen Gedanken, in meiner Trance versunken, dass ich die leisen Schritte hinter mir zuerst gar nicht bemerkte. Doch als ich es tat, begann mein Puls erneut in die Höhe zu schießen. Ein Kloß bildete sich in meinem Hals und ich drehte mich auf der Bank so ruckartig zur Seite, dass meine Schultern knackten.

»*Evelyn?!*«

Kapitel 17

»*Evelyn?!*«

Doch es war nicht Evelyn. Es war auch nicht Elijah.

»Hallo, Nicolas.«

Die Stimme des Mannes, der mich nun begrüßte, war klar und ruhig, als hätte er diese Worte schon sehr lange aussprechen wollen. Stumm starrte ich ihn an und beobachtete, wie er nun die Veranda umrundete und die wenigen Stufen zu mir emporstieg.

Vor der Bank blieb er stehen. Nicht einmal nahm er seinen Blick von mir. Ein paar lose, schwarze Strähnen lugten unter seiner blauen Strickmütze hervor und hingen ihm bis über sein linkes Auge. Er strich sich mit einer Hand über seinen Kinnbart, bevor er sie mit einem Seufzen in den Taschen seiner grauen Jeans verstaute.

»Du bist also zurückgekehrt.«

Noch immer sah er mich urverwandt an. Ich starrte zurück, nicht fähig, irgendetwas zu sagen. Irgendetwas zu tun. Nicht Evelyn. Ich hatte das Gefühl, ein Ballon hätte sich in den letzten Stunden in meinem Inneren aufgepustet. Immer größer, immer mehr, bis er nun mit einem Mal zerplatzt war.

»Ich hatte gehofft, dich nicht so schnell wiederzusehen, Nicolas«, sagte der Fremde und sein Mundwinkel zuckte halb resigniert, halb traurig.

»Sie sind der Mann, der mir zum Ufer gefolgt ist. Sie haben mich bei meiner Ankunft hier beobachtet«, hörte ich mich selber sagen.

Ein dunkler Schatten huschte über die Augen des Mannes, bevor er tief seufzte, den Kopf senkte und sich schließlich vom Geländer, gegen das er sich gelehnt hatte, abstützte. Mit wenigen Schritten war er bei mir und ließ sich neben mich auf die Bank gleiten.

»Ja. Und nein«, sagte er schließlich.

Ich runzelte die Stirn. Er schenkte mir ein trauriges, sanftes Lächeln und fuhr sich mit der Hand kurz unter die Mütze, bevor er sie wieder zurecht rückte.

»Ich schätze, du hast einige Fragen, Nicolas.«

»Woher kennen Sie meinen Namen?«, erwiderte ich sofort.

Da war es wieder. Das traurige Lächeln seinerseits.

»Das bedeutet, du bist nicht hier, um mir einen Besuch abzustatten? Du kannst dich nicht mehr erinnern?«

»Erinnern? Woran?«

Ich richtete mich auf.

»Hören Sie. Seit ich auf Pernan angekommen bin, passieren die skurrilsten Dinge. Menschen warnen mich vor Unfällen. Das kleine Mädchen unten im Dorf ist gestorben und niemand hier scheint meine Frau und meinen Sohn gesehen zu haben. Natürlich habe ich Fragen und … und ich bin es leid, nach Antworten zu suchen, die anscheinend nicht existieren«, schloss ich müde.

Der Fremde musterte mich einen Moment lang, bevor er langsam nickte.

»Es ist frustrierend«, stellte er schließlich fest.

Ich stieß ein hohles Lachen aus und warf die Arme in die Luft.

»Frustrierend? Es ist zum Verzweifeln! Ich würde am liebsten … am liebsten würde ich einfach … «

»Stopp. Sag es nicht, Nicolas«, unterbrach mich der Mann mit harscher Stimme und sofort gehorchte ich.

Hätte ich diese Worte überhaupt aussprechen können? Wäre ich bereit, diesen Schritt tatsächlich zu gehen? Nein. Nein, sicher nicht. War ich nicht zu feige? Ich wurde aus meinen Gedanken gerissen, als der Fremde mir seine Hand entgegenstreckte. Ein warmes Lächeln lag auf seinen Lippen.

»Ich bin Morten Lind.«

Ich zögerte, bevor ich seine Hand ergriff und schüttelte.

»Nicolas Corbyn, aber … das scheinen Sie ja bereits zu wissen.«

»Tu mir einen Gefallen und nenn mich Morten. Das Siezen lässt mich ganz unwohl fühlen.«

Langsam nickte ich. Mein Blick glitt an ihm vorbei zum Haus hinter uns. Morten schien es zu bemerken, denn sein

Lächeln wurde breiter und beinahe stolz lehnte er sich auf der Bank zurück.

»Ein Prachtexemplar, nicht wahr? Habe es selbst gebaut. So wie die Bank, auf der wir gerade sitzen übrigens auch«, erklärte er.

»Das ist also Ihr ... dein Haus?«, sagte ich.

Morten Lind nickte. Liebevoll strich er mit den Fingern über das feine Holz der Banklehne.

»Es war mein größtes Projekt bisher. Hatte mich vorher nur an Gartenschuppen oder Klettergerüste für Kindergärten gewagt. Aber du weißt ja, wie das ist. Irgendwann hat man genug von seinem Alltag. Die Routine fängt an, einen zu langweilen, bis sie einen schließlich Stück für Stück kaputt macht. Also habe ich alles hinter mir gelassen und bin hierher gekommen. Es war riskant, das gebe ich zu, aber es hat sich gelohnt. Meinst du nicht?«

Ich ließ meinen Blick über die weite Wiese, die Aussicht und das Haus wandern. Fast schon automatisch nickte ich.

»Ja. Ja, es ist wirklich schön hier. Ein Ort der Stille«, murmelte ich gedankenverloren.

Als Morten nun sprach, wirkte er deutlich zurückhaltender, als würde er seine Worte genaustens abwägen.

»Also Nicolas, was führt dich nach Pernan?«

»Ich suche meine Familie. Meine Frau und mein Sohn sind vor einigen Tagen hierher gekommen und seitdem verschwunden.«

Etwas veränderte sich in Mortens Blick, doch ich konnte nicht sagen, was es war. Ich nutzte sein Zögern, um weiterzusprechen.

»Und Sie haben meine Frage noch nicht beantwortet.«

Morten seufzte.

»Habe ich nicht gebeten, mich zu duzen, Nicolas?«

»Du kennst mich. Du weißt, wie ich heiße und du weißt auch, dass ich meine Familie suche. Ich habe dich gesehen, als ich in der Nacht am Ufer Pernans stand.«

Morten runzelte die Stirn.

»Ich glaube, du bringst da etwas durcheinander.«

»Dann erklär es mir. Ich werde nicht gehen, bevor ich nicht endgültig erfahre, was hier los ist, verdammt!«

Morten sah mich stumm an. Seine Augen geisterten über mein Gesicht. Ein wehleidiger Blick trat in seine Augen, bevor er sich erneut zurücklehnte und einmal tief durchatmete.

»Es ist viel«, sagte er.

»Das ist mir egal. Ich will es wissen.«

»Was genau?«

»Alles«, sagte ich entschlossen.

Ein paar Sekunden schwieg Morten, bevor er nickte, als müsste er sich selbst Mut zusprechen.

»Ich weiß deinen Namen, weil ich dich kenne, Nicolas. Wir kennen uns seit vier Jahren. Nun, heute sind es fünf.«

»Das kann nicht sein. Wenn du mich so lange kennst, wieso – «

Er unterbrach mich und klang dabei so traurig, dass ich mir sicher war, Tränen in seinen Augen sehen zu können. Doch als er mir das Gesicht zuwandte, waren seine Augen klar.

»Wieso du dich nicht an mich erinnern kannst? Nicolas, dass du dich nicht an mich erinnerst, ist das kleinste Puzzleteil, das dir fehlt.«

Ich schwieg, wartete einfach nur darauf, dass er weitersprach. Doch das tat er nicht. Wieder hörte ich mich selbst sprechen, weit entfernt und dumpf. Die Worte klangen in meinen Ohren wider, als hätte sie ein Fremder ausgesprochen.

»Ich verstehe nicht.«

Morten lachte, trocken und humorlos und ich konnte sehen, wie er dazu überging, auf seiner Unterlippe zu kauen.

»Ich weiß, ich weiß. Es ist nur ... nicht ganz einfach. Ich dachte wirklich, es wäre besser geworden. Nach dem letzten Mal, weißt du?«, sagte er und sah mich dabei gar hoffnungsvoll an.

Von Hoffnung konnte ich nur träumen. Ich schüttelte den Kopf und selbst diese winzige Bewegung bereitete mir Kopfschmerzen. Morten biss sich erneut auf die Lippe, bevor er die Hände, die er gerade noch zum wilden Gestikulieren erhoben hatte, sinken ließ. Abermals huschte ein Schatten über sein Gesicht.

»Bist du dir dabei sicher?«, fragte er zögerlich.

Ich hob eine Augenbraue. Er rieb sich verlegen den Nacken.

»Ich verstehe, dass du die Wahrheit erfahren willst, aber ist es manchmal nicht besser, unwissend zu bleiben? Je weniger man weiß, desto größer ist-«

»Morten. Weißt du, wo meine Familie ist? Weißt du, wo Evelyn und Elijah sind?«

Morten schluckte. Er nahm einen resignierten Atemzug.

Dann nickte er.

Mein Herz begann aufgeregt zu schlagen. Nervös richtete ich mich auf der Bank auf, sodass ich beinahe vorne rüber rutschte.

»Du kennst sie?«, sprudelte es aus mir heraus.

War es doch Hoffnung, die in mir schlummerte? Doch Mortens nächste Worte zerstörten diesen Funken schneller, als ich es realisieren konnte.

»Nicht persönlich, nein. Doch du erzählst mir jedes Mal von ihnen, wenn du hierher kommst.«

Meine Schultern sackten in sich zusammen. Jegliche Spannung verließ meinen Körper. Perplex blinzelte ich in Mortens Richtung.

»Jedes Mal, wenn ich hierher komme? Ich ... ich bin das erste Mal auf dieser Insel«, stotterte ich verwirrt.

Langsam schüttelte Morten den Kopf, einen traurigen Schatten in den Augen. Seine Hand zuckte, als wolle er sie mir auf die Schulter legen.

»Nein, Nicolas. Du bist jetzt das fünfte Mal hier.«

Ich schüttelte den Kopf. Meine Gedanken drehten sich und ich bekam nicht einen davon zu fassen. Nun berührte mich Morten doch leicht an der Schulter.

»Vielleicht ist es besser, du legst dich erst einmal hin. Oder möchtest du einen Tee? Kaffee? Ich hab auch noch ein Stück Marmorkuchen da.«

»Morten. Erzähl mir alles. Jetzt«, erwiderte ich mit bebender Stimme.

Tief seufzend lehnte er sich auf der Bank zurück.

»Nun gut. Nun gut … «, murmelte er, mehr zu sich selbst als zu mir.

Schließlich hob er den Kopf und sah mich halb entschlossen, halb entschuldigend an.

»Vor fünf Jahren kamst du das erste Mal nach Pernan. Damals war diese Insel noch ein richtiger Touristen-Magnet. Naja, vielleicht ist das etwas übertrieben. Aber die Leute kamen und meistens hat es ihnen auch gefallen. Wer kann es ihnen verdenken, bei solch einer Idylle, nicht wahr? Du warst einer dieser Touristen. Du und deine Frau Evelyn und dein Sohn Elijah. Er müsste damals acht Jahre alt gewesen sein.«

»Acht Jahre? Das kann nicht stimmen. Elijah wird in zwei Monaten neun, wie soll er da vor sechs Jahren acht gewesen sein? Außerdem habe ich es dir bereits gesagt, Morten, ich habe Pernan noch nie in meinem Leben besucht«, beteuerte ich.

So langsam fing ich an, an Mortens geistiger Gesundheit zu zweifeln. Spielte er mir vielleicht wirklich einen Streich? Steckte er mit Haldor Larsson unter einer Decke? Bevor ich ihm jedoch meine Befürchtungen mitteilen konnte, fuhr er auch schon fort.

»Ich weiß, das mag alles noch sehr verwirrend klingen, aber lass mich ausreden, Nicolas. Vielleicht … vielleicht ergibt es dann mehr Sinn, ja?«, bat er.

Ich fühlte mich nicht ganz wohl bei der Sache, doch hatte ich denn eine andere Wahl? Ich nickte also und verschränkte die Arme vor der Brust.

»Als du Pernan besucht hast, habe ich die Insel selbst noch nicht gekannt. Ich habe dieses Baby hier erst vor vier Jahren gebaut«, erzählte Morten und klopfte dabei mit der Faust gegen die Stützbalken des Verandadaches.

»Woher willst du dann wissen, dass ich Pernan vor fünf Jahren besucht haben soll? Hat Haldor dir davon erzählt?«, warf ich ihm vor.

Mortens Gesicht verdunkelte sich.

»Du erinnerst dich an Haldor?«, sagte er sehr leise.

Ich runzelte die Stirn.

»Natürlich. Ich habe heute Morgen noch mit ihm gesprochen. Was soll das Ganze hier, ich denke nicht, dass ich noch länger-«

Morten ließ mich nicht ausreden. Seine Stimme war leise und ruhig und doch hatte ich das Gefühl, er würde mich anschreien.

»Haldor ist tot.«

Ich erstarrte. Das Blut rauschte in meinen Ohren und mein Herz schlug so kräftig gegen meine Rippen, dass es schmerzte. Wie paralysiert schüttelte ich den Kopf.

»Nein. Nein, das stimmt nicht. Ich habe doch noch heute Morgen ... «

Meine Stimme verlor sich, während Bilder vor meinem geistigen Auge auftauchten. Die verstaubten Fenster. Der kalte Kamin. Jesper leerer Platz davor. Verstört sah ich auf und in Mortens Augen, die mich aufmerksam beobachten.

»Aber ... aber ich habe doch mit ihm geredet. Heute Morgen noch, kurz vor Elenors Beerdigung«, stammelte ich.

»Du hast nicht mit dem Haldor Larsson geredet, den du vor fünf Jahren hier kennengelernt hast. Der Haldor ist nicht mehr unter uns.«

»Der Haldor? Gibt es denn mehrere?«, sagte ich trocken lachend.

»Nun, nicht direkt. In deiner Welt schon«, erwiderte Morten vage.

Er seufzte.

»Du hast die letzten Tage mit Haldor Larsson gesprochen, oder nicht? Du hast in seinem Haus gewohnt, seinen Tee getrunken und in seinem Gästezimmer geschlafen, nicht wahr?«

»Ja. Das habe ich. Er hat mir geholfen bei meiner Suche nach Evelyn«, sagte ich langsam.

Morten nickte, bevor sein Nicken in ein Kopfschütteln überging.

»Haldor Larsson ist tot, Nicolas. Der Haldor, mit dem du die letzten Tage Zeit verbracht hast, existiert nicht. Er existiert nur in deinem Kopf.«

Ich starrte Morten an, als wäre ihm soeben ein dritter Arm gewachsen. Dann kräuselten sich meine Lippen zu einem Grinsen, bevor ich in ein hohes, unnatürliches Lachen ausbrach. Morten lachte nicht. Er schwieg und sah mich an, trauriger denn je. Als ich mich wieder beruhigt hatte, wartete ich darauf, dass er nun ebenfalls lachen würde. Oder seinen Scherz aufklären würde. Doch das tat er nicht.

Stattdessen sagte er: »Erinnerst du dich an das Feuer, Nicolas?«

Mein Blut gefror zu Eis.

»Erinnerst du dich an das Feuer, Nicolas?«

Ob ich mich erinnerte? Auf einen Schlag war es wieder da. Der Gestank nach Rauch, beißend und rau. Das Kratzen in Lunge und Kehle. Das ohrenbetäubende Knistern der Flammen. Die tränenden Augen. Das Weinen ... das Weinen, das kein Ende nehmen wollte.

»Du riechst es doch auch, oder? An manchen Tagen habe ich das Gefühl, dass der Geruch verflogen ist. Doch manchmal, manchmal da ist es so penetrant, dass ich Angst habe, der Brand wäre wieder ausgebrochen«, sagte Morten.

Meine Kehle war trocken. Es war ein Wunder, dass meine Stimme nicht versagte, als ich nun sprach, krächzend und leise.

»Ich kann mich an ein Feuer erinnern. Es sind Bruchstücke da. Bruchstücke, die ich nicht zuordnen kann. Manchmal kann ich die Flammen noch hören. Und Christopher hat etwas von einem Feuer erzählt, das auf der Insel ausgebrochen ist. Ihm zufolge soll ein junges Ehepaar das Feuer gelegt haben. Völliger Schwachsinn, wenn du mich fragst«, meinte ich nachdenklich.

»Christopher?«, wiederholte Morten.

»Ja. Christopher Svensson. Seine Enkelin Elenor ist heute Morgen beerdigt worden.«

»Du hast mit Christopher gesprochen? Und Elenor?«

Ich nickte wiederholt.

»Ja. Ich weiß, was du sagen willst. Haldor hat mich auch vor den anderen hier gewarnt. Sie scheinen alle so ihre ... nun, Eigenarten zu besitzen«, sagte ich.

»Nein. Nein, ich ... .«

Stockend brach Morten ab und kratzte sich erneut am Nacken. Seine Augen huschten über den Holzboden, ohne ein erkennbares Ziel. Vorsichtig beugte ich mich zu ihm hinüber.

»Ist alles in Ordnung?«, fragte ich zögernd.

Morten strich sich über den Bart, bevor er mich wieder von der Seite musterte.

»Nicolas, kannst du mir sagen, mit wem du noch gesprochen hast, seit du auf Pernan bist?«, bat er.

Ich nickte, auch wenn ich den Sinn nicht verstand.

»Astrid Wright. Sie habe ich bei Irma Svenssons Beerdigung kennengelernt. Ich habe auch Arne und Grace getroffen, die Eltern von Mika. Von den Svenssons und Haldor habe ich dir ja bereits erzählt. Und natürlich Jesper.«

Mit jedem weiteren Namen, den ich aufzählte, wurde Morten ernster. Eine steile Falte zeichnete sich auf seiner Stirn ab.

»Nicolas. Keiner dieser Menschen ist noch am Leben.«

Kapitel 18

Vielleicht hätte ich gelacht. Vielleicht hätte ich Morten Lind in die Augen gesehen und herzhaft angefangen zu lachen. Ich hätte ihm auf den Rücken geklopft und ihn dann gefragt, ob das Angebot des Marmorkuchens noch stand.

Wäre ich in einer anderen Lage, dann wäre das Szenario wohl genau so ausgegangen. Doch ich war nicht in einer anderen Lage. Ich war verloren. Verloren auf dieser Insel, auf der meine Frau und mein Sohn nun schon selbst so lange verloren waren. Zu lange.

»Bitte was?«

Ich brachte diese Worte nur krächzend hervor, weshalb ich mich räusperte und erneut ansetzte.

»Bitte was hast du gesagt?«

Morten musterte mich traurig. Er nickte, als müsste er sich selber von seiner Erzählung überzeugen. Ich wusste nicht, was ich fühlen sollte. In mir spürte ich ein Loch, das immer größer und größer wurde und drohte, mich zu verschlingen. Ich wusste, dass es kein Entkommen gab.

»Vor fünf Jahren haben du und deine Familie Pernan zum ersten Mal besucht. Ihr wolltet Urlaub machen. Als richtige Familie zum ersten Mal seit Jahren. Evelyn war voller Vorfreude und es schien, als würde sie endlich wieder etwas von ihrem alten Glanz zurückerlangen, der ihr so lange gefehlt hat«, fuhr Morten mit gesenkter Stimme fort.

Und nun geschah etwas Merkwürdiges. Bilder tauchten vor meinem Auge auf. Verschwommen und unscharf und doch klar genug, um zu erahnen, was sie mir zeigten. Ich konnte Evelyns Hand in meiner fühlen. Ihre Finger, die zärtlich mein Handgelenk streichelten, bevor sie unsere verschlungenen Hände an ihre Lippen hob und einen sanften Kuss auf meinen Ehering hauchte. Ich sah es in ihren Augen. Sie dachte nicht an den Vorfall. Sie dachte nicht an das schattige Ereignis, das unser Leben einst auseinandergerissen hatte.

»Freust du dich?«

Ich sprach und meine Lippen bewegten sich und doch fühlte ich mich wie ein Außenstehender, der die Szene beobachtete. Es fühlte sich fast verboten an, diese Bilder zu sehen. Evelyns Lächeln wurde breiter. Sie drehte sich um und lehnte sich mit dem Rücken gegen die Reling der kleinen Fähre, dessen weiße Farbe bereits an manchen Stellen abblätterte. Ich folgte ihrem Blick.

Elijah hockte im Schneidersitz auf einer lehnenlosen Bank unter der winzigen Kommandobrücke. Auf seinem Schoß war ein Malblock ausgebreitet. Er wirkte konzentriert, aber entspannt. Ich lächelte.

»Pernan soll eine großartige Insel sein, Nici. So voller Natur. Du kannst dir gar nicht vorstellen, wie sehr ich mich freue«, sagte Evelyn neben mir.

Ich riss mich von Elijahs Anblick los und drehte mich wieder zu ihr. Ihr Blick lag längst auf mir. Vorsichtig stellte ich mich vor sie und nahm ihre Hände in meine. Ihre Augen blitzten spielerisch auf. Gott, wie hatte ich dieses Funkeln vermisst. Nun war ich es, der einen leichten Kuss auf ihren Ring setzte.

»Es war längst überfällig«, murmelte ich.

Evelyn stieß ein leises Lachen aus, das auch als weinerliches Keuchen gedeutet werden konnte. Dann schlang sie die Arme um meinen Nacken und vergrub ihr Gesicht fest an meiner Brust. Ich schloss die Augen, betete mein Kinn auf ihren windzerzausten Haaren und lauschte dem Kreischen der Seemöwen, das immer lauter wurde, je näher wir der Insel kamen.

Mortens Stimme drang zu mir durch, dumpf und weit weg. Ich saß nicht länger auf der Holzbank seiner schicken Veranda. Ich stand an der Reling des Schiffes. Evelyn in meinen Armen und neben uns Elijah, der mit beiden Füßen nun auf die erste Sprosse der Reling kletterte und begeistert Ausschau nach den Bergspitzen Pernans hielt.

»Evelyn hat dich schon lange nach einem Urlaub gebeten. Eigentlich hat sie es nie direkt als Urlaub bezeichnet. Es sollte eher eine Auszeit sein. Eine Chance, für sie, für euch beide, neu anzufangen und die Erinnerungen an das, was passiert ist, ein für allemal hinter euch zu lassen. Pernan erschien euch der geeignete Ort dafür. Weit weg von eurem alten Leben. Und als du gesehen hast, wie Evelyn gestrahlt hat, wusstest du, dass es die richtige Entscheidung gewesen ist.«

Die Berge kamen näher. Nun konnte ich auch die ersten Dachspitzen erkennen. Nicht weit vom Ufer entfernt, durch dichte Baumwipfel verdeckt, ragte ein Wetterhahn majestätisch in die Höhe. Ich sah den breiten Holzsteg, dem wir uns näherten.

»Mama, sieh nur! Ich kann schon die ersten Häuser sehen!«

Ein Junge, der in Elijahs Alter zu sein schien, tauchte neben uns auf. Auch er kletterte auf die Reling, doch beugte sich wesentlich weiter vor als Elijah es tat. Nur wenige Augenblicke später erschien eine Frau neben ihm, die eine Hand fest auf seine Schulter legte. Sie lächelte, doch es erreichte nicht ihre Augen. Ihr strähniges Haar trug sie in einem losen Dutt.

»Ja, mein Schatz. Gleich sind wir da«, sagte sie.

Selbst ihre Stimme klang müde. Sie bemerkte, dass ich sie und ihren Sohn beobachtete, denn plötzlich wandte sie ihr Gesicht und sah mich an. Dunkle Ringe lagen unter ihren Augen. Ihre Wangen wirkten eingefallen und farblos. Das Gefühl der Machtlosigkeit nahm von mir Besitz und automatisch schenkte ich ihr ein Lächeln, vom dem ich hoffte, es sei aufmunternd.

Ihr Blick wanderte an mir vorbei zu Elijah, der nun mit den Augen begeistert einem Schwarm hungriger Möwen verfolgte. Dann huschte ihr Blick zurück zu mir und ein winziges, kaum erkennbares Lächeln zierte ihre Lippen. Unbewusst trat ich einen Schritt näher.

»Ihr erstes Mal auf Pernan?«, fragte ich.

Für einen Moment wirkte sie gar erschrocken, dass ich sie ansprach. Doch rasch fing sie sich wieder. Ihr Lächeln wurde minimal breiter, doch noch immer blieb es ihren Augen fern.

»Nein. Wir kommen jedes Jahr hier her. Manchmal sogar mehrmals.«

Ich nickte. In meinem Nacken konnte ich spüren, dass Evelyn mich und die Frau beobachtete. Elijah streckte die Hand nach den Vögeln aus, als wolle er sie fangen.

»Und Sie?«, gab sie meine Frage zurück.

»Das erste Mal. Aber ich habe nur Gutes über die Insel gehört«, antwortete ich wahrheitsgemäß.

Die Frau nickte. Für den Bruchteil einer Sekunde bildete ich mir sogar ein, dass ein heller Funken in ihren Augen auftauchte. Er erlosch so schnell, wie er gekommen war.

»Wer aus einer Großstadt kommt, wird hier geradezu erschlagen von der friedlichen Umgebung. Wussten Sie, dass es auf Pernan nicht einmal Straßen gibt?«

»Tatsächlich? Es scheint sich ja wirklich zu lohnen, Pernan einen Besuch abzustatten«, meinte ich schmunzelnd.

Die Frau nickte. Als sie bemerkte, dass ihr Sohn sich gefährlich weit über die Reling beugte, schlang sie einen Arm um seine Mitte und zog ihn ein Stück zurück.

»Sei bitte vorsichtig, Mika, Schatz«, murmelte sie tadelnd und dennoch mit einem warmen Unterton in der Stimme.

Sie wandte sich wieder mir zu.

»Ihr Sohn?«, fragte sie und nickte an mir vorbei Richtung Elijah.

»Ja. Elijah. Er ist acht, aber manchmal habe ich das Gefühl, er würde schon so viel mehr verstehen, als es ein Achtjähriger tun sollte«, sagte ich achselzuckend.

Ich war mir nicht sicher, wieso ich genau diese Worte an diese fremde Frau richtete. Doch etwas an ihrem Blick sagte mir, dass es genau die richtigen waren. Dass sie verstand.

»Die Menschen unterschätzen Kinder einfach viel zu gerne. Sie bekommen mehr mit, als uns Erwachsenen lieb ist«, sagte sie.

Etwas Trauriges schwang in ihrer Stimme mit. Ich nickte, verdrängte die Erinnerungen an Evelyns und meine Auseinandersetzungen, die Elijah allesamt mitbekommen haben musste. Ich war immer wieder erstaunt, wie gut er darin war, so viel zu wissen und sich dennoch nichts anmerken zu lassen.

»Ich bin übrigens Grace. Grace Holmgren.«

Die Frau lächelte nun wieder. Ich erwiderte es und beugte leicht den Kopf in ihre Richtung, als ich mich vorstellte.

»Nicolas Corbyn.«

Hinter mir konnte ich Elijah lachen hören und Evelyns leise Stimme, die zu ihm sprach. Ihre genauen Worte wurden vom Schrei der Möwe verschluckt. Ich bemerkte, wie Graces Blick an mir vorbeiglitt. Für einen Moment dachte ich, sie würde Evelyn und Elijah ansehen, doch als sich Falten auf ihrer Stirn bildeten und der letzte Funken Wärme aus ihren Augen erlosch, wusste ich, dass es nicht so war.

Vorsichtig wandte ich den Kopf, um ihren Blick zu folgen. Er blieb an einer jungen Frau hängen, die nicht weit entfernt der Bank stand, auf der Elijah zuvor noch gesessen hatte. Sie trug ein recht enges Top mit rotem Blumenmuster und passend dazu eine gepunktete Shorts. Selbst von hier konnte ich den dunklen Lidschatten erkennen. Ihre langen Wimpern klimperten, als sie dem Mann gebannt seiner Erzählung lauschte, der sich neben sie an die Wand gelehnt hatte. Immer wieder richtete er dabei den Kragen seines Polo-Shirts und starrte der Frau dabei mehr auf ihr Top als in ihr Gesicht. Sie schien es allerdings nicht zu stören. Im Gegenteil. Gar aufreizend posierte sie auf der Bank und schob ihre Brust nach vorne.

Leicht angewidert wandte ich mich ab. Grace starrte zu Boden, ihre Augen unruhig. Hinter ihr kletterte Mika wieder auf der Reling herum, doch diesmal hielt Grace ihn nicht zurück.

»Sie kommen also jedes Jahr hierher?«, sagte ich rasch, bemüht lässig zu klingen.

Sie sah auf. In dem Moment wusste ich, dass sie es wusste. Sie wusste, dass ich es auch gesehen hatte. Doch sie verstand mein Angebot der Ablenkung und nahm es dankbar an.

»Ja. Ja, wirklich schön … «

Ihre Worte verloren sich. Ich räusperte mich und verlagerte mein Gewicht von einem Fuß auf den anderen.

»Dann können Sie sicher einen schönen Ausflugsort empfehlen, oder?«, sagte ich und versuchte mich an einem Grinsen.

Grace grinste nicht. Sie reagierte gar nicht auf meine Frage. Ihr Blick war auf einen Punkt hinter mir gerichtet. Ich wusste bereits, was sie ansah. Eigentlich musste ich mich nicht einmal umdrehen. Ich tat es doch.

Der Mann saß dicht neben der jungen Frau. Eine Hand hatte er auf ihren Oberschenkel gelegt. Sie lächelte verzückt und klimperte nun nur noch schneller mit ihren Wimpern.

Graces Augen wirkten ausdruckslos. Ich musste nicht fragen, wer der Mann neben der Frau auf der Bank war. Ich sah es an ihrem Gesicht, an ihrem Blick, an der düsteren Ausstrahlung, die auf einmal von ihr ausging.

Ich öffnete den Mund, um etwas zu sagen, doch sie kam mir zuvor.

»Haben Sie eine schöne Zeit auf Pernan, Mr. Corbyn. Sie und Ihre Familie.«

Dabei sah sie mich nicht einmal an. Sie legte die Hände auf Mikas Schultern, zog ihn von der Reling weg und verließ mit großen Schritten das Vorderdeck der Fähre.

»Kanntest du sie, Nici?«

Evelyns Hand lag auf meiner Schulter, vertraut und warm. Ich sah Grace Holmgren hinterher, auch, wenn sie schon längst verschwunden war.

»Nein. Nein, sie ist bloß eine weitere Touristin.«

Meine Brust fühlte sich eng und zugeschnürt an und Morten Lind schien es zu spüren, denn seine Augenbrauen zogen sich besorgt zusammen. Er legte mir eine Hand auf die Schulter, wie Evelyn es einst getan hatte. Meine Evelyn.

»Ich ... «, begann ich, doch brach sofort ab.

Was sollte ich sagen? Was sollte ich verdammt noch mal sagen? Dass ich Pernan schon einmal betreten hatte? Zusammen mit meiner Familie? Und dass ich es vergessen hatte? *Wie hatte ich das vergessen können?*

»Ich weiß, es ist viel«, sagte Morten vorsichtig.

Ich antwortete nicht. Mein Kopf fühlte sich wie ein außer Kontrolle geratenes Karussell an.

»Das kann nicht wahr sein. Ich muss träumen«, nuschelte ich.

»Ich wünschte, du hättest recht. Aber es ist kein Traum«, sagte Morten mitfühlend.

Ich schüttelte den Kopf. Zu mehr war ich nicht im Stande. Ich konnte sie riechen. Die salzige Luft, konnte sie auf meiner Haut spüren. Ich stand wieder auf der Fähre. Sie hatte am Steg Pernans angelegt und nach und nach verließen die Passagiere das Schiff. Es waren nicht viele und doch schien der kleine Hafen der Insel plötzlich überfüllt zu sein.

Während Elijah seine Buntstifte zusammensuchte, erhaschte ich einen Blick auf den Kapitän der Fähre, der nun die Treppen herunterstieg und auf den Steg trat. Ein Mann kam ihm entgegen, in einen langen, schwarzen Mantel gehüllt und mit im Wind wehendem, mausgrauem Haar. Sein Mund wurde beinahe gänzlich von einem dichten, sauber gestutzten Vollbart verdeckt. Die beiden Männer gaben sich die Hand und klopften sich dann freundschaftlich auf die Schulter. Der Mann sagte etwas zu dem Kapitän, was ich nicht verstehen konnte und dieser schüttelte daraufhin den Kopf.

»Kommst du, Nici?«

Evelyn tauchte neben mir auf. In der rechten Hand hielt sie eine braune Reisetasche, die sie von ihrer Großmutter geerbt hatte. An der anderen hüpfte Elijah aufgeregt auf und ab. Er stellte sich auf die Zehenspitzen, um ja nichts zu verpassen. Ich nickte, nahm meinen eigenen Koffer und schulterte den kleinen Rucksack von Elijah, bevor ich hinter den beiden die Fähre verließ.

Als ich gerade den Steg betreten wollte, erhaschte ich einen Blick auf ein eng umschlungenes Pärchen, das abseits der anderen Passagiere in einer dunklen Nische des Schiffes stand. Sofort erkannte ich das Blumenmuster auf dem Top. Ich erkannte auch das graue Polo-Shirt.

Hastig wandte ich meinen Blick ab und folgte Evelyn und Elijah auf den Steg.

»Mama, Papa, seht mal!«

Bevor ich realisieren konnte, was Elijah meinte, hatte er sich auch schon von Evelyns Hand losgerissen und rannte den Steg entlang.

»Elijah, warte!«, rief ich.

Ich sah, wie er auf einen großen, zotteligen Hund zustürmte, der jetzt fragend den Kopf schief legte und Elijah schwanzwedelnd entgegenkam. Mein Herz fing an wild zu klopfen.

»Elijah!«, stieß ich nervös aus.

So schnell es mein schweres Gepäck zuließ, folgte ich Elijah. Kurz bevor er den Hund erreicht, streckte ich meinen Arm aus und hielt ihn an der Schulter zurück. Schmollend blickte er zu mir herauf. Meine Seite stach. Der Koffer war mir beim Laufen immer wieder gegen die Waden gedonnert.

»Was habe ich dir mal gesagt? Man streichelt nicht einfach so die Haustiere von Fremden. Manche mögen das gar nicht. Außerdem weißt du nicht, ob der Hund beißt«, mahnte ich.

»Jesper und beißen? Das würde ihm nicht im Traum einfallen.«

Eine raue Stimme wehte zu uns herüber und als ich mich umdrehte, fand ich mich dem bärtigen Mann gegenüber, der den Kapitän begrüßt hatte. Seine schwarzen Knopfaugen funkelten warm und schelmisch. Er hockte sich vor Elijah und den Hund. Seine Knie knackten, worauf ich das Gesicht verzog.

»Nur zu, Kleiner. Jesper ist wahrscheinlich das friedlichste Wesen, das du auf Pernan antreffen wirst«, sagte der Mann lächelnd.

Er selbst streckte seine Hand aus und kraulte den Hund, Jesper, hinter den Ohren. Dieser schloss genießerisch die

Augen. Elijah streckte ebenfalls die Hand aus, zögerte und warf mir über die Schulter einen unsicheren Blick zu.

Zufrieden nickte ich und sofort begann Elijah den Hund nicht nur zu kraulen. Er umarmte ihn beinahe und sowohl ich, als auch der Mann verkniffen uns ein Lachen. Mit einem leisen Ächzen richtete er sich wieder auf und sah mich an.

»Sie habe ich noch nie hier gesehen. Muss wohl Ihr erstes Mal sein, was?«

Seine Worte waren grob, doch nicht schroff. Er musste wohl einfach eine direkte Art besitzen, dachte ich. Ich nickte.

»Ja. Meine Frau und ich waren uns beide sofort einig, dass Pernan der richtige Ort für eine Auszeit ist«, sagte ich.

Der Mann nickte.

»Da haben Sie beide nicht unrecht. Kann ich Ihnen mit dem Gepäck helfen, mein Junge?«

Ich schüttelte den Kopf. In diesem Moment erschien Evelyn neben uns. Lächelnd sah sie Elijah und Jesper beim Spielen zu. Der Mann ergriff ohne Umschweife ihre Hand und deutete einen Handkuss an. Evelyn gluckste.

»Sie Charmeur«, schmunzelte sie.

»Ich nehme an, Sie sind die reizende Frau an seiner Seite?«, sagte der Mann.

»Evelyn Corbyn. Das ist mein Mann Nicolas und unser Sohn Elijah.«

»Freut mich, freut mich. Haldor Larsson, die meisten hier nennen mich einfach nur den alten Hafenmeister«, lächelte er.

»Das ist aber nicht gerade nett«, sagte Evelyn empört.

Doch Haldor Larsson winkte ab.

»Sie meinen es nur gut. Außerdem haben sie ja recht. Ich bin der Hafenmeister Pernans. Und ich bin alt.«

Dabei glitt sein Blick zu mir und er zwinkerte mir zu. Automatisch lächelte ich zurück.

»Kann Jesper nicht mit uns Ferien machen?«, stieß Elijah plötzlich aus.

Ich lachte und auch Evelyn und Haldor stimmten mit ein. Haldor bückte sich zu ihm herunter und verstrubbelte sein Haar, worauf Elijah mit roten Ohren und einem verlegenen Kichern zurückwich.

»Jesper mag es gar nicht, in fremden Häusern zu übernachten. Aber Sie sind herzlich eingeladen, mich und meine Frau bei einem ausgiebigen Abendessen zu besuchen. Meine Frau macht die beste Fischsuppe in ganz Pernan, das versichere ich Ihnen«, sagte Haldor.

»Das ist wirklich sehr nett, Mr. Larsson«, sagte ich aufrichtig.

Abermals winkte er ab.

»Außerdem würde es meinem Sohn nicht schaden, ein bisschen Gesellschaft zu bekommen. Er macht gerade eine besonders schwere pubertäre Phase durch«, sagte Haldor augenrollend.

»Gott, darüber will ich noch gar nicht nachdenken«, erwiderte Evelyn und legte Elijah lachend die Hände auf die Schultern.

»Wie alt ist Ihr Sohn?«, wollte ich wissen.

»Er wird bald vierzehn. Ein eher ruhiger Junge. Liebt die See.«

»Das hat er wohl von seinem Vater«, lächelte ich.

Haldor musterte mich mit einem prüfenden Blick, bevor er mein Lächeln erwiderte. Ein warmer, geradezu sanfter Glanz lag in seinen Augen.

»Ja. Ja, das hat er.«

Stolz schwang in seiner Stimme mit. Dann klatschte er einmal in die Hände und Jesper bellte aufgeregt.

»Ich muss weiter. Passen Sie auf sich auf. Aber am wichtigsten, genießen Sie die Zeit hier.«

Er strich Elijah ein letztes Mal über den Kopf, bevor er sich umdrehte und Richtung Fähre davonging. Bevor er zwischen den anderen Passagieren verschwand, wandte er sich noch einmal um und winkte.

»Willkommen auf Pernan, Mr. Und Mrs. Corbyn!«

Kapitel 19

»Euer Ferienhaus stand auf einem Hügel, mit einer prächtigen Aussicht, ähnlich wie dieser. Der Ausblick war überragend. Vom Balkon aus konnte man das ganze Meer überblicken. Die Sonnenuntergänge waren atemberaubend. Evelyn hat sich sofort in das Haus verliebt, kaum, dass sie es betreten hat«, sagte Morten.

Ich sagte nichts. Ich saß auf der Bank, blieb stumm und lauschte seinen Worten. Meine Augen brannten.

»Oh man, ich hab sogar ein Hochbett! Guck mal, Papa, wie cool!«, rief Elijah begeistert und kletterte sogleich die Sprossen zu seinem neuen Hochbett hinauf.

Lächelnd lehnte ich mich in den Türrahmen und beobachtete ihn dabei.

»Gefällt es dir?«, fragte ich, nachdem er sich rücklings in die weichen Kissen plumpsen ließ.

»Natürlich!«, stieß er jubelnd aus.

Er streckte die Beine in die Luft. Ich lachte leise.

»Wenn wir nach Hause kommen, könnte ich dir auch so eins bauen«, überlegte ich laut.

Elijah richtete sich auf und starrte mich ungläubig an.

»Wirklich?«

»Hey, was soll der zweifelnde Unterton? Glaubst du nicht, dass ich so etwas hinkriegen würde?«, schmunzelte ich und verschränkte gespielt trotzig die Arme vor der Brust.

Über Elijahs Lippen huschte ein Grinsen.

»Doch. Doch, du schaffst das schon, Papa«, sagte er und widmete sich wieder seinem Malblock, den er nun vor sich auf dem Bett ausbreitete.

Für einen Moment erlaubte ich es mir noch, ihn einfach dabei zu beobachten, bevor ich mich schließlich abwandte und mich auf die Suche nach Evelyn begab. Das Haus lag still und friedlich da. Die Möbel waren aus schönem, hellen Birkenholz gefertigt worden und hinter der Küchenzeile befand sich eine breite Fensterfront, sodass ich dahinter die seichten Wellen des Wassers ausmachen konnte.

Ich stellte meinen Koffer ab und ging weiter in den Flur. Dabei kam ich am Badezimmer vorbei. Die Tür war bloß angelehnt. Ich erhaschte einen flüchtigen Blick auf die ovalförmige Badewanne, die auf silbernen Klauenfüßen stand. Es waren bloß wenige Sekunden und doch reichten sie aus, um mir eine kalte Gänsehaut zu bescheren.

Früher hatte ich das Baden geliebt. Jetzt konnte ich mich einer Badewanne nicht einmal mehr nähern, ohne mich unwohl zu fühlen.

Hastig ließ ich das Bad hinter mir.

Die Vermieterin, mit der ich vor dem Urlaub telefoniert hatte, hatte nicht zu viel versprochen. Die Aussicht von unserem Balkon aus war mehr als fantastisch. Sie war perfekt. Ich fand Evelyn auf dem Balkon. Sie stand mit dem Rücken zu mir, die Arme auf das Geländer gelegt und das Gesicht Richtung Himmel gestreckt. Als ich näherkam, sah ich, dass sie die Augen geschlossen hielt. Die Sonne ließ ihr ganzes Gesicht leuchten.

Vögel kreisten weit über uns. Sie breiteten ihre Flügel aus und ließen sich vom Wind tragen. Faszinierend, wie lautlos sie dabei doch waren. Wie majestätisch sie aussahen.

Als Evelyn sprach, wirkte ihre Stimme klar und doch weit, weit weg. Ich wandte mein Gesicht wieder ihr zu und war überrascht, dass sie die Augen wieder geöffnet hatte. Sie sah mich nicht an, sondern sah hinaus auf die Täler und Berge, die sich vor uns auf der Insel erstreckten.

»Hier bleibe ich«, sagte sie.

Ihre Augen wirkten leicht verschleiert und irgendwie beschlich mich das Gefühl, dass sie die Worte gar nicht an mich richtete. Ich befürchtete sogar, sie hatte gar nicht wirklich wahrgenommen, dass ich zu ihr auf den Balkon getreten war.

»Ja. Ich glaube, hier bleibe ich … «, murmelte sie.

Ich wollte es mir nicht eingestehen. Wollte lachen und ihre Hand nehmen und sie küssen. Doch kein Ton verließ meine Lippen und nach ihrer Hand griff ich auch nicht.

Ich wollte es mir nicht eingestehen und doch war es nicht zu übersehen.

Evelyn nahm mich nicht wahr. Und tief in meinem Inneren wusste ich, dass sie es die restliche Zeit hier nicht tun würde. Weder mich, noch Elijah, noch sonst irgendjemanden. Sie war gefangen in ihrer Welt. Hinter der Mauer, die sie sich nach und nach selbst aufgebaut hatte.

»Am Nachmittag eurer Ankunft schloss sich Evelyn im Schlafzimmer ein. Sie meinte, ihr wäre etwas schwindelig von der Überfahrt. Du hast ihr nicht geglaubt. Und doch hast du verständnisvoll genickt und bist alleine mit Elijah los, um Pernan zu erkunden. Ihr habt in *Pernan's Mitte* Lebensmittel gekauft und die Frau, die dort arbeitete, Astrid Wright, hat Elijah sogar eine ganze Tüte Zitronen-Bonbons geschenkt«, erzählte Morten.

Apathisch schüttelte ich den Kopf.

»Woher weißt du das? Wieso ... wieso erzählst du mir das?«

Die Worte stolperten unkontrolliert aus mir heraus. Mein Herz fühlte sich klein ein. Klein und umschlossen von einer Faust, die immer fester und fester zudrückte. Am liebsten hätte ich mir die Hände auf die Ohren gepresste und seine Worte damit ungeschehen gemacht.

Ich ahnte bereits, wie seine nächsten enden würden.

»Weil du es mir erzählst hast, Nicolas«, sagte Morten.

»Ich ... ich habe dir ... nein, nein, ich nicht«, stammelte ich.

»Das erste Jahr, in dem du mich besucht hast, hast du mir die ganze Geschichte erzählt. Du hast mir alles erzählt, jedes kleine Detail, jedes Wort.«

»Wieso erinnere ich mich nicht daran? Wieso erinnere ich mich nicht an dich?«, hauchte ich atemlos.

»Du hast dich nie an mich erinnert«, sagte Morten und ein gewisser Schmerz klang in seiner Stimme mit.

»Nie?«, wiederholte ich tonlos.

Er schüttelte den Kopf.

»Ich dachte, nach unserem Kennenlernen vor vier Jahren würden wir uns nie wieder begegnen. Doch ein Jahr verging und auf den Tag genau standest du plötzlich hier, auf meiner Veranda. Du hast geweint. Und du hast ihren Namen gerufen. Immer wieder … nur ihren Namen.«

»Evelyn«, flüsterte ich.

»Ja«, sagte Morten.

Erneut spielte sich ein Film in meinem Kopf ab, als hätte jemand das Band gewechselt und einfach neu eingelegt.

»Zitrone oder Blaubeere?«

Ich war so in meinen Gedanken verloren gewesen, in meinen Gedanken an Evelyn, dass ich die Frage der jungen Frau hinter dem Tresen zuerst gar nicht bemerkte. Es war Elijah, der ihr eine Antwort gab und rasch blinzelte ich, um zurück in die Realität zu finden.

»Zitrone. Bitte.«

Die Frau lächelte und bückte sich. Sie verschwand hinter dem Tresen und ich konnte hören, wie sie einige Gläser und Tüten beiseite schob. Ich nutzte den Augenblick, um mich in *Pernan's Mitte*, dem Lebensmittelgeschäft der Insel, umzusehen.

Hübsche, altmodische Regale reihten sich aneinander. Selbst in Vallington hatte es nicht so viel Auswahl an verschiedenen Schokoladen-Sorten gegeben.

»Hier, bitteschön.«

Die Frau tauchte wieder hinter dem Tresen auf und überreichte Elijah eine Tüte prall gefüllt mit Zitronen-Bonbons.

»Was sagt man da?«, sagte ich automatisch.

»Danke«, erwiderte Elijah sogleich, der bereits fleißig dabei war, die Tüte zu öffnen.

Ich kramte meinen Geldbeutel hervor, doch die Frau stoppte mich sofort.

»Oh nein, das ist nicht nötig. Die gehen auf's Haus«, lächelte sie.

Sie hatte ein schönes Lächeln. Unbekümmert. Offen. Ihre dunklen Haare fielen ihr in großen Wellen über die Schultern.

»Na dann bedanke ich mich gleich doppelt«, sagte ich und verstaute das Portemonnaie wieder in meiner Tasche.

»Wann sind Sie angekommen?«, fragte sie mich.

»Heute Morgen erst. Es ist unser erster Tag auf Pernan.«

Ihr Lächeln wurde breiter. Der Raum schien sogleich ein Stückchen heller zu leuchten. Neben mir lutschte Elijah vergnügt an einem der Bonbons. Auch ihn schien die beruhigende Ausstrahlung der jungen Frau einzulullen.

»Dann herzlich Willkommen. Ich bin mir sicher, Sie werden sich pudelwohl fühlen«, lächelte sie.

»Davon bin ich jetzt schon überzeugt«, lachte ich, worauf sie sogleich miteinstimmte.

Als sie ihre Hand hob, um sich eine Strähne hinters Ohr zu streichen, fiel mir der Ring an ihrem Finger auf. Er erinnerte mich an Evelyns Ehering. Die junge Frau schien meinem Blick gefolgt zu sein, denn sie hielt in der Bewegung inne. Ihr Lächeln wurde schmaler, doch nicht unfreundlicher. Es behielt die Wärme bei. Da lag jedoch etwas anderes in ihren Augen. Etwas Spielerisches, gar schon Herausforderndes.

»Sind Sie ganz alleine hierher gekommen?«, sagte sie.

Auch ihre Stimme hatte sich verändert. Sie war noch immer glockenklar und süßlich. Doch da war noch etwas anderes. Etwas, das ich einst auch in Evelyns Stimme gehört hatte, wenn sie mit mir sprach. Doch das war lange her.

Sehr lange.

»Mein Sohn begleitet mich«, antwortete ich.

Die Frau nickte. Ihr Lächeln wurde breiter, ihre Augen blitzten auf. Sie hatte schon den Mund geöffnet, um zu antworten, als Elijah ihr zuvorkam.

»Und Mama auch.«

Ich schluckte, bevor ich ein etwas zu ruckartiges Nicken hervorbrachte. Falls sie enttäuscht war, ließ sie sich nichts anmerken. Hätte ich sie beschreiben müssen, ich hätte sie wohl in dem Moment professionell genannt.

»Ist deine Mama gar nicht mit zum Einkaufen gekommen?«, fragte sie an Elijah gerichtet.

Er schüttelte den Kopf. Mir entging nicht der getrübte Ausdruck in seinen Augen, der mir einen Stich versetzte. Ihr anscheinend auch nicht. Das Spielerische verschwand und Mitgefühl mischte sich in ihren Blick.

»Sie hatte keine Lust«, sagte Elijah leise.

»Sie wäre sicher gerne mit uns mitgekommen. Ihr geht es leider gerade nicht sonderlich gut«, warf ich rasch ein.

Ihr Blick flackerte wieder zu mir.

»Oh nein. Das tut mir leid, was fehlt ihr denn?«

Ehrliche Sorge schwang in ihrer Stimme mit. Der Stich in meiner Brust tat plötzlich gar nicht mehr so weh.

»Nichts Schlimmes. Nur etwas seekrank, schätze ich«, sagte ich ausweichend.

Sie nickte. Mir gefiel es gleich viel besser, als sie wieder lächelte und die Sorgenfalte von ihrer Stirn verschwand.

»Dann wünsche ich Ihrer Frau eine gute Besserung, Mr … .?«

»Corbyn. Nicolas«, sagte ich.

Sie schlug kurz die Augen nieder und lächelte. Als sie mich wieder ansah, verspürte ich plötzlich den verzweifelten Wunsch in mir, Evelyn würde mich auch einmal mit diesem Blick ansehen.

»Astrid Wright. Und wie heißt du, mein Schatz?«, fragte sie an Elijah gerichtet.

»Elijah«, sagte er fast kleinlaut.

»Lass dir die Bonbons schmecken, Elijah«, lächelte Astrid Wright.

Und so einfach war es. So einfach und gleichzeitig so kompliziert. Ich kannte diese Frau nun gerade einmal zehn Minuten und doch hatte sie mich besser fühlen lassen, als Evelyn die letzten zehn Monate. Sie hatte mich leichter fühlen lassen, als gäbe es irgendwo da draußen wirklich noch Sonnenschein und Glück und Freude.

Ich wusste, es war nicht fair so zu denken. Ich wusste, ich sollte jetzt nicht hier stehen und mich in dem Moment verlieren. Und doch erlaubte ich ihn mir, den Augenblick der Schwäche.

Ich schenkte Astrid ein Lächeln zum Abschied, ein ehrliches und breites, eines, das ich schon lange nicht mehr selbst an mir gespürt hatte. Sie lächelte zurück. Dann legte ich Elijah die Hand auf die Schulter und führte ihn aus dem Laden. Der Moment war vorbei.

Draußen vor dem Geschäft betrachtete Elijah seine Tüte Bonbons mit einem nachdenklichen Gesichtsausdruck.

»Stimmt etwas nicht?«, fragte ich.

Es dauerte ein paar Sekunden, bevor er antwortete. Leise und traurig kamen seine Worte und wieder erkannte ich diese gewisse Resignation, als kannte er die Antwort bereits.

»Wäre Mama wirklich mit uns mitgekommen, wenn es ihr gut gehen würde?«

Wie gerne hätte ich ihm geantwortet, sofort und ohne zu zögern. Ich wäre so gerne einfach nur ehrlich gewesen. Stattdessen log ich ihn an. Mal wieder.

»Natürlich. Natürlich wäre sie das.«

»Ihr hattet geplant, eine Woche auf Pernan zu bleiben. Es sollte eine Woche der absoluten Erholung werden. Du hast so sehr gehofft, Evelyn würde sich ändern. Jeden Morgen bist du aufgewacht und hast in ihren Augen nach irgendeinem Zeichen gesucht, dass sie dich wirklich wahrnahm und nicht einfach durch dich hindurchsah. Doch vergeblich. Du … du hast vergeblich gewartet«, schloss Morten vorsichtig.

Am liebsten hätte ich geschnaubt. Als wäre er jetzt noch in der Lage gewesen, mich zu kränken. Mich irgendwie zu verletzen. Da, wo einst mein Herz geschlagen hatte, spürte ich nichts außer eine eiskalte Leere. Als wäre mein Herz verschwunden, zersprungen, was auch immer, und hätte nun ein klaffendes Loch hinterlassen.

»Ich erinnere mich. Ich erinnere mich an seine Augen«, murmelte ich.

Ich war selbst überrascht, woher diese Worte auf einmal kamen. Doch es stimmte. Ich erinnerte mich wirklich.

»Elijah wusste es«, hauchte ich.

Tränen sammelten sich in meinen Augen und die Erkenntnis, auch, wenn sie die ganze Zeit über tief in mir geschlummert hatte, schnitt mir kalt in die Brust.

»Er wusste es«, wiederholte ich erstickt.

Morten musste nicht erst weitersprechen. Die Szenen waren nun klar, spielten sich überdeutlich in meinem Kopf ab. Es tat weh und doch konnte ich es nicht verdrängen. Diesmal nicht.

An unserem dritten Abend auf der Insel waren wir zu den Larssons gegangen. Haldor, seine Frau und sein Sohn Bengt wohnten auf einem Hügel abseits des Dorfes. Die Aussicht ähnelte unserer aus dem Ferienhaus. Bengt war ein stiller Junge. Etwas Trauriges haftete an ihm, fand ich. Er und Elijah spielten nicht miteinander und sie lachten auch nicht. Doch während wir Erwachsenen am Tisch saßen und Mrs. Larssons selbstgemachte Fischsuppe löffelten, lagen die beiden vor dem Kamin und vergruben ihre Nase in einem Buch über Piraten und Seeräuber.

Ich mochte Haldor auf Anhieb. Er redete nie um den heißen Brei herum, hatte eine grobe, direkte Art an sich und fand so immer die richtigen Worte. Mir war sofort klar, dass unter seiner oft so harten Schale ein weicher Kern steckte. Spät am Abend, als die Dämmerung schon längst eingesetzt hatte und Evelyn Mrs. Larssons beim Abräumen half, stand ich zusammen mit Haldor vor der Tür. Er zündete sich neben mir eine Pfeife an.

Ich konnte Grillen zirpen hören.

»Ich weiß, es geht mich nichts an, aber wenn du mal jemandem zum Reden brauchst, Bürschchen, ich hab ein offenes Ohr und kann schweigen wie ein Grab«, sagte Haldor mit seiner unverkennbaren direkten Art.

Überrascht blinzelte ich ihn an. Er zuckte vage mit den Schultern, während sein Blick zum beleuchteten Küchenfenster hinüber huschte. Ich konnte Evelyn und Mrs. Larsson sehen, die beide an der Spüle standen. Mrs. Larsson lächelte und erzählte etwas. Evelyn stand daneben. Ihre Miene war ausdruckslos, ihre Augen leer. Sie schien ganz verloren in diesem hellen, warmen Zimmer.

Ich seufzte. Haldor war das Antwort genug. Er hielt mir seine Pfeife hin. Ich war Nichtraucher. Ich nahm die Pfeife entgegen und tat einen kräftigen Zug.

In den nächsten Tagen freundete sich Elijah mit zwei Kindern in seinem Alter an. Das Mädchen hieß Elenor Svensson. Sie begleitete ihren Großvater auf einer Reise über die nordischen Inseln. Christopher Svensson schien nicht viel von Gesellschaft zu halten. Elijah erzählte mir eines Abends, als ich ihn zu Bett brachte, dass Elenor meinte, es läge am Tod seiner Frau. Diesen hatte er nie ganz verkraftet.

Das andere Kind war Mika Holmgren. Als Elijah mir von ihm erzählte, horchte ich sofort auf. Der Name kam mir bekannt vor. Erst beim gemeinsamen Abendessen (Evelyn hatte keinen Hunger und lag bereits im Bett) fiel mir wieder ein, woher ich Mika kannte. Er war der Sohn von Grace, der Frau, die ich auf der Fähre getroffen hatte. Sofort spürte ich, wie erneut Mitleid in mir aufkam. Ob Mika auch spürte, dass zwischen seinen Eltern etwas nicht stimmte? Ob er genau so aufmerksam war wie Elijah? Im Stillen fragte ich mich, ob die beiden womöglich darüber sprachen, wenn sie alleine waren. Sie teilten vielleicht nicht dasselbe Schicksal, doch es ähnelte sich.

Das Verhältnis zwischen ihren Eltern war nicht mehr das, was es einst war. Kinder merkten so etwas. Manchmal noch, bevor es die Eltern selbst taten.

Es war der Abend vor unserer Abreise. Zum Dank für ihre Gastfreundschaft hatte ich Haldor und seine Familie zu einem kleinen Abendessen eingeladen. Da Elijah sich gewünscht hatte, den Abend mit seinen neuen Freunden verbringen zu dürfen, hatte ich auch Elenor und ihren Großvater und Mika und seine Eltern eingeladen.

Ich bezweifelte, dass Graces Ehemann auch erscheinen würde und war umso überraschter, als er es tat. Sein Name war Arne, wie ich an diesem Abend erfuhr. Auch Astrid Wright kam, da sie so großzügig gewesen war, uns die Lebensmittel für einen schönen Kuchen und ein köstliches Abendessen bestehend aus Kräuterbutterbaguette, Kroketten und leckeren Schweinemedaillons zu spendieren.

Es sollte unser letzter Abend auf Pernan werden.

Und das war er auch.

Ich spürte, wie mir eine Träne über die Wange rollte und sah Morten Lind aus einem verklärten Blick an. Meine Hände waren eiskalt. Sie zitterten.

»Ich habe sie alle in den Tod getrieben. Ich habe sie umgebracht«, flüsterte ich.

Kapitel 20

Damit alle einen Platz im Wohnzimmer haben konnten, hatte ich den großen Esstisch mit dem kleineren aus der Küche zusammengeschoben. Bunt zusammengewürfelt standen die Stühle da, doch niemanden störte das. Mein Herz machte einen Hüpfer, als ich Grace Holmgren lächeln sah. Es war ein ehrliches Lächeln, während sie sich mit Haldor Larsson unterhielt. Selbst Jesper war da. Er war im Kinderzimmer mit Elijah, Mika, Elenor und Bengt. Selbst Bengt hatte glücklicher gewirkt, als er mit den anderen Kindern zum Spielen mitgegangen war.

Die Stimmung war gelöst und locker. Das mochte ich so an Pernan. Ich reichte die Schale mit den Kroketten weiter an Astrid und lauschte dann für eine Weile Haldors und Graces Unterhaltung übers Fischen. Ich bemerkte, wie Arne Astrid immer wieder einen verstohlenen Blick über den Tisch zuwarf, doch zu meiner Freude fiel es Grace nicht auf. Oder sie ignorierte es. Aus dem Zimmer nebenan hörte ich Kinderlachen und ein zufriedenes Bellen.

Es war lange her, dass ich mich so wohl gefühlt hatte. Gelöst. Geradezu befreit. Ich ließ meinen Blick die Tafel auf und ab wandern und sah all die glücklichen Gesichter. Ich vermisste diese Tage. Tage, an denen ich mich unbeschwert fühlen konnte.

Ich stockte.

Ich konnte mein eigenes Gesicht zwar nicht sehen, doch ich spürte ganz genau, wie mein Lächeln verblasste, nach und nach.

Evelyns Stuhl war leer.

Ich hatte nicht bemerkt, dass sie gegangen war. Einerseits fühlte ich mich schuldig, andererseits hatte ich keinen Grund dazu. Sie war erwachsen, sie konnte den Tisch verlassen, wann sie wollte. Dennoch siegten meine Schuldgefühle. Ich stand auf und schob meinen Stuhl zurecht, als Haldors Stimme mich zurückhielt.

»Hey, Nicolas?«

Ich drehte mich zu ihm um.

»Ja?«

»Macht es dir etwas aus, mit mir ein Stück zu gehen?«, sagte er.

Ich runzelte die Stirn.

»Wohin soll's denn gehen?«, schmunzelte ich, das flaue Gefühl in meiner Magengegend ignorierend.

Evelyn würde schon klarkommen. Vielleicht war ihr einfach alles zu viel, zu laut geworden. So viele Menschen auf einem Fleck waren wir schlichtweg nicht mehr gewöhnt.

»Nur ein bisschen die Beine vertreten«, sagte Haldor.

Also stimmte ich zu.

Der Abend war schon lange hereingebrochen und Sterne funkelten über unseren Köpfen. Es war eine wolkenlose, klare Nacht und die Luft roch nach Sommer, Salzwasser und Gras. Wir ließen das Haus auf dem Hügel hinter uns, während wir den Kiesweg entlang schlenderten. Die kleinen Steinchen knirschten unter unseren Schuhsohlen. Abgesehen davon war nur das Zirpen der Grillen zu hören und das entfernte Stimmengewirr aus unserem Ferienhaus.

Die Balkontür hatten wir für ein bisschen frische Luft offen gelassen.

Haldor Larsson war einer der wenigen Menschen, die ich kannte, mit denen das lange Schweigen nicht unangenehm wurde. Wir mussten keinen belanglosen Small Talk führen. Es reichte, dass wir nebeneinander über die Insel schlenderten und dabei die Stille der Nacht genossen.

Dennoch spürte ich, dass er mich nicht ohne Grund um einen Spaziergang gebeten hatte.

Wir erreichten einen mit wildem Gras bewachsenen Klippenvorsprung. Vorsichtig spähte ich über den Rand in die Tiefe. Es ging deutlich steiler hinunter als vermutet und so trat ich rasch ein paar Schritte zurück. Haldor registrierte es mit einem sanften Grinsen.

»Du hast wahrlich gutes Wetter mitgebracht, mein Junge«, durchbrach er schließlich nach langer Zeit das Schweigen.

Ich zuckte vage mit den Achseln.

»Sieht ganz so aus.«

»Auf Regen müssen wir die nächsten Tage wohl verzichten.«

»Ja. Stimmt«, sagte ich knapp.

Als Haldor nicht weitersprach, tat ich es.

»Sie haben mich nicht hierher geführt, um mit mir über das Wetter zu reden, nicht wahr?«

Wieder schwieg Haldor. Er sah zu Boden, bevor er seine Hände mit einem tiefen Atemzug in seinen Manteltaschen verstaute und den Blick Richtung See richtete.

»Ist es nicht faszinierend und beängstigend zugleich, wie viele unterschiedliche Wege es gibt, die man im Leben einschlagen kann und doch ist man dazu bestimmt, einen einzigen davon zu wählen?«

»Ist das so?«, entgegnete ich.

Haldor sah mich von der Seite an.

»Muss man einen einzigen Weg wählen? Kann man sich nicht für mehrere entscheiden?«

»Hast du dich für mehrere entschieden?«, konterte Haldor.

Ich zögerte. Nein. Nein, hatte ich nicht. Ich hatte mich für genau diesen Weg entschieden. Den Weg mit Evelyn. Mit allen Höhen und Tiefen. Wobei es jetzt eher die Tiefen waren als die Höhen, die unser Miteinander dominierten.

»Linda will sich von mir trennen.«

Die Worte trafen mich unvorbereitet und so konnte ich ein geschocktes Keuchen nicht unterdrücken. Ich kannte Haldor und seine Frau nicht lange, gerade einmal ein paar Tage und doch hatten sie auf mich einen glücklichen Eindruck gemacht.

»Das tut mir leid, Haldor«, sagte ich leise.

Es war die Wahrheit. Es tat mir leid und doch klangen diese Worte selbst für mich lasch dahin gesagt.

»Ich habe sie dazu überredet, mir noch eine Chance zu geben. Ich ... ich will es besser machen dieses Mal. Richtig.«

»Und sie ist einverstanden?«, fragte ich verwundert.

Haldor nickte und strich sich über den Bart.

»Zuerst war ich glücklich, als ich hörte, dass sie mir noch eine Chance gibt. Doch manchmal frage ich mich, ob es richtig von mir war. Vielleicht ist der Weg, den Linda und ich zusammen eingeschlagen haben, nicht mehr breit genug, um zu zweit darauf zu gehen. Vielleicht hätte ich sie gehen lassen soll, als sie es mir sagte.«

»Das glauben Sie?«, rutschte es mir heraus.

Überrascht sah Haldor mich an. Er wirkte beinahe etwas unsicher.

»Ich finde, wenn es um etwas so Wichtiges geht, sollte man bereit sein alles zu geben. Man sollte kämpfen.«

»Hast du Evelyn deswegen noch nicht verlassen?«

Seine Worte waren wie ein Schlag ins Gesicht. Mir wurde heiß und kalt zugleich. Wie aus weiter Ferne konnte ich meine eigene Stimme hören, die gar nicht nach mir selber klang.

»Wieso sollte ich sie verlassen? Sie ist meine Frau.«

»Ich denke, ich muss es dir nicht erklären, Nicolas. Du weißt es selbst.«

Ich schluckte. Sobald er seinen Satz beendet hatte, wusste ich, dass er recht hatte. Natürlich hatte er recht. Natürlich wusste ich es. Ich schloss die Augen und mein Kinn sackte auf meine Brust. Ich hatte das Gefühl, nicht länger auf der Klippe zu stehen. Plötzlich war ich wieder in Vallington, stand am Fuß der Treppe und starrte auf den Punkt, an dem Evelyn zuvor noch gestanden hatte.

»Evelyn war schwanger. Wir erwarteten eine Tochter. Es sollte unser erstes Kind werden, unser Glück war unbeschreiblich. Doch wir haben sie nie kennenlernen dürfen. Es war eine … «

Ich brachte es nicht über mich, das Wort auszusprechen. Ich wusste, das musste ich auch nicht. Haldor würde es auch so verstehen.

»Nach diesem Tag waren wir nicht mehr dieselben. Es war schwierig. Wir redeten nicht mehr miteinander und wenn ich es versuchte, nahm sie mich nicht wahr. Es war, als wäre Evelyn mit unserer Kleinen gestorben. Es wurde immer schlimmer. Sie weigerte sich zu essen, zu trinken, ließ niemanden an sich heran. Manchmal gab es Tage, an denen ich glaubte, es würde besser werden. Doch der nächste Tag war dafür umso schrecklicher. Eines Abends, als ich von der Arbeit nach Hause kam, da … «

Ich geriet ins Stocken und brach ab. Ich glaubte, Haldors Hand an meiner Schulter zu spüren, doch war mir nicht sicher. Ich zitterte.

»Ich fand sie im Badezimmer. Ich sah das Blut an der Badewanne und sie ... sie mittendrin. Ich dachte, ich wäre mitten in einen Traum gestolpert. Doch es war kein Traum. Evelyns Augen waren wie tot. Ich versorgte ihre Wunden an den Armen und Handgelenken und hob sie aus der Wanne. Ich redete auf sie ein, versuchte ihr Trost zu spenden, ihr Hilfe anzubieten. Ich bat sie, endlich mit mir zu sprechen, damit wir das Leid teilen konnten, doch ich kam einfach nicht zu ihr durch. Sie schloss mich aus. Alle, sie schloss alles aus.«

Ich schluckte. Meine Hände ballten sich von alleine zu Fäusten.

»Ich konnte sehen, wie sie an diesem Verlust zerbrach. Und ich mit ihr. Ich weiß bis heute nicht, ob es eine gute Idee war. Es war einer ihrer besseren Tage. Sie wirkte verändert, nicht mehr so traurig, nicht mehr so zurückgezogen. Ich nahm sie mit auf einen Ausflug und fragte sie, ob sie mich heiraten würde. Sie sagte ja. Sie sagte tatsächlich ja und ich dachte, dass wir zusammen einen Neuanfang schaffen würden. Ich war mir so sicher.

Doch dann ging es wieder von vorne los. Nachts schloss sie sich im Bad ein, ich konnte sie weinen hören und fand morgens noch die Spuren von Blut im Waschbecken, die sie nicht sorgfältig genug entfernt hatte.«

Ich gab mir einen Moment, um tief durchzuatmen. Haldor stand neben mir, völlig still. Ich wagte es nicht, ihn anzusehen. Konnte es nicht. Nie hatte ich mit jemandem darüber gesprochen. Ich hatte das Gefühl, ein Ventil hätte sich geöffnet und alles würde nun ungefiltert aus mir herausströmen.

»Dann wurde sie wieder schwanger. Es war ... es war keine geplante Schwangerschaft und anfangs waren wir beide ziemlich geschockt. Doch die Schwangerschaft veränderte uns, veränderte sie. Sie brachte neue Hoffnung in unser Leben und mit Elijahs Geburt glaubte ich zum ersten Mal wirklich daran, dass unser Neuanfang geglückt war. Nur ... nur, dass er das nicht war.«

Nun konnte ich Haldors Hand wirklich auf meiner Schulter spüren.

»So sehr man sich auch anstrengt und bemüht, manche Dinge kann man nicht reparieren, weil sie sich nicht reparieren lassen wollen«, sagte er.

Danach sprach keiner von uns ein Wort. Wie schwiegen und starrten hinaus in die Nacht, die zunehmend dunkler wurde. Mein Zittern ließ nach, wenn auch schleichend. Die Luft war mild, nicht allzu frisch und doch hatte ich das Gefühl, aus einem Eisbecken gestiegen zu sein. Ich war mir sicher, totenbleich auszusehen.

Haldor war es, der den Rauch schließlich als Erster bemerkte. Ich sah die tiefe Falte auf seiner Stirn und den verwirrten Ausdruck in seinen Augen, als der Geruch von Rauch zu uns herüberwehte.

»Was zum ... ?«, murmelte er.

Ich roch es auch. Und als ich mich umdrehte, wurde mir auf einen Schlag klar, dass es nicht nur Rauch war, den wir wahrnahmen. Meine Augen weiteten sich und meine Lippen öffneten sich zu einem stummen Schrei.

Eine pechschwarze Rauchwolke baute sich vor uns auf, direkt über unserem Ferienhaus. Ich konnte das Knistern der Flammen hören und sah den hellroten Schein des Feuers in der Ferne.

»Linda!«, stieß Haldor neben mir entsetzt aus.

Er riss sich als Erster aus seiner Starre. Immer wieder rutschte ich auf dem Kiesweg aus, als ich ihm folgte. Mein Herz hämmerte wie wild gegen meine Brust. Mein Kopf dröhnte. Je näher wir dem Feuer kamen, desto beißender wurde der Gestank nach Rauch und Asche.

Wild keuchend erklommen wir den letzten Anstieg zum Hügel. Fassungslos blieb ich stehen, während Haldor an mir vorbei stürmte und die Treppen zum Haus hinauf rannte.

Wo ich auch hinsah, loderten die Flammen. Holz knackte bedrohlich, als Haldor die Tür aufriss und im Feuer verschwand. Ich wollte ihm hinterher und ihn andererseits zurückhalten, doch mein Körper hatte aufgehört zu funktionieren. Der erste Schrei riss mich aus meiner Trance.

Es war ein weiblicher Schrei, der Schrei eines Kindes.

Elenor.

Ich ließ die Haustür hinter mir und stolperte hinüber zum Balkon. Die Balkontür stand nicht länger offen, doch darum sollte ich mich später kümmern. Ich tat einen Satz und hielt mich am Geländer fest, um mich daran hochzuziehen. Zweimal rutschten meine Finger ab, doch beim dritten Mal gelang es mir endlich, meine Beine über das Geländer zu hieven.

Ich bebte, mein ganzer Körper stand unter Adrenalin. Tränen brannten vor lauter Rauch in meinen Augen und ich spürte, wie der erste Hustenreiz nahte. Mit dem Ärmel wischte ich mir grob über die Augen und lief dann zur Balkontür hinüber. Verzweifelt zog und rüttelte ich an der Tür, doch sie wollte sich einfach nicht öffnen lassen.

»Evelyn! Evelyn, mach die Tür auf! Ich bin hier drüben!«, schrie ich.

Der Husten überrollte mich so plötzlich, dass mir für einen Moment schwarz vor Augen wurde. Blind rüttelte ich so stark an der Tür, dass sie unter meiner Kraft erzitterte. Der nächste Schrei (oder war es eher ein Schluchzen?) ließ mich die Kontrolle verlieren.

»ELIJAH!«

Ich hob den kleinen, runden Balkontisch hoch, stürmte auf die Tür zu und warf ihn mit aller Kraft gegen sie. Das Glas zersprang und tausende Scherben rieselten klirrend zu Boden. Ungebremst stolperte ich hindurch, mitten hinein in die Flammen.

Es war unerträglich heiß im Wohnzimmer. Ich konnte die schemenhaften Umrisse des Tisches erkennen, an dem zuvor die anderen noch gesessen und gelacht hatten. Nun war niemand von ihnen übrig. Ich tat einen weiteren Schritt, doch hielt inne, als ich das gefährliche Knacken direkt über meinem Kopf vernahm. Es passierte innerhalb einer Sekunde.

Der Stützbalken über mir brach entzwei und sauste in bedrohlicher Geschwindigkeit herab. Ich wich zurück, stolperte über den Balkontisch und fiel zu Boden. Scherben bohrten sich in meine Hände und Ellbogen und zischend atmete ich ein. Dabei geriet noch mehr Rauch in meine Lungen und der nächste Hustenreiz überrollte mich.

»Elijah! Elijah! Evelyn!«, schrie ich, heiser und krächzend.

Sie würden mich nicht hören. Sie würde nicht wissen, dass ich gekommen war, um sie zu retten. Schwindel erfasste mich und als ich mich aufrichtete, knickten meine Beine einfach wieder ein.

Als ich es ein weiteres Mal versuchte, sah ich sie.

Sie stand im Türrahmen zum Wohnzimmer. Ihre Haare, die sie heute in einer Hochsteckfrisur getragen hatte, hingen wirr an ihr herunter. Von ihrer einstigen Schönheit war nicht mehr viel übrig. Ihr Gesicht war so ausdruckslos wie immer. Ich wollte etwas sagen, wollte aufstehen und zu ihr gehen. Doch dann sah ich die Träne in ihrem Auge. Stumm sah ich zu, wie sie sich aus ihrem Augenwinkel löste und an ihrer schmutzigen Wange herabrann.

Sie musste nichts sagen. Diese einzelne Träne war Worte genug. Es war eine stumme Entschuldigung für alles, was sie getan hatte. Was sie gesagt und nicht gesagt hatte. Und vor allem eine Entschuldigung für ihre letzte Tat. Nur war diese nicht zu entschuldigen. Ich wollte es ihr sagen. Wollte ihr sagen, dass es für eine Entschuldigung bereits zu spät war.

Doch mir fehlte die Kraft, körperlich und mental.

Es war vorbei.

Es gab keine Entschuldigung.

Nicht dafür.

Evelyn hatte das Feuer gelegt.

Es war vorbei.

Kapitel 21

Eine Minute konnte sich nach einer Sekunde anfühlen.

Manchmal nach einer Stunde. Jetzt war es anders. Ich saß auf der Bank vor Morten Linds Haus und hatte jegliches Zeitgefühl verloren. Hätte man mich gefragt, ich hätte gesagt, ich säße hier schon ein Jahr. Mindestens.

Zum ersten Mal seit meiner Ankunft auf Pernan konnte ich klar denken. Mein Kopf war nicht mehr schwer und der Nebel in meinen Gedanken hatte sich ebenfalls verzogen. Ich hatte das Gefühl, wieder mir selbst zu gehören. Als wäre die fremde Präsenz, die all die Zeit in mir gelauert hatte, nun vertrieben worden. Meine Augen brannten, doch ich weinte nicht. Ich war einfach leer. Es war eine merkwürdige Leere.

Ich fühlte keinen Schmerz, keine Trauer, keinen Zorn.

Da war einfach … nichts.

Ich hatte vergessen zu fühlen. Und irgendwie war ich dankbar dafür. Wenn diese Leere bedeutete nicht fühlen zu müssen, würde ich mich immer wieder für sie entscheiden. In dem Moment auf der Bank fühlte ich mich so leer, dass ich mich ernsthaft fragte, wieso ich noch hier war. Wieso war ich noch nicht tot? Wieso saß ich hier, während meine Frau in einem Feuer gestorben war, das sie selbst gelegt hatte? Wieso atmete ich noch diese herrlich frische Meeresluft ein, während mein einziger Sohn von meiner Frau umgebracht worden war?

»Nicolas?«

Beinahe hätte ich laut gelacht. Richtig. Ich war nicht alleine hier. Morten Lind saß neben mir und musterte mich überaus besorgt. Das verriet mir die Falte zwischen seinen Augen. Kurz war ich versucht, meine Hand auszustrecken und die Falte glatt zu streichen, doch meine Arme fühlten sich zu erschöpft an. Schweigend sah ich Morten an und wartete darauf, dass er etwas sagte.

Um ehrlich zu sein war es mir gleichgültig, ob er redetet oder schwieg. Ich wandte meinen Blick ab und sah hinüber zu den Bergspitzen in der Ferne.

»Das, was geschehen ist … es tut mir wirklich leid, Nicolas«, sagte Morten.

Ich sagte nichts. Waren die Berge auch schon so hoch gewesen, als ich Pernan das erste Mal besucht hatte? Sie kamen mir viel größer, viel steiler vor.

»Ich weiß, du willst es nicht hören, aber alle Menschen, mit denen du in den letzten Tagen gesprochen hast, sind tot. Du hast es dir nur eingebildet, es war alles eine reine Illusion«, fuhr er vorsichtig fort.

»Illusion«, wiederholte ich, ohne es wirklich zu merken.

Aus den Augenwinkeln sah ich, dass Morten heftig nickte. Rasch redete er weiter, als wäre mein Sprechen eine Zustimmung für sein Fortfahren gewesen.

»Seit dem Feuer kommst du jedes Jahr nach Pernan. Nur ist es nicht mehr das Pernan, das es einst war. Nach dem

Brand hat sich der Touristenandrang gelegt. Die Insel galt seither als schlechtes Omen. Viele Menschen sind weggezogen, es blieb kaum jemand übrig. Es war der richtige Ort für mich und mein Hausbau-Projekt. Als ich mein Haus fertig hatte, war ich der letzte Verbliebene auf der Insel. Das Feuer hat damals die Schule niedergebrannt und einige Großteile des Waldes. Für viele Familien war das der entscheidende Punkt, aufs Festland zu ziehen. Ich war mehr als überrascht, als du plötzlich vor meiner Tür standest. Auf den Tag genau vor vier Jahren standest du auf einmal hier.«

Ich wusste nicht, was ich sagen sollte. Am liebsten hätte ich Morten gebeten, nicht mehr weiterzusprechen. Ich wusste nicht, ob ich noch mehr Wahrheiten ertragen konnte. Doch natürlich redete er weiter. Natürlich.

»Du hast mir erzählt, dass du auf der Suche nach deiner Frau und deinem Sohn wärst. Du hast mir sogar ein Foto der beiden gezeigt. Du hast mir von Haldor und Elenor und Grace erzählt. Du hast mir alles erzählt, was du anscheinend auf dieser Insel erlebt hast und doch wusste ich sofort, dass du mich anlogst. Wie solltest du auch nicht, wenn doch all diese Menschen tot waren? Wenn sie alle in dem Feuer damals gestorben waren?

Und dann begann ich zu verstehen. Ich lud dich ein, länger bei mir zu bleiben. Du erwecktest einen verwirrten Eindruck auf mich und so wollte ich dich auf keinen Fall zurück nach Hause schicken. Ein paar Tage später bist du wieder zu Besinnung gekommen. Du hast mir von dem Feuer erzählt. Von deiner Ehe und auch von der Fehlgeburt, die dein und das Leben deiner Frau vollkommen auseinandergerissen hat. Und ich begann zu verstehen, weshalb du dir selber eine Geschichte ausgedacht hast.«

»Eine Geschichte?«, sagte ich tonlos.

»Alles, was du nach dem Feuer auf der Insel erlebt hast, ist nicht real. Und doch hast du durch diese Illusionen deine eigenen Traumata verarbeitet. Irma Svensson war schon lange vor dem Feuer tot. Und doch erzählst du mir, sie sei gerade erst beerdigt worden, als du Pernan das zweite Mal betreten hast. Es konnte nicht sein. Doch als du mir anvertraut hast, dass du nie über den Tod deiner eigenen Großmutter in deiner Kindheit hinweg gekommen bist, begriff ich, dass es nicht um Irma Svensson ging. Es ging um den Tod deiner Großmutter, in der du mehr mütterlichen Halt fandest, als bei deiner eigenen Mutter selbst.«

Ich schwieg. Die Erinnerung an meine verstorbene Großmutter sollte wehtun. Doch sie tat nicht weh. Ich spürte nichts. Da war nichts. Eine einzige Leere.

»Ich war mit Haldor an einer verlassenen Waldhütte«, sagte ich.

Morten seufzte.

»Du bist nie dagewesen, Nicolas. Die Waldhütte existiert nicht.«

»Ich habe eine Badewanne gesehen. Sie war voller ... «

Ich beendete den Satz nicht. Morten nahm es mir ab.

»Blut? Ja, das hast du mir die letzten Male auch erzählt. Ich denke, wir wissen beide, wieso du die Wanne voller Blut gesehen hast, oder?«

Evelyn, dachte ich. Ich sprach es jedoch nicht aus.

»Haldor hat mir auch von dem Tod einer jungen Frau erzählt. Sie sei ermordet worden«, sagte ich leise.

Abermals seufzte Morten.

»Auch das ist nie geschehen. Dein Unterbewusstsein hat dich all diese Dinge glauben lassen, um dich von dem bitteren Schmerz abzulenken, den du seit ihrem Tod spürst.«

»Also gibt es kein junges Paar, das in der Waldhütte Urlaub gemacht hat?«

»Nein. Es gibt nicht einmal die Waldhütte«, sagte Morten.

»Ich verstehe nicht … «

»Ich weiß. Es ist kompliziert. Und, naja, ich bin auch kein Arzt, aber wir die ganzen Dinge logisch betrachten -«

Ich unterbrach ihn.

»Logisch? Das, was hier passiert, ist weit entfernt von jeglicher Logik«, sagte ich trocken.

Morten fuhr fort, als hätte er meine Worte nicht gehört.

»Wenn wir das Ganze logisch angehen, dann können wir daraus schließen, dass du dir die Geschichte mit dem jungen Liebespaar ausgedacht hast, weil du unterbewusst schon sehr lange darüber nachdenkst Evelyn für eine andere Frau zu verlassen. Es sind alles reine Vorstellungen, denn du hättest es niemals übers Herz gebracht, wirklich zu gehen. Du hast sie geliebt.«

»Was ist mit Elenors Tod? Sie fiel vom Baumhaus und war sofort tot«, sagte ich.

Ich konnte nicht ertragen, wie er über Evelyn sprach. Wie er über mich sprach. Denn ich wusste, er hatte recht.

»Auch das ist nie passiert. Nichts von alldem, was du in den letzten Tagen durchgemacht hast, ist genau so geschehen. Doch ... doch du hast mir damals erzählt, dass du deine große Schwester verloren hast. Sie ... sie fiel beim Spielen von eurem Baumhaus. Du warst selber noch sehr jung und hast nicht wirklich verstehen können, was passiert ist.«

Ich erinnerte mich. Ich erinnerte mich an meine Schwester.

Ihr Name war Riley Corbyn.

Ich schlug die Augen nieder. Für einen winzigen Augenblick spürte ich so etwas wie einen Stich in der Brust. Ich hatte nie die Chance gehabt, Riley wirklich kennenzulernen. Ich hatte eine Schwester gehabt und doch waren wir nicht zusammen groß geworden. Sie wusste nicht, dass ich verheiratet war. Dass ich einen Sohn hatte. Dass mein Leben perfekt gewesen war. Dass ich alles verloren hatte. Denn sie hatte ich zu aller erst verloren.

»Als ich Bengt Larssons Grab besucht habe, wurde ich niedergeschlagen. Das warst du, oder?«, sagte ich.

Morten schüttelte heftig den Kopf.

»Nein. Nein, ich habe dich auf dem Friedhof gefunden. Du hast viel zu wenig geschlafen, kaum etwas getrunken und bist deshalb zusammengebrochen. Ich habe dich zu Haldors altem Haus gebracht. Ich war mir nicht sicher, wie du reagieren würdest, würde ich dich mit zu mir nehmen. Du hast tief geschlafen und ich wollte eigentlich nach dir sehen, doch als ich wiederkam, warst du bereits weg.«

Zu dem Zeitpunkt hatte ich Elenor und Mika am Baumhaus getroffen.

Nun, nicht wirklich.

In meiner Vorstellung hatte ich die beiden dort getroffen. Elenor hatte mir die Zeichnung von Elijahs rotem Dino gegeben. Vorsichtig griff ich in meine Tasche und zog die Zeichnung hervor. Ich biss mir auf die Lippe. Es gab keine Zeichnung. Das Blatt war einfach nur ein leeres Stück Papier. Auch hier hatte mir mein Verstand also einen Streich gespielt. Ich fischte Evelyns Brief aus der Tasche, obwohl ich bereits wusste, was ich vorfinden würde.

Ich sollte recht behalten.

Es gab keinen Brief, keine Worte in Evelyns unverwechselbarer Handschrift geschrieben.

Es war einfach nur ein leeres Stück Papier.

Ich starrte das Blatt an, während die nächsten Worte tonlos über meine Lippen stolperten.

»Was ist mit dem Trauerzug?«

»Trauerzug?«, wiederholte Morten.

»Als ich die Nacht bei Haldor verbracht habe, habe ich die Menschen gesehen. Sie trugen Kerzen hinunter zum Ufer.«

Morten nickte.

»Dies ist tatsächlich eine Erinnerung, die aus der Realität stammt. Es gab einen Trauerzug kurz nach dem Brand. Der Eigentümer, dem dieses Grundstück hier gehört, hat mir davon berichtet. Die Einwohner Pernans waren schockiert und tief getroffen vom Schicksal so vieler Menschen, die ihnen lieb waren. Sie trugen die Kerzen hinunter zum Wasser als Andenken an die Opfer, die dieser eine Abend mit sich getragen hat.«

»Ich habe dich an dem Abend gesehen. Als ich den Menschen in meiner Vorstellung gefolgt war, warst du auch da«, erinnerte ich mich.

Morten nickte traurig.

»Ich konnte es nicht glauben, als ich gesehen hab, dass du auf die Insel zurückgekehrt bist. Also habe ich dich im Auge behalten. Ich wusste, es wäre nicht ratsam, dich zu früh anzusprechen. Du glaubtest, Evelyn und Elijah wären erst ein paar Tage verschwunden. Wie würdest du dann reagieren, wenn dir ein in deinen Augen Wildfremder erzählen würde, dass die beiden schon lange tot seien? Nein, ich musste warten. Ich musste dich von alleine zu mir kommen lassen.«

Ich schüttelte den Kopf.

»Ich kann es nicht glauben«, hauchte ich.

»Doch. Doch, du glaubst es. Eigentlich wusstest du all das schon vor deiner Abreise aus Vallington. Hast du dich nie gefragt, wieso du Evelyn nicht noch einmal auf dem Telefon angerufen hast? Du hast ihr einen Brief geschrieben, hast die halbe Insel nach ihr abgesucht, aber hast nicht ein einziges Mal versucht, sie hier auf dem Telefon zu erreichen. Warum? Ich kann dir sagen, warum. In deinem Inneren wusstest du, dass sie nicht rangehen würde. *Es nicht konnte.*«

Auf Mortens Worte fand ich keine Antwort. Also blieben wir still. Lange. Sehr lange. Die Dämmerung setzte bereits ein.

»Ich komme jedes Jahr hierher?«, durchbrach ich schließlich das Schweigen.

»Ja. Jedes Jahr zu den Tagen, an denen du und deine Familie hier Urlaub gemacht habt. Heute ist der Brand genau fünf Jahre her. Und es ist jedes Mal dasselbe. Du kommst hierher, ohne jegliche Erinnerungen und gehst schließlich wieder, wenn all die Erinnerungen wiedergekehrt sind. Ich glaube, für eine ganze Weile ist es dann gut so. Du erinnerst dich wieder und führst dein Leben in Vallington so normal weiter, wie es eben möglich ist. Doch um die Zeit jetzt ist es schlimmer. Es wird schlechter, je näher der Tag des Feuers rückt. Und dann stehst du plötzlich wieder hier und tust so, als würdest du mit Haldor Larsson und Jesper durch die Wiesen streifen auf der Suche nach Evelyn.«

Ich senkte den Kopf.

War das hier die Wirklichkeit? Sah so mein Leben aus? Hatte ich in den letzten vier Jahren immer und immer wieder dasselbe durchlebt? Wachte ich morgens auf und ging zur Arbeit, in Gedanken an meine Frau, die unseren Sohn umgebracht hat? Die all die anderen Menschen in diesem Feuer getötet hat? Tat ich das so lange, bis ich eines Tages aufwachte und mich plötzlich an nichts mehr erinnerte? Sah so mein Leben aus?

Nein.

Nein, das war kein Leben.

Es war eine bloße Existenz. Ich existierte noch, doch hatte schon vor langer Zeit aufgehört zu leben. Vielleicht sogar noch vor dem Feuer.

»Es tut mir leid.«

Mortens Stimme riss mich aus den Gedanken. Es war schwer, ihm zu folgen. Es war schwer, überhaupt noch zu denken. Zu atmen. Zu leben.

»Ich hätte nicht so egoistisch sein sollen. Ich dachte, du würdest dein Leben irgendwie wieder in den Griff kriegen. Ich meine, ich kannte dich ja kaum. Du bist immer nur ein paar Tage hier und dann verlässt du Pernan wieder. Aber ich hätte es besser wissen müssen. Ich hätte mich mit einem Arzt oder einem Therapeuten in Verbindung setzen müssen, der dir hilft.«

Ich wollte ihm sagen, dass das nicht nötig sei. Kein Arzt auf der Welt wäre im Stande gewesen, mir meinen Schmerz zu nehmen. Meine Beine reagierten, bevor mein Kopf meine Entscheidung verarbeitet hatte. Erstaunt sah Morten Lind mich an.

»Nicolas?«, sagte er zaghaft.

Der Abend war hereingebrochen. Die ersten Sterne zogen am Horizont auf.

»Ich denke, es gibt keine Worte, die ausdrücken können, wie dankbar ich bin, einen so geduldigen Menschen wie dich getroffen zu haben. Ich danke dir, Morten. Für alles«, sagte ich aufrichtig.

Er runzelte die Stirn. Dann erhob er sich so langsam von der Bank, als hätte er Angst, mich zu verschrecken.

»Es gibt nichts, wofür du mir danken müsstest«, erwiderte er.

Ich streckte ihm meine Hand entgegen. Seine Augen weiteten sich.

»Warte mal, was hast du … ?«

Seine Stimme verlor sich und geradezu ungläubig starrte er meine Hand an.

»Leb wohl, Morten.«

»Du gehst?«

»Ja.«

»Aber … aber es wird spät. Wo willst du denn hin?«, fragte er irritiert.

Ich schwieg, hielt ihm weiterhin meine Hand entgegen. Als ich keine Antwort gab, schlug er zögerlich ein. Noch während ich seine Hand schüttelte, zog er mich ein Stück zu sich und bettete sein Kinn auf meiner Schulter. Ich konnte seinen Atem an meinem Ohr fühlen.

»Wo gehst du hin, Nicolas?«

Wieder schwieg ich.

»Ich kann dich begleiten. Runter zum Steg, zum Boot. Ich mache das immer, wenn du hier warst«, bot er an.

»Das wird nicht nötig sein«, erwiderte ich.

»Bist du dir sicher?«

Morten klang unsicher. Ich nickte, hob meine andere Hand und legte sie für einen Moment an seinen Hinterkopf. Ich konnte den warmen Stoff seiner Mütze fühlen. Dann trat ich einen Schritt zurück. Morten öffnete den Mund, um etwas zu sagen, doch schloss ihn wieder. Ich trat noch einen Schritt zurück.

»Das Haus ist wirklich schön«, sagte ich ehrlich.

Diesmal war es Morten, der schwieg.

Ich tat einen weiteren Schritt. Als ich mich umdrehte, konnte ich hören, wie er mir einen Schritt folgte.

»Kommst du auch zurecht?«, rief er.

Ich drehte mich nicht um.

»Ja. Ja, diesmal schon.«

Dann ging ich. Ich ließ Morten Lind und sein schönes Haus mit der tollen Aussicht hinter mir. Ich lief den Weg hinunter, vorbei an Sträuchern und Bäumen. Vorbei an Haldor Larssons Haus, dessen Farbe alt und blättrig war. Dessen Zaun einige Latten fehlten. Vorbei an Astrid Wrights Lebensmittelgeschäft, hinter dessen großem Fenster ich die verstaubten Regale und den umgefallenen Barhocker sehen konnte. Vorbei an dem großen Haus mit den blauen Giebeln und dem Wetterhahn auf dem Dach.

Die Farbe war ausgeblichen, einige Giebel fehlten und dichtes Efeu rankte sich an der Mauer entlang.

Das Wasser kam in Sicht. Ich konnte sehen, wie sich die Sterne auf der Oberfläche spiegelten. Die Nacht brach herein.

Ich sah sie schon von weitem. Die vielen Menschen, die ihre Köpfe senkten und in den Händen Kerzen trugen. Ihr Schein fiel aufs Wasser und verlieh dem Ufer eine beruhigende Atmosphäre. Als würden sie mich begrüßen wollen. Im flachen Wasser blieben sie stehen. Die Kerzen wirkten wie Sterne, die auf die Erde gefallen waren und nun hier weiter leuchteten. Ich ging zu ihnen.

Meine Schuhe wurden nass, als ich ins Wasser trat, doch ich fühlte es nicht. Ich ging weiter. Das Wasser reichte mir bis zu den Knien. Die Trauernden folgten mir, sie begleiteten mich und leuchteten mir meinen Weg. Dass auch sie nass wurden, kümmerte sie nicht. Sie konnten es nicht spüren. Als ich sie ansah, erkannte ich unter ihnen vertraute Gesichter. Grace Holmgren und ihr Sohn Mika. Elenor Svensson lief neben ihrem Großvater Christopher Svensson. Ich sah Haldor Larsson. Es freute mich, dass er zwischen seiner Frau und seinem Sohn lief.

Ich richtete meinen Blick wieder geradeaus.

Da standen sie.

Mein Herz stockte.

Sie waren hier. Sie waren wirklich hier.

Sie war so schön. So schön wie am ersten Tag, als ich sie gesehen hatte. Evelyn lächelte mich an, ihre Augen strahlten und funkelten. Elijah stand neben ihr und er wirkte viel jünger, als ich ihn in Erinnerung hatte. Und neben Elijah stand noch jemand.

Es war ein Mädchen.

Sie hatte Evelyns blondes Haar und ihre niedliche Stupsnase. Nur ihre Augen waren die meine.

Ich ließ die anderen hinter mir. Der Schein der Kerzen begleitete mich nicht länger. Es wurde dunkler um mich herum. Das Wasser reichte mir bis zum Kinn. Doch ich spürte es nicht. Erst, als ich meine Familie erreicht hatte, spürte ich wieder etwas. Ich streckte meine Hand nach ihnen aus und schloss die Augen. Ein Beben ging durch meinen Körper. Ehrfurcht. Beinahe Erleichterung.

Als sich Evelyns Finger um meine schlossen, zärtlich und vertraut, *so vertraut*, lächelte ich.

Ich war zu Hause.